블랙 달리아 2

Black Dahlia

블랙
달리아

제임스 엘로이
이종인 옮김

2

황금가지

THE BLACK DAHLIA
by James Ellroy

Copyright © James Ellroy 1987
All rights reserved.

Korean Translation Copyright © Minumin 2006, 2013, 2020

Korean translation edition is published by arrangement with
James Ellroy c/o The Wylie Agency(UK) LTD.

이 책의 한국어판 저작권은
The Wylie Agency(UK) LTD.와 독점 계약한 ㈜민음인에 있습니다.
저작권법에 의해 한국 내에서 보호를 받는 저작물이므로 무단 전재와 무단 복제를 금합니다.

차례

1권
- 프롤로그 … 7
- 제1장 불과 얼음 … 23
- 제2장 39번 노턴 로 (상) … 121

2권
- 제2장 39번 노턴 로 (하) … 7
- 제3장 케이와 마들린 … 133
- 제4장 엘리자베스 … 171

옮긴이의 말
로망 누아르의 압권 … 296

이 책에 쓰인 본문 종이 **E-light**는 국내 기술로 개발된 최신 종이로, 기존에 쓰이던 모조지나 서적지보다 더욱 가볍고 안전하며 눈의 피로를 덜게끔 한 단계 품질을 높인 고급지입니다.

제2장 39번 노턴 로 (하)

그 후 열흘 동안 달리아 서커스는 대규모의 익살스러운 광대극으로 변질되어 갔다. 때때로 비극까지 곁들여지면서.

그 '죽음의 편지'에서는 특별한 단서가 수집된 게 없었다. 수첩에 나와 있는 243명의 남녀 이름은 네 팀에게 배당되었다. 잭 티어니는 일부러 형사팀을 적게 짜서 조사를 장기화시켰고, 그렇게 함으로써 신문과 라디오에 오랫동안 흥밋거리를 제공할 심산이었다. 러스 밀라드는 20개 팀을 편성하여 단칼에 해치우자는 의견을 제시했으나 사탄의 꾐에 넘어간 잭 국장은 밀라드의 제안을 거절했다. 빅 빌 쾨니히가 너무 성질이 급해 심문에 적당하지 않다는 평가를 받고 사무직으로 돌려지는 바람에 나는 프리츠 보겔과 한 조가 되었다.

우리는 50명 정도 되는 남자들을 만나서 엘리자베스 쇼트와의 관계를 물었다. 그들의 얘기는 예상했던 대로였다. 그들은 바에서 베티를 만나 그녀에게 술과 밥을 사 주고 전쟁 영웅의 아내 혹은 과부라는 그녀의 허황한 얘기를 들어 주었다. 그다음에는 호텔로 간 사람도 있고 가지 못한 사람도 있었다. 우리가 만난 사람들 중에 상당수는 실제로 악명 높은 달리아를 만난 적도 없었다. 그들은 어떤 친구가 베티와 놀아나다가 우연히 이름을 댄 '친구의 친구'에 불과했다.

우리가 접촉한 50여 명 중 16명만이 프리츠가 말하는 '달리아의 진짜 고객'이었다. 그들은 주로 영화업계의 주변부에서 근무하는 신분이 낮은 사람들이었다. 대리인, 신인을 발굴하는 탤런트 스카우트, 배역 담당자 같은 사람으로, 약국에 죽치고 앉아 허황된 말로 영화배우가 되고 싶어 하는 어리석은 여자들을 꾀는 남자들이었다. 볼 것도 없이 그런 자들의 주머니에는 늘 최상급의 콘돔이 준비되어 있었다. 베티가 제복을 입은 군인과 결혼 혹은 약혼을 했다는 환상 속의 얘기를 즐겨 지껄였듯이, 이자들은 배역을 따기 위해 서슴없이 몸을 바치는 여자들이 많다는 얘기를 자랑스럽게 떠들어 댔다. 그러니 베티나 이자들이나 한심하기는 매한가지였다.

베티의 검은 수첩 속에 나오는 남자들에게는 두 가지 공통 사항이 있었다. 그들의 이름이 LA 신문들에 공개되었다는 것과, 혐의를 벗게 해 주는 알리바이를 자진해서 제공했다는 것이었다. 그리고 그런 사생활이 공개됨으로써 남편 자격을 박탈당한 자도 더러 있다는 소문이 경관 대기실까지 흘러 들어왔다.

수첩에 이름이 오른 여자들은 신분이 다양했다. 대부분은 베티의 친구로 바에서 만나 수다나 함께 떠는 오갈 데 없는 배우 지망생들이었다. 그중 열 명 이상은 창녀이거나 반직업적인 접대부였다. 그들이 제공한 단서는 후속 수사 결과 사실이 아닌 것으로 드러났다. 그들의 말로는 베티가 시내의 싸구려 호텔 투숙객들을 상대로 자유롭게 몸을 팔았다는 것이다. 하지만 확인해 보면 그렇지도 않았다. 그러자 그들은 베티가 노골적으로 몸을 팔러 다니지는 않았지만 은근한 방법으로 남자들을 꾀었는데, 어떤 방법을 썼는지는 통 알 수가 없다고 둘러댔다. 프리츠는 싸구려 호텔 주변을 탐문해 보았으나 베티가 창녀 짓을 했다는 사실을 확인하지 못했다. 그들이 베티와 같이 몸을 팔았다는 여자들(연구조사부에서는 그들이 창녀라고 했다.)도 전혀 찾아낼 수 없자, 프리츠는 화가 머리끝까지 뻗치고 말았다.

매들린 스프레이그의 이름은 수첩에 나오지 않았고 그 뒤의 추가 심문에서도 등장하지 않았다. 243명의 남녀들을 모두 접촉해도 레즈비언이나 레즈비언 바 얘기는 나오지 않았다. 나는 매일 밤 유니버시티 지서의 대기실 공고판을 열심히 살펴보았으나, 매들린의 이름을 밝혀 낸 팀은 없었다. 그래서 매들린의 이름을 숨긴 것에 대해서 그다지 불안하지 않게 되었다.

수첩 조사 건이 신문의 머리기사를 다투는 동안 서커스는 계속되었다. 제보가 끊임없이 흘러 들어와 그걸 확인하느라고 아까운 경찰 인력이 낭비되었다. 악의가 잔뜩 담긴 전화나 편지가 날아들면 담당 구역의 형사들은, 크고 작은 불만 때문에 자기의 적수를 음해하려는 미치광이의 농간이 아닌지 신경을 곤두세워야만 했다. 버려진 여자 옷은 본부 범죄검사실에서 조사했다. 사이즈 8의 검정 여자 옷만 나왔다 하면 그 옷이 발견된 일대를 이 잡듯 뒤지는 일이 벌어졌다.
　베티의 주소 수첩을 따라 추적하면서 내가 발견한 가장 놀라운 사실은 프리츠 보겔의 인간성이었다. 빌 쾨니히가 없는 상태에서 프리츠는 놀라울 정도의 기지를 발휘했다. 게다가 완력으로 심문을 해 나가면서도 어떤 때는 러스 밀라드를 뺨칠 정도로 머리를 굴리면서 피의자를 구슬릴 줄도 알았다. 그는 언제 어떻게 피의자에게 압력을 넣어 정보를 캐내야 하는지도 잘 알았다. 분노를 폭발시키면서 거칠게 심문을 하다가도, 피의자가 원하는 정보를 털어놓는 것 같으면 재빨리 우악스러운 태도를 거두어들이는 지혜도 갖추고 있었다.
　어떤 때는 리와 호흡을 맞추던 나의 심문 태도인 '좋은 사람' 방식을 배려하는 듯 일부러 자제하는 것 같기도 했다. 실용주의적인 면이 있는 그는 악역과 선한 역을 번갈아 가며 해야 피의자로부터 좋은 정보를 얻어 낼 수 있다는 것을 알고 있었다. 우리는 곧 최상의 콤비가 되었고, 나는 피의자를 학대하길 좋아하는 프리츠를 견제하는 힘으로 작용했다.
　프리츠는 내가 보비 드 위트를 거칠게 다루는 것을 본 뒤로 나름대로 나를 높이 평가하는 것 같았다. 그리고 같은 조가 된 지 며칠 지나지 않아서 우리는 말도 안 되는 독일어로 서로 얘기하기 시작했다. 그것은 피의자를 심문하러 오가는 길에 시간을 죽이는 놀이였다.
　나와 함께 있으면 프리츠는 장광설을 늘어놓지 않았다. 그러나 내가 보기에 아주 야비한 구석이 있는 사람이었다. 그는 달리아 사건에 관련된 얘기를 솔직하게 털어놓는가 하면, 정말 차장으로 진급하고 싶다는 욕심도 내보였다. 그는 달리아 건과 관련하여 애매한 피의자에게 뒤집어씌우는 일은 더 이상 입 밖으로 내지 않았고, 내가 있을 때는 엉터리 수사 얘기도 전혀 하지 않았으며, 현장 보고서에도 있는 그대로만 써넣었다.

그래서 나는 엘리스 로가 뒤집어씌우기 계획을 포기했거나 아니면 때를 기다리고 있다고 생각하게 되었다. 나는 프리츠가 늘 나를 경계하고 재어 보려고 한다는 것을 알았다. 그는 쾨니히를 형사국의 파트너로 부적당하다고 생각하는 것 같았고, 나를 자기 파트너의 적임자로 여기는 것 같았다. 그러한 평가에 나는 우쭐해졌다. 그래서 피의자를 심문할 때마다 최선을 다해 예리한 질문을 퍼부으려고 노력했다. 영장국에서 근무할 때는 리의 조수로 일하는 데 만족했다. 그러나 만약 프리츠와 한 팀이 되어 근무한다면 해리 시어즈가 러스 밀라드에게 하듯이 조수나 꼭두각시가 되지 않겠다고 마음먹었다.

프리츠와 전혀 다른 개성을 가진 밀라드는 내게 강한 인상을 심으려고 애를 썼다. 그는 엘 니도 호텔의 204호실을 자신의 현장 사무실로 즐겨 이용했고 근무가 끝나면 그리로 달려가 리가 잘 분류해 놓은 서류들을 꼼꼼하게 검토하면서 수사의 구상을 가다듬기도 했다. 리가 없어진 이후로 나도 시간이 남아돌아 저녁때면 거의 빠짐없이 204호실로 가서 밀라드와 함께 그 서류를 검토했다.

밀라드는 끔찍하게 피살된 달리아 사진을 볼 때면 가슴에 성호를 그으면서 "엘리자베스." 하고 경건한 목소리로 중얼거렸다. 그리고 방 밖으로 나설 때는 "내가 당신을 위해 범인을 꼭 잡을게." 라고 말하곤 했다. 그는 저녁 8시 정각이면 어김없이 그 방을 나와 아내와 아들들이 기다리는 집으로 돌아갔다. 자신이 그토록 중요하게 생각하는 문제를 훌훌 털고 집으로 돌아가는 그가 하도 신기해서 나는 그에게 어떻게 그럴 수 있느냐고 물어보았다. 그러자 그는 "나는 잔인함이 내 인생에 영향을 미치지 않게 하려고 노력한다네."라고 대답해 주었다.

저녁 8시 이후 내 생활은 두 여인에 의해 좌우되었다. 그들이 내뿜는 낯설고도 강렬한 의지의 포화(砲火)에 사로잡혀서.

나는 엘 니도 호텔을 나와 케이를 보러 갔다. 리의 실종으로 생활비를 대 주는 사람이 없어져서 그녀는 일자리를 찾아야만 했다. 그래서 스트립 지역에서 얼마 떨어지지 않은 초등학교에서 6학년 아이들을 가르치는 일을 얻었다. 케이는 집에서 주로 시험지에 점수를 매기거나 아이들이 그린 그림을 꼼꼼히 들여다보고 있었다. 그녀는 겉으로는 나를 반겼지만 속으로는 마땅치 않게 생각하는 것이 분명했다. 내게 일부러 사무적인 태도를 보임으로써, 사라진 리에 대한 슬픔과 내가 자신을 가까이하지 않는 것에 대한 모멸감을 극복하려는 것 같았다. 나는 그녀에게 나 역시 당신을 원하지만 리의 증발이 어떻게든 결말이 나야 그다음 단계로 옮겨갈 수 있다고 말하면서 그녀의 차가운 표정을 풀어 보려 애썼다. 그녀는 난해하고 전문적인 심리 용어를 입에 올리며 사라진 리를 매도했다. 그가 시켜 준 공부에서 얻은 지식을 이제 그를 공격하는 수단으로 역이용하고 있었다. 그녀가 "편집증적인 성향"이니 "병적인 이기심"이니 하는 용어를 쓸 때마다 나는 화가 나서 그녀의 말을 맞받아쳤다.

"그렇게 말하지 말아요. 그는 당신을 구해 주었고 또 공부도 시켜 주었잖아요."

"그는 나를 도와주었을 뿐이에요."

나는 그 말 속에 담긴 진실을 부정할 수가 없었다. 리가 중심에 있지 않으면 우리 두 사람은 가장이 없는 가족처럼 맥 빠진 관계가 되고 말았다. 바로 그런 상태 때문에 나는 케이의 집을 나서자마자 레드애로 모텔로 달려갔다. 그것도 열흘을 계속해서.

나는 케이로 인한 언짢은 마음을 가슴속에 담은 채 매들린을 만났다. 우리는 먼저 섹스를 하고 그다음에 얘기를 했다. 대화의 주제는 늘 매들린의 가족에 대한 것이었고, 그다음엔 그녀의 얘기에 기죽기 싫어서 꾸며 낸 나의 엉터리 얘기가 뒤따랐다. 그 시건방진 여자의 아버지 에멧 스프레이그는 도둑질로 재벌이 된 자였고, 할리우드 초창기에 이름을 날리던 맥 세넷(1880~1960. 키스턴 캅스 영화의 제작자이며 미국 코미디 영화의 아버지―옮긴이)의 동료였다. 예술을 사랑하는 척하면서 불로장생의 약(마약을 지칭―옮긴이)을 먹어 대는 어머니는 캘리포니아의 대지주인 캐스카트 가문의 후예였다. 여동생 마사는 재주가 뛰어나 시내의 광고 대행업계에서 알아주는 솜씨꾼으로 부상하고 있는 상업 광고 아티스트였다. 그 집안의 조역으로는 플레처 보런 시장, 홍보 관계 전문가 미키 코언, '꿈꾸는 사람' 조지 틸덴 등이 있었다. 특히 에멧의 심부름꾼인 틸덴은 스코틀랜드의 유명한 해부학자이자 돌팔이 예술가의 아들이었다. 도헤니 가(家), 세풀베다 가 그리고 멀홀랜드 가가 모두 스프레이그 가의 친한 친구들이었고, 얼 워런 주지사와 검찰청장 버런 피츠도 그의 가까운 친구였다.

그런데 나는 어떠한가? 늙어서 양로원 신세를 지고 있는 아버지 돌프 블라이처트, 죽은 어머니 그레타 하일브루너 블라이처트 그리고 내가 밀고한 일본인 친구들과 싸움질했던 친구들밖에 내 세울 게 없지 않은가. 그래서 나는 허황한 얘기를 지어냈다. 사립학교를 다녔으며 학창 시절엔 우등상을 도맡아 받았고 1943년에는 프랭클린 루스벨트 대통령의 보디가드를 했다는 등 황당한 얘기를 지껄이다가 다시 힘이 돌아오면 섹스를 했다. 섹스를 하는 동안 불을 끄는 건 나로서는 참 다행이었다. 어둠 속에서 매들린은 내 얼굴을 읽지 못했을 것이니 내가 빈민가 출신이라는 걸 알 수 없었을 것이다. 또 내가 달리아를 추적 중이라는 것도.

그 일은 처음엔 아주 우연하게 일어났다. 우리는 한참 섹스에 몰입해 있었고 둘 다 절정을 눈앞에 두고 있었다. 내 손이 침대 난간에서 미끄러지면서 우연히 벽에 붙은 스위치를 누르게 되었다. 그 순간 내 밑에서 베티 쇼트의 얼굴이 나타났다. 나는 몇 초 동안 내 밑에 깔린 여자가 쇼트라고 생각했다. 그래서 리와 케이의 이름을 부르면서 도와달라고 소리쳤다.

그러나 그녀가 다시 매들린이 되었을 때 나는 불을 끄려고 스위치에 손을 뻗었다. 그때 매들린이 내 손목을 잡았다. 나는 몸을 더욱 세차게 돌진시켰고 침대는 더 큰 소리로 삐걱거렸으며 불빛은 눈을 파고들 듯이 번쩍거렸다. 나는 마음속에서 매들린 베티를 만들어 냈다. 매들린의 푸른 눈을 갈색으로 바꾸었고 매들린의 몸을 외설 필름에 나오는 베티의 몸으로 바꾸어 놓았다. 그리고 그녀가 "안 돼요, 제발 이러지 말아요."라고 말하는 광경을 상상했다.

나는 사정을 하면서 앞으로는 매들린의 이미지만으로는 그쳐럼 환상적인 섹스를 할 수 없으리라는 것을 깨달았다. 섹스를 마친 뒤 그 시건방진 여자는 내 귓전에 이렇게 속삭였다.

"그 여자가 곧 당신의 영혼을 사로잡을 줄 알았어요."

나는 마른 울음을 터트리며 내 가족에 대한 얘기는 전부 거짓이라고 털어놓았다. 그리고 리, 케이, 나 세 사람의 관계도 모조리 털어놓고 불 씨가 죽은 달리아에게 지나칠 정도로 집착했다는 것과 그가 이 세상에서 갑자기 사라졌다는 것도 털어놓았다. 내 얘기가 끝나자 매들린은 내게 말했다.

"나는 사우스다코타 주 수폴스 출신의 학교 선생(케이를 지칭—옮긴이)이 되지는 않겠어요. 그렇지만 베티든 뭐든 당신이 돼라고 하는 어떤 여자도 되어 줄 수 있어요."

나는 그녀가 내 머리카락을 쓰다듬는 대로 내버려 두었다. 그리고 더 이상 거짓말을 할 필요가 없어서 속이 후련했다. 그러나 케이가 아니고 매들린이 나의 고해 신부가 된 것은 참으로 슬픈 일이었다.

이렇게 해서 엘리자베스 쇼트와 나는 공식적으로 몸을 섞은 관계가 되었다.

리는 사라져 버렸고 매들린은 베티가 되었다. 이들의 변신에 대해서 내가 할 수 있는 일이라곤 아무것도 없었다. 나는 본부 수사관들의 경고를 의식하고 그들의 수사에 간섭하지 않았다. 그렇지만 불 씨가 자신의 증발을 사전에 계획한 것인지 아니면 우발적으로 저지른 것인지는 여전히 궁금했다. 그의 은행 잔고를 조회해 보니 최근에 인출한 기록은 없고 약 800달러 정도가 남아 있었다. 리와 그의 40년형 포드에 내린 미국 및 멕시코 내의 지명 수배는 아무 소득이 없었다. 나는 루랄레스들이 백인 경찰의 공고문을 화장지로나 사용하는 국경 남쪽으로 리가 사라졌을 거라고 추측했다.

러스 밀라드는 마약 밀매꾼으로 잘 알려진 멕시코인 두 명이 보비 드 위트와 펠릭스 차스코의 살해 사건으로 후아레스에서 체포되었다고 내게 말해 주었다. 덕분에 본부 수사관들이 그 사건에 리가 개입된 것처럼 몰고 가지는 못하겠구나 하는 생각이 들어 다소 위안이 되었다. 그리고 호럴 청장은 리에게 내린 전국 지명 수배를 철회하고 "잠자는 개를 그대로 내버려두라."는 훈령을 내렸다. 그린 본부장의 비서가 해리 시어즈에게 한 말에 따르면, 만약 리가 실종일로부터 30일이 지나도 나타나지 않으면 LA 경찰 본부에서 파면될 것이라는 얘기였다.

1월이 지나갔다. 비가 내리는 날이 계속되는 가운데 딱 하나 흥미로운 일이 벌어졌다. 본부에 우편으로 봉투가 전달되어 온 것이었다. 색깔이 없는 본드지(상질의 종이로 증권 용지 등에 쓰임─옮긴이)에 생략형의 문체로 다음과 같이 쓰여 있었다.

    믿음을 바꾸었음.
    당신들은 내게 공정하게 대하지 않고 있음.
    달리아 살해는 정당함.
    블랙 달리아 복수자

그 종이에는 사진이 한 장 테이프로 붙여져 있었다. 신사복을 입은 땅딸막한 사람으로 얼굴은 지워져 있었다. 그 사진이나 봉투로부터 지문이나 법의학적 단서는 발견되지 않았다. 첫 번째 우송된 봉투 속에 들어 있던 군인들의 사진이 용의자 수사 차원에서 언론에 공개되지 않았기 때문에 두 번째 편지에서 범인이 공정하지 못하다고 한 주장은 나름대로 근거 있는 것이었다. 본부의 일치된 의견은, 그 사진은 살인범의 것이며 얼굴이 박박 지워진 것은 상징적으로 자기 자신이 전체적인 '그림'에서 빠졌다는 것을 암시한다는 것이었다.

죽음의 편지와 외설 필름이 아무 소득도 없이 먼지처럼 가라앉아 버리자 두 번째 일치된 의견은 경찰이 그 개자식을 잡아내지 못하리라는 것이었다.

경관 대기실의 도박판에서 '미해결'에 돈을 걸어 이길 확률은 1대 1에서 더 내려가게 되었다. 태드 그린 본부장은 호럴 청장이 2월 5일자로 달리아 사건에 투입된 병력을 원대로 복귀시킴으로써 그 사건과 관련된 인사 발령의 혼란을 일소할 것이라고 러스와 잭 국장에게 알려 주었다. 소문에 의하면 나도 원대 복귀하여 조니 보겔을 파트너로 맞이할 거라는 얘기였다. 입에서 썩은 냄새가 폭폭 나는 조니는 내 밑으로 들어오는 것을 못마땅하게 생각하겠지만, 나로서는 영장국에 되돌아가는 것이 낙원을 되찾는 것만큼이나 반가운 일이었다. 그러면 베티 쇼트는 내가 원하는 그곳에서만 존재하게 될 것이다. 바로 내 상상력의 발화점만이 그녀가 존재하는 유일한 곳이 될 것이다.

엘리자베스 쇼트 건으로 임시 차출된 다음의 본부 형사국 소속 경관들은 1947년 2월 6일자로 다음과 같이 원대 복귀를 명한다.

반장 T. 앤더슨, 본부 사기과

형사 J. 아콜라, 본부 강도과

반장 R. 카바노, 본부 절도과

형사 A. 그라임스, 본부 형사국

형사 C. 리겟, 본부 청소년과

형사 R. 나바렛, 본부 사기과

반장 J. 프랏, 본부 살인국(룰리 차장을 만나 새 보직을 받을 것)

형사 J. 스미스, 본부 살인국(룰리 차장을 만날 것)

형사 W. 스미스, 본부 형사국

호럴 청장과 그린 본부장은 이 조사에 성실히 임해 준 귀관들에게 치하를 보낸다고 말씀하셨다. 특히 장시간의 야간 근무를 마다 않고 묵묵히 일해 주어서 고맙다는 말씀이었다. 여러분 모두에게 표창이 있을 것이다.

아울러 본관도 감사를 표하는 바이다.

본부 형사국

국장 J. V. 티어니

인사 게시판에서 밀라드의 사무실까지 10미터가 채 못 되었다. 나는 쏜살같이 그의 사무실로 달려갔다. 러스는 책상 앞에 앉아 있다가 고개를 들었다.

"여어, 버키. 내 솜씨가 어떤가?"

"나는 왜 전보 발령에 없습니까?"
"내가 잭에게 부탁해서 쇼트 사건에 계속 쓰겠다고 했어."
"왜요?"
"왜냐하면 자네가 훌륭한 형사이기 때문이지. 게다가 해리는 1950년이면 은퇴해. 더 설명이 필요한가?"
내가 대답이 궁해서 서 있는데 전화벨이 울렸다. 러스는 전화기를 집어 들었다.
"본부 살인국 밀라드입니다."
그는 잠시 상대방의 얘기를 듣더니 책상 맞은편에 있는 내선 전화를 손가락으로 가리켰다. 나보고 그 전화로 상대방의 얘기를 들어 보라는 지시였다. 나는 수화기를 집어 들었다. 그러자 우렁찬 남자 목소리가 흘러나오고 있었다.
"……저는 포트딕스 산하의 군(軍) 수사대에 근무하는 사람입니다. 이미 가짜 자백자들이 너무 많아 골치가 아프겠지만 여기 이 친구는 좀 신빙성이 있는 것 같습니다."
"말해 보세요, 소령."
러스가 말했다.
"자백해 온 군인의 이름은 조지프 듈레인지입니다. 포트딕스 본부 중대에 배속된 헌병인데 그가 술 마시고 떠들다가 소속 중대장에게 자백을 했어요. 그의 친구들 말에 따르면 그는 칼을 가지고 다닌대요. 1월 8일날 휴가를 받아서 비행기를 타고 로스앤젤레스로 갔다고 합니다. 게다가 우리는 그의 바지에서 혈흔을 발견했습니다. 그렇지만 양이 너무 적어 혈액형을 감정할 정도는 아닙니다. 저 개인적으로는 그가 질이 나쁜 군인이라는 점을 인정합니다. 해외 근무 때도 싸움질을 많이 했고 또 중대장 말에 의하면 아내를 두들겨 팬다고 합니다."

"소령, 듈레인지가 지금 당신 가까이에 있습니까?"

"예, 복도 맞은편 감방에 있습니다."

"그럼 나를 위해 이거 한 가지만 알아봐 주시오. 그에게 엘리자베스 쇼트의 모반(母斑)을 묘사해 보라고 하시오. 만약 그가 그걸 정확하게 말하면 내 파트너와 내가 캠프 맥아더에서 다음 번 수송기를 타고 그리로 가겠소."

"알았습니다."

소령이 대답했다.

그 소령은 듈레인지에게 물어보러 가기 위해 잠시 수화기를 내려놓았다.

"해리는 감기에 걸렸어. 어때, 똑똑한 친구, 뉴저지로 같이 여행 가지 않겠나?"

"진담입니까?"

"만약 그 군인이 엘리자베스의 엉덩이에 난 사마귀 얘기를 꺼낸다면 가 볼 생각이야."

"칼로 벤 자국을 물어보세요. 신문에 안 난 걸로 말입니다."

러스는 머리를 저었다.

"아니야. 그 얘기는 너무 자극적이야. 만약 그 군인이 하는 얘기가 신빙성이 있으면 은밀히 비행기를 타고 가서 조사를 해 보고 그 뒤에 현지에서 보고를 하는 거야. 만약 잭이나 엘리스가 이 제보를 받았다면 틀림없이 프리츠를 보냈을 거야. 프리츠라면 심문도 없이 내일 아침까지 그를 전기의자에 앉혀 놓을 거야."

프리츠에 대한 농담은 나를 화나게 했다.

"그는 그렇게까지 저질은 아니에요. 그리고 로는 무고한 사람에게 뒤집어씌우는 작전을 포기한 것 같아요."

"자넨 가끔 지나치게 감상적인 사람이 되는 경향이 있어. 프리츠는 정말 저질이야. 그리고 엘리스는……"

소령이 돌아와 전화기를 집어 들었다.

"듈레인지가 말하기를 그 여자의 왼쪽 어, 어, 이…… 둔부에 검고 자그마한 사마귀가 세 개 나 있답니다."

"소령, 엉덩이라고 해도 됩니다. 알았소. 내 곧 그리로 내려가지요."

조지프 듈레인지 하사는 키가 크고 근육이 우람한 스물아홉 살 난 사병이었다. 말상의 얼굴에 연필처럼 가는 콧수염을 기르고 검은 머리를 하고 있었다. 카키색 군복을 입은 그는 포트딕스 헌병 감실의 한 책상에서 우리와 마주 앉았다. 그는 얼굴이 꼴사나울 정도로 야비해 보였다. 군 법무관인 대위가 그의 옆에 앉아 있었는데, 민간인인 러스와 내가 그에게 고문을 하지 못하게 하려는 의도인 것 같았다.

서부에서 동부까지 비행기로 8시간이나 날아온 데다 여행도 편치 못했다. LA 시간으로는 지금 새벽 4시이기 때문에 세 시간의 시차를 아직 극복하지 못한 나는 좀 피곤했다. 그러나 정신은 말짱했다. 군 비행장에서 부대까지 차를 타고 오는 동안 우리와 통화를 했던 소령은 듈레인지에 대해서 브리핑을 했다. 그는 두 번 결혼한 역전의 용사이고, 주정꾼인 데다 누구나 두려워하는 싸움꾼이라는 것이다. 그의 진술은 불완전했지만 두 가지 움직일 수 없는 사실이 범인일지 모른다는 혐의를 뒷받침했다. 첫째 그는 1월 8일 비행기를 타고 LA에 갔고, 둘째 1월 17일 뉴욕시 펜실베이니아 역에서 음주로 체포되었다.

러스가 먼저 말문을 열었다.

"하사, 내 이름은 밀라드이고 여기는 블라이처트 형사야. 우린 LA 경찰 본부 소속이지. 만약 당신이 엘리자베스 쇼트를 죽인 게 확실하다면 우린 당신을 체포해서 LA로 데려갈 생각이야."

듈레인지는 의자에서 몸을 비틀었다.

"내가 그 여자를 베어 버렸죠."

그의 목소리는 비음이 약간 섞인 고음이었다.

"그렇게 말한 사람이 한두 명이 아니라네."

러스가 한숨을 내쉬며 말했다.

"난 그 여자와 섹스도 했어요."

"그런가? 아내 몰래 말이지?"

"난 프랑스인입니다."

그때 나는 스스로 악역을 자청했다.

"난 독일인이야. 그게 도대체 무슨 상관이야? 도대체 프랑스 사람이라는 사실이 마누라 몰래 오입질하고 돌아다니는 거랑 무슨 상관이 있어?"

듈레인지는 파충류처럼 혀를 날름거렸다.

"내 말은 그 여자에게 프렌치 스타일로 해 주었다 이겁니다.(구강 성교를 뜻함—옮긴이). 내 마누라는 그걸 싫어하거든요."

러스는 팔꿈치로 나를 찌르면서 제지했다.

"하사, 왜 하필이면 LA에서 휴가를 보냈나? 도대체 무슨 용건이었나?"
"섹스. 조니 워커 빨간 딱지. 흥분."
"그런 거라면 강 건너 맨해튼에도 많을 텐데."
"햇빛. 무비 스타. 종려나무."
러스는 웃음을 터트렸다.
"그래. LA에는 그런 게 다 있지. 그러고 보니 조, 자네 마누라는 아주 마음이 좋은 여자인가 보군. 그렇게 휴가를 혼자 보내게 내버려두다니 말이야."
"마누라는 내가 프랑스인이라는 걸 알아요. 아무튼 집에 있을 때는 마누라에게 끝내 주게 해 줍니다. 정상위로 25센티 깊숙이 찔러 준다 이겁니다. 그래서 내게 별로 불만이 없어요."
"조, 불만이 있다면 어떻게 할 건가? 마누라에게 어떻게 해 줄 건가?"
"한번 투덜대면 주먹으로 때려 줍니다. 그러나 또다시 투덜대면 그때는 칼로 두 토막을 내어 버립니다."
듈레인지는 무표정하게 말했다.
"그럼 자네 얘기는 오입 한 번 하려고 LA까지 4,800킬로미터나 날아왔다는 얘긴가?"
내가 끼어들었다.
"글쎄 난 프랑스인이라니까요."
"내가 볼 때 네놈은 호모야. 그리고 입으로 그 짓이나 하고 다니는 놈 치고 변태 아닌 놈은 없어. 이 개자식, 너도 그렇게 생각하지 않아?"

그때 군 법무관이 의자에서 일어서더니 러스의 귀에다 뭐라고 속삭였다. 러스는 탁자 밑으로 내 발을 툭툭 쳤다. 듈레인지는 무표정한 얼굴을 휴지처럼 구기면서 웃음을 터트렸다.
"내 대답은 내 음경이 25센티는 된다는 거요. 알아듣겠소, 경찰 나리?"
"조, 블라이처트 형사를 좀 이해해 주기 바라네. 그는 퓨즈가 아주 짧아서 금방 열을 받는다네."
러스가 말했다.
"퓨즈만 짧은 게 아니라 음경도 짧을 겁니다. 독일 놈들은 대체로 그래요. 난 프랑스인이라 그런 건 빠삭하게 알아요."
러스는 요란하게 웃음을 터트렸다. 마치 무릎을 칠 정도로 멋진 농담을 들었다는 듯이.
"조, 자네 음경이 길다는 건 내 인정하겠네."
듈레인지는 다시 한 번 파충류처럼 혀를 낼름거렸다.
"아, 내가 프랑스인이라는 거, 이제 알겠죠?"
"조, 자네는 성질이 지랄 같다며? 캐럴 소령이 그러는데, 툭하면 마누라를 두들겨 팬다던데 사실인가?"
"차라리 오입쟁이보고 계집을 좋아하냐고 물어보시지 그래요?"
"물론 오입쟁이는 여자를 좋아하지. 그래 자네는 여자 때리는 걸 좋아한다는 말인가, 조?"
"아, 요구해 오면 어쩔 수가 없죠."
"그래, 자네 마누라는 얼마나 자주 요구를 해 왔는가?"
"매일 밤 10달러를 내놓으라는 거예요."
"아니, 내 말은 자네 마누라가 어떻게 했기에 때렸냐는 거야."

"내가 조니 워커 빨간 딱지를 잔뜩 마시고 집에 들어갔을 때 옆에서 바가지를 긁으면 그게 때려 달라는 요구지 뭡니까. 섹스를 하고 싶으면 콧소리를 내며 가랑이를 벌리듯이 말입니다."

"자네와 조니 레드(조니 워커 빨간 딱지—옮긴이)는 오래된 친군가?"

"조니 레드는 나의 가장 좋은 친구죠."

"그래 조니도 자네와 함께 LA로 갔나?"

"내 주머니 속에 앉아 같이 갔죠."

술꾼에다 사이코이기까지 한 자를 상대로 심문하자니 몹시 피곤했다. 나는 프리츠를 떠올리면서 이런 자는 거칠게 다루어야 한다고 생각했다.

"이 자식이 일부러 미친 척하는데. 대가리에 금이 좀 가 봐야 정신이 번쩍 들겠어?"

"블라이처트, 그만 해!"

나는 입을 다물었다. 군 법무관이 나를 노려보고 있었다. 러스는 넥타이의 매듭을 똑바로 매었다. 그건 입 다물라는 신호였다. 듈레인지는 왼쪽 손가락들을 하나씩 딱딱 소리를 내며 꺾었다. 러스는 탁자 위로 담뱃갑을 내밀었다. 그것은 수사 교과서에 나와 있는 '나는 당신의 친구'라는 뜻의 고전적인 수법이었다.

"조니 레드는 자기와 함께 있을 때만 내게 담배를 피우라고 해요. 조니를 데려오면 담배를 피우겠습니다. 나는 조니의 도움이 있으면 자백을 더 잘해요. 노스포스트의 가톨릭 군종 신부에게 한 번 물어보세요. 내가 고백성사를 하러 갈 때면 늘 입에서 술 냄새가 났다고 말할 테니까요."

나는 점점 더 조지프 듈레인지 하사가 신문에 이름이나 내려고 하는 떠벌이라는 심증이 굳어졌다.

"조, 법정에서는 술 먹고 하는 자백은 받아 주지 않아. 내가 이거 한 가지는 말해 주지. 자네가 정말 엘리자베스 쇼트를 죽였다는 걸 입증하면 LA로 돌아가는 길에 자네에게 조니를 갖다 주지. 비행기 타는 시간만 여덟 시간이니까 조니와 사귈 시간은 충분할 거야. 어떤가?"

"글쎄, 내가 달리아를 토막 쳤다니까요."

"아니, 자넨 그런 짓을 하지 않았어. 그러니 자네와 조니는 한동안 헤어져 있어야 하겠구먼."

"내가 토막을 냈다니까요."

"어떻게?"

"젖꼭지와 양 입을 찢어 놓았죠. 그다음엔 마구 난도질을 해 댔어요."

러스는 한숨을 내쉬었다.

"조, 다시 과거로 돌아가 보자고. 자네는 1월 8일 수요일 포트딕스에서 비행기를 타고 그날 밤 맥아더 캠프에 내렸어. 자네와 조니는 LA에 함께 가서 아주 허랑방탕하게 놀았지. 그래, 제일 처음 어디로 갔나? 할리우드 블러바드? 선셋 스트립? 해변? 그래 어딘가?"

듈레인지는 다시 손가락 마디 꺾는 소리를 냈다.

"노스 알바라도 463번지에 있는 나탄스 태투 팔러(문신을 해 주는 집 ― 옮긴이)로 갔어요."

"그래, 거기서 뭘 했나?"

미치광이 조는 오른쪽 소매를 걷어 올렸다. 그러자 갈라진 혀를 날름거리는 뱀 문신이 나왔고 그 밑에 '프랑스'라는 글자가 새겨져 있었다. 그가 이두박근에 힘을 주자 문신이 늘어났다.
"아 글쎄, 나는 프랑스인이라니까요."
밀라드는 그의 전매품인 역할 교대를 은근히 내비쳤다.
"나는 경찰인데 자네 말은 점점 재미가 없어지는군. 내가 지켜 워지면 블라이처트 형사가 심문을 담당하지. 블라이처트 형사는 한때 세계 라이트 헤비급 랭킹 10위까지 올라간 사람이야. 그리고 아주 우락부락한 사람이지. 그렇지 않은가, 파트너?"
나는 주먹을 쥐어 보였다.
"나는 독일인이라니까."
뒬레인지는 웃음을 터트렸다.
"돈 놓고 돈 먹기. 조니가 없으면 자백도 없어요."
나는 탁자를 뛰어넘어 그자에게 달려들고 싶었다. 러스는 내 팔을 꽉 잡으면서 그에게 흥정했다.
"조, 나와 거래를 하세. 우선 어떻게 베티 쇼트를 알게 됐는지 얘기해 줘. 구체적인 사실을 좀 제시해 봐. 이름, 날짜, 인상착의 등을 말해. 그다음에 1차 휴식을 갖기로 하지. 그럼 자네와 조니는 같이 감방으로 가서 다시 친해지게 될 거야. 어떤가?"
"조니 파인트(약 600cc짜리—옮긴이)로요?"
"아니, 그것보다 큼직한 조니 1리터를 갖다 주지."
프랑스인은 담뱃갑을 움켜쥐더니 한 개비를 꺼냈다. 러스는 라이터를 꺼내 그에게 불을 붙여 주었다. 뒬레인지는 담배를 한 모금 길게 빨더니 연기와 함께 말을 내뱉었다.

"문신 집에서 나온 뒤 나와 조니는 택시를 잡아타고 시내로 들어가 방을 하나 얻었어요. 9번가 올리브에 있는 하바나 호텔이었는데 하룻밤에 2달러였어요. 바퀴벌레가 득시글한 싸구려 방이었죠. 어찌나 바퀴벌레가 많던지 바퀴벌레 약을 한바탕 뿌리고 나서야 간신히 잠이 들 수 있었죠. 그리고 다음 날 아침 조니와 나는 여자를 찾아 나섰지요. 그러나 운이 없었어요. 그다음 날 버스 정류장에서 필리핀 여자를 하나 만났어요. 샌프란시스코로 가야 하는데 차비가 없다는 거예요. 그래서 나와 조니를 받아 주면 5달러를 주겠다고 했죠. 그랬더니 둘이면 최소한 10달러를 내야 한다더군요. 그래서 내가 조니는 예수님처럼 점잖은 사람이니까 한 사람 몫으로 치면 안 된다고 했지요. 그래서 5달러로 합의를 봤죠. 호텔 방으로 가보니 약발이 다 되었는지 바퀴벌레가 다시 득시글하더라고요. 나는 그녀를 조니에게 소개하면서 조니를 먼저 맛보라고 했죠. 그녀는 겁먹은 표정으로 이게 뭐냐고 하더군요. 나는 그녀에게 도대체 네가 뭔데 조니 레드를 우습게 보냐고 말해 주었어요.

바퀴벌레들은 흑인들처럼 울어 대기 시작했어요. 그 필리핀 년은 조니 이빨이 너무 날카롭다고 했어요(술이 너무 독하다는 뜻—옮긴이). 내가 '천만에, 그럴 리가 있나.' 하고 말했더니 그 여자는 걸음아 나 살려라 하고 방에서 도망쳤어요. 그래서 나와 조니는 토요일 늦게까지 방 안에 틀어박혀 있었죠. 하지만 여자 생각이 아주 간절하더라고요. 그래서 브로드웨이에 있는 군용 물품 가게에 나가 보았어요. 나는 아이젠하워 상의에 달 리본을 몇 개 샀죠. 참나무 이파리, 은성(銀星), 동성(銅星) 등이 장식된 특별 무공 십자가 훈장이었어요. 대(對) 일본전에서 무공을 쌓은 군인들에게 주었던 각종 메달들이었지요. 그걸 가슴에 척 붙이고 나니 내가 조지 S. 패튼 장군(1885~1945. 제2차 대전 중 신속한 탱크전을 제창하여 혁혁한 전공을 올린 미국의 4성 장군——옮긴이)보다 더 위대해진 것 같더라고요. 그길로 나와 조니는 나이트아울이라는 바에 갔어요. 달리아가 그곳으로 들어오는 순간 조니가 내게 이렇게 속삭이더군요. '저기 당신의 베이비가 들어오는군요. 이번 거는 틀림없어요. 그러니 주저하지 말고 저 베이비를 잡으세요.' 그래서 난 그녀에게 접근했습니다."

듈레인지는 담배를 비벼 끄고 나서 다시 담뱃갑을 집었다. 러스는 계속 듈레인지의 말을 적어 나갔다. 나는 중앙 순찰대에서 근무하면서 나이트아울에 가 본 적이 있으므로 그 시간과 위치를 한번 따져 보았다. 그 바는 6번가 힐 로에 있었다. 레드 맨리가 1월 10일 금요일에 베티 쇼트를 떨어트렸다는 빌트모어 호텔에서 불과 두 블록 떨어진 곳이었다. 그 프랑스인은 술 때문에 섬망 증세가 있기는 해도 어느 정도 맞는 말을 하고 있는 것 같았다.

"조, 그러니까 자네가 말하는 시점은 1월 11일 토요일 밤에서 1월 12일 일요일로 넘어가는 그 순간까지란 말이지?"

러스가 물었다.

듈레인지는 또 다른 담배에 불을 붙였다.

"난 프랑스인이지 달력이 아니에요. 토요일 다음에 일요일이 오는지 어쩐지는 당신이 따져 봐요."

"알았어. 계속해 봐."

"아무튼 달리아, 나, 조니 이렇게 셋이서 얘기를 좀 했어요. 그리고 호텔로 가자고 꼬드겼죠. 그래 호텔로 갔더니 아, 바퀴벌레란 놈들이 온갖 데서 나와서는 침대 틈새에서 우글거리는 거예요. 달리아는 바퀴벌레를 다 죽이기 전에는 가랑이를 벌리지 않겠다고 버텼죠. 나는 조니를 집어 들고 그놈으로 바퀴벌레를 죽이기 시작했어요. 조니는 하나도 안 아프다고 했지만 달리아 년은 과학적인 방법으로 바퀴를 죽이기 전에는 한 치도 벌릴 수 없다고 계속 까탈을 부렸어요. 그래서 길 아래쪽으로 내려가 의사를 만났지요. 5달러를 주니까 바퀴 죽이는 물약을 주더군요. 그리고 나와 달리아는 조니 레드가 보는 가운데 토끼처럼 열정적인 섹스를 했어요. 그랬더니 조니가 화를 내더군요. 달리아가 너무 끝내 주게 해줘서 나는 조니를 거들떠보지도 않았거든요."
나는 그런 똥 같은 얘기가 듣기 싫어서 다른 질문을 했다.
"그녀의 몸매를 설명해 봐. 잘 설명해. 그렇지 않으면 감방에서 나갈 때까지 조니 레드 구경은 못 할 거야."
듈레인지의 얼굴이 부드러워졌다. 마치 자신의 곰 인형을 빼앗길까 봐 두려워하는 아이 같았다.
"조, 대답해."
러스가 거들었다.
듈레인지는 씩 웃어 보였다.
"내가 도려내기 전까지 그녀는 분홍색 젖꼭지가 달린 매력적인 유방을 갖고 있었어요. 다리는 약간 굵었지만 음모는 훌륭했어요. 그리고 엉덩이에는 내가 캐럴 소령에게 말한 것처럼 사마귀가 나 있더군요. 그리고 등에는 매 맞은 자국이 있었는데 최근에 난 것이었어요. 어디선가 매질을 당한 것 같더군요."
나는 검시의가 말한 '부드러운 채찍 자국'을 기억해 내고 감전

된 듯 온몸이 찌릿해짐을 느꼈다.

"조, 계속 말해 봐."

러스가 재촉했다.

듈레인지는 괴물처럼 웃었다.

"그런데 달리아가 이상하게 굴기 시작했어요. '그렇게 메달을 많이 수여받았으면서 어떻게 하사밖에 안 되었죠?' 하고 묻는 거예요. 그녀는 나를 매트니 고든이니 하고 부르면서 우리 아이 어쩌고저쩌고 하는 거예요. 아니 섹스라곤 바로 직전에 딱 한 번 했는데 어떻게 아이가 들어섰겠어요. 게다가 난 콘돔까지 끼고 있었다고요. 내 친구 조니도 황당한 표정을 짓더군요. 그리고 조니와 바퀴벌레가 동시에 합창을 하기 시작했어요. '아무래도 쟤는 사랑스러운 베이비가 아닌 것 같아요.' 라고 말이에요. 하지만 어떻게 한 번만 하고 그년을 돌려보낼 수 있겠어요. 그래서 나는 그녀를 바퀴벌레 같은 의사에게 데려갔어요. 그자에게 10달러를 찔러 주면서 가짜 검사를 좀 해 달라고 했지요. 그 돌팔이는 그녀를 검사하는 척하더니 '아이는 건강하고 6개월 안에 태어날 것' 이라고 말해 주었어요."

비록 듈레인지가 섬망 증세를 보이긴 하지만 매트니 고든이니 하는 이름까지 대는 걸 보니 점점 더 그의 말에 신빙성이 있는 것 같았다. 그 이름은 베티 쇼트가 환상 속에서 남편으로 생각하는 매트 고든과 조지프 고든 피클링이었다. 나는 그자가 범인일 확률이 50대 50이라고 생각했다. 그리고 나는 빅 리 블랜처드를 위해서라도 그 건을 어서 마무리 짓고 싶었다.

"조, 그다음엔 어떻게 했나?"

러스가 물었다.

듈레인지는 정말 당황하는 표정을 지었다. 그의 허장성세도 끝나고 술로 흐리멍덩해진 기억력은 더 이상 힘을 발휘하지 않았다. 그의 소망이라고는 어서 빨리 조니 레드와 재결합하는 것뿐인 것 같았다.

"그다음엔 그녀를 베어 버렸죠."

"어디서?"

"두 토막으로요."

"조, 그게 아니고, 어디서 살인을 했냐는 말이야?"

"오, 호텔에서요."

"몇 호실이지?"

"116호실."

"그럼 시체를 어떻게 39번가 노턴 로로 옮겼나?"

"차를 훔쳤어요."

"어떤 차였는데?"

"셰비였어요."

"제작 연도와 모델명은?"

"43년형 세단이었어요."

"조, 전쟁 중에는 새 차가 만들어지지 않았어. 다시 한 번 생각해 봐."

"47년형 세단이었어요."

"그런 새 차를 누가 키를 꽂은 채 내버려 두었단 말이지? LA 번화가에서?"

"점화 장치로 쇼트시켜서 시동을 걸었어요."

"조, 그렇게 시동 거는 방법을 한번 설명해 봐."
"뭐라고요?"
"쇼트 시동 과정을 설명해 보라고."
"어떻게 시동을 걸었는지 기억이 나질 않아요. 난 너무 취해 있었어요."
"39번가 노턴 로는 어디 있나?"
내가 끼어들었다.
듈레인지는 담뱃갑을 만지작거렸다.
"크렌쇼 블러바드와 콜리세움 가 사이에 있어요."
"신문에 안 난 얘기 좀 해 봐."
"난 그녀의 입을 쫙 찢어 놓았어요. 이쪽 귀에서 저쪽 귀까지."
"그건 누구나 알고 있어."
"나와 조니는 그녀를 강간했어요."
"그녀는 강간당하지 않았어. 그리고 조니도 아무런 흔적을 남기지 않았어. 왜 그녀를 죽였나?"
"그녀는 그걸 아주 못했어요."
"거짓말! 넌 아까 그녀와 토끼처럼 그 짓을 했다고 했잖아."
"그렇다면 나쁜 토끼네요."
"계집은 깜깜해지면 다 똑같아. 왜 그녀를 죽였나?"
"내게 프렌치 스타일로 해 주지 않았어요."
"웃기지 마. 창녀촌에 가서 5달러만 주면 아무 데서나 프렌치를 해 줘. 자네 같은 진짜 프랑스인은 그걸 잘 알 텐데."
"그녀는 프렌치 기술이 시원치 않았어요."
"말도 안 되는 소리 좀 집어치워, 이 더러운 자식아!"

"난 그녀를 토막 쳤어요!"
나는 해리 시어즈처럼 탁자를 쾅 하고 내리쳤다.
"넌 거짓말이나 지껄이는 개 같은 프랑스 놈이야!"
군 법무관이 벌떡 일어섰다. 듈레인지는 소리쳤다.
"내 조니를 내놔요."
"저자를 여섯 시간 내에 다시 데려오시오."
러스가 군 법무관에게 말했다.
그리고 러스는 내게 미소를 지어 보였다. 나는 그가 그토록 부드러운 미소를 짓는 건 처음 보았다.
우리는 듈레인지가 범인일 확률을 50대 50에서 75대 25로 높였다. 러스는 결과를 보고하기 위해 LA로 전화하면서 과학수사대를 하바나 호텔 116호실로 보내 혈흔 체크를 해 보라고 지시했다. 나는 캐럴 소령이 배정해 준 장교 숙소로 가서 잠을 잤다. 나는 베티 쇼트가 경찰 백차에 타고 있는 꿈을 꾸었다. 그리고 백차에서 경보가 발령되자 나는 매들린을 잡으려고 손을 뻗었다.
눈을 뜨자 깨끗한 양복을 입고 서 있는 러스가 보였다. 그는 내게 신문을 건네주었다.
"엘리스 로를 과소평가해서는 안 돼."
러스가 건네준 뉴어크 타블로이드 신문에는 다음과 같은 머리기사가 실려 있었다.
「포트딕스 소속의 군인이 엽기적인 로스앤젤레스 살인 사건의 범인!」
대문짝만 한 활자 밑에는 프랑스인 조 듈레인지와, 책상 뒤에서 멋진 포즈를 취한 엘리스 로의 사진이 나란히 나 있었다. 기사 내용은 다음과 같았다.

우리의 자매지인 로스앤젤레스《미러》에 난 특종 기사에서 로스앤젤레스의 지방 검사보이며 불가사의한 '블랙 달리아' 사건의 담당 검사인 엘리스 로는 지난밤 사건 해결에 획기적인 발전이 있었다고 밝혔다.

"나는 나의 신임하는 동료이며 현재 뉴저지의 포트딕스에 가 있는 러셀 밀라드 차장과 드와이트 블라이처트 형사로부터 그 부대 소속의 조지프 듈레인지 하사가 엘리자베스 쇼트를 살해한 사실을 자백했다는 보고를 받았습니다. 그리고 그 자백 내용에는 범인만이 알 수 있는 구체적 사실이 들어 있었다고 합니다. 듈레인지 하사는 질 나쁜 사병으로 소문나 있었습니다. 나의 부하들이 듈레인지를 죄상인부(罪狀認否) 절차를 위해 LA로 데리고 오는 즉시 그 자백에 대한 더 많은 정보를 알아내어 언론에 공개하도록 하겠습니다."

엘리자베스 쇼트 사건은 지난 1월 15일 아침 시체가 발견된 이래 관계 당국을 당혹시켜 왔다. 쇼트 양의 알몸 시체는 온몸에 자상을 입고 허리에서 두 동강이 난 채로 로스앤젤레스의 빈 공터에서 발견된 바 있다. 로 검사보는 듈레인지 하사의 자백 내용에 대해 구체적인 것은 밝히지 않았으나, 듈레인지가 쇼트 양과 친밀한 사이였다는 점을 밝혔다.

로는 "구체적인 내용이 곧 밝혀질 겁니다. 중요한 것은 이제 이 악마가 구속되었으니 더 이상 끔찍한 살인은 하지 못할 거라는 사실입니다."라고 덧붙였다.

나는 기사를 다 읽고 나서 웃음을 터트렸다.

"도대체 로에게 뭐라고 보고했습니까?"

"아무것도 말하지 않았어. 잭 국장에게 맨 처음 보고했을 때 듈레인지가 상당히 혐의점이 많다고만 말했어. 그랬더니 잭은 여길 떠나기 전까지 입 다물고 있으라고 지시하더군. 그게 전부였어. 그리고 두 번째로 전화 보고를 하면서 듈레인지도 역시 가짜 자백자인 것 같다고 했지. 그랬더니 잭이 무척 당황하더라고, 이제야 그 이유를 알 것 같아."

나는 침대에서 일어나 기지개를 켰다.

"이젠 듈레인지가 정말 그녀를 죽였길 바라는 수밖에 없군요."

러스는 머리를 저었다.

"과학수사대 말로는 호텔 방에서 혈흔이 발견되지 않았대. 그리고 시체를 씻어 낼 수도 없다는 거야. 캐럴 소령은 1월 10일에서 17일까지 듈레인지의 소재를 파악하라는 공문을 세 개 주의 헌병대에 보냈대. 음주 사병 구치소, 병원 등의 기록을 파악했는데 금방 회신을 받았어. 그 프랑스인은 1월 14일에서 17일까지 브루클린에 있는 세인트패트릭 병원의 정신병자 감금소에 구금되어 있었대. 아주 심한 알코올 섬망 증세였다는구먼. 그는 17일 아침에 병원에서 나왔는데 두 시간 뒤에 다시 펜실베이니아 역에서 잡혔다는 거야. 프랑스인은 깨끗해."

나는 도대체 누구에게 화를 내야 할지 알 수 없었다. 로와 그 일행은 그저 수단과 방법을 가리지 않고 사건을 끝내려 들고, 밀라드는 정의를 추구하고, 나는 그런 엉터리 기사를 제공한 인물로 지목되었으니 고향으로 돌아가면 바보가 될 게 뻔했다.

"듈레인지는 어떻게 합니까? 그를 다시 한 번 심문해 볼 생각입니까?"

"그래서 노래 부르는 바퀴벌레 얘기나 또 들으라고? 아니야, 그럴 필요 없어. 캐럴 소령이 병원에서 온 회신을 듈레인지에게 들이밀었더니 사람들의 관심을 끌려고 가짜 자백을 했다고 털어놓았대. 첫 번째 아내와 화해하고 싶은데 그렇게라도 해서 동정을 받으면 잘될 줄 알았다는 거야. 나는 그와 다시 얘기를 해 보았어. 역시 섬망 증세를 보이는 얘기뿐이었어. 그러니 더 이상 그자에게서는 건질 게 없어."

"하느님 맙소사!"

"정말 하느님 맙소사야. 조는 곧 의병 제대를 할 거야. 그리고 우리는 45분 안에 LA로 돌아가는 비행기를 타야 해. 자, 파트너, 어서 옷이나 입으라고."

나는 후줄근해진 옷을 다시 입었다. 러스와 나는 비상문으로 나와 군 비행장으로 우리를 데려다 줄 지프를 기다렸다. 멀리서 제복을 입은 키 큰 병사가 걸어오는 것이 보였다. 나는 추위에 몸을 떨었다. 키 큰 사병이 가까이 다가왔다. 그는 다름 아닌 조지프 듈레인지 하사였다.

그는 비상문에 다가서더니 조간 신문을 펴 보이며 1면에 난 사진을 가리켰다.

"이봐, 내 기사가 1면을 장식했어. 독일놈 자네는 작은 글씨로 났어. 그러니 넌 별 볼일 없는 놈이야."

나는 그의 입김에서 조니 레드 냄새를 맡으면서 그의 턱에 강렬한 라이트 훅을 터트렸다. 듈레인지는 해빙기에 돌담 무너지듯 땅

바닥에 푹 주저앉았다. 나도 오른손이 얼얼하게 아파 왔다. 러스 밀라드는 이교도를 비난하는 예수 같은 표정으로 나를 쳐다보았다.
"그렇게 잘난 척하지 말아요. 괜히 당신만 성인 군자인 척하지 말란 말이에요."
나는 쉰 목소리로 내뱉었다.

"버키, 여러 가지 이유로 이 자그마한 회의를 소집했네. 그 이유 중 하나는 듈레인지 건으로 너무 성급하게 결론을 내린 것을 사과하려는 거야. 내가 너무 앞질러서 기자들에게 정보를 흘린 것 같아. 그래서 자네가 좀 피해를 입었지. 그 점에 대해서 사과하겠네."
나는 엘리스 로를 쳐다보았다. 그리고 그 옆에 앉아 있는 프리츠 보겔도 쳐다보았다. 그 '자그마한 회의'는 프리츠의 집 거실에서 열렸다. 신문은 듈레인지 건을 연 이틀 대서특필했고 그 결과 나는 쓸데없는 일에 정력을 쏟은 무분별한 경관이 되고 말았다.
"로 씨, 제게 바라는 게 뭡니까?"
"나를 엘리스라고 불러 주게."
프리츠는 웃음을 터트렸다.
회의는 은근한 분위기라고는 전혀 없었다. 프리츠의 가정부가 음료와 크래커를 가져다 놓았지만 그것도 분위기를 조성하는 데 별 도움이 되지 않았다. 나는 한 시간 뒤에 매들린을 만나기로 되어 있었다. 그리고 근무 시간 이외에 직장 상사와 사교 모임을 갖는 것은 내가 제일 바라지 않는 일이었다.

"좋아요, 엘리스."

로는 나의 말투에 몸이 굳어졌다.

"버키, 우리는 과거에 몇 번 부딪쳤지. 그리고 지금도 부딪치고 있는지도 몰라. 그렇지만 몇 가지 사항에 대해서는 의견 일치를 보았다고 생각해. 우리는 하루빨리 쇼트 사건을 마무리 짓고 본업으로 돌아가기를 원해. 내가 그 살인자를 기소하고 싶어 하는 만큼이나 자네는 영장국으로 되돌아가기를 바라지. 내가 맡은 이 사건이 이처럼 난국에 빠지지만 않았다면 나도 지금쯤 영장국에 돌아가 밀린 업무를 처리하고 있을 거라네."

나는 로열 플러시 패를 든 삼류 카드 사기꾼이 된 기분이었다.

"엘리스, 저한테 원하는 게 뭡니까?"

"내일이라도 당장 자네를 영장국으로 원대 복귀시키고 싶네. 그리고 영장국으로 되돌아가기 전에 마지막으로 쇼트 사건에 전력을 기울이고 싶어. 자네나 나나 모두 장래가 유망한 사람이야. 버키, 프리츠는 차장으로 승진되면 자네를 파트너로 쓰고 싶어 한다네. 그리고······."

"러스 밀라드도 해리 시어즈가 은퇴하면 나를 파트너로 쓰고 싶다던데요."

프리츠는 탄산 음료를 꿀꺽거리며 한 모금 마셨다.

"자네는 그와 일하기에는 너무 거칠어. 러스는 자네가 잘 참지 못하는 성미라고 여기저기 떠들어 댔어. 내가 보기엔 러스는 감상적인 자선가 타입이야. 자네하고는 안 맞지."

프리츠가 말했다.

프리츠와 한 팀이 되는 것은 결과를 예측할 수 없는 훌륭한 와

일드카드가 될 것 같았다. 내가 조 둘레인지를 마구 두들겨 팰 때 러스가 짓던 그 혐오의 표정도 생각났다.

"엘리스, 용건이 뭡니까?"

"드와이트, 좋았어. 내 이제 얘기해 줌세. 시청 교도소에는 아직도 자백자 네 명이 구금돼 있어. 베티 쇼트가 실종되던 날을 전후로 알리바이가 분명치 않은 자들이지. 처음 심문했을 때 그자들의 얘기는 일관성이 없었어. 아주 포악한 자들이고 말할 때마다 미친놈들처럼 입에 게거품을 물어. 자네가 그자들을 재심문하는데 좀 도와주어야겠네. 말하자면 자네가 적당한 조연을 하면 되는 거야. 이건 완력으로 하는 일이야, 알겠지? 프리츠는 쾨니히가 이 일에 적임자라고 했지만 내가 보기엔 그는 너무 폭력을 좋아해. 그래서 대신 자네를 고른 걸세. 자, 드와이트, 영장국으로 돌아올 텐가, 아니면 러스 밀라드가 자네를 지겨워할 때까지 지저분한 살인국에서 일할 텐가? 드와이트, 밀라드는 아주 참을성이 많고 끈질긴 사람이지. 자네를 지겨워하려면 아주 오랜 시간이 걸릴 걸세."

나의 로열 플러시 패는 결국 똥패가 되고 말았다.

"한번 해 보겠습니다."

로는 환한 얼굴을 지었다.

"지금 시청 교도소로 가게. 야간 간수가 그 네 명을 풀어 주라는 지시를 내려놨을 거야. 야간 순찰차 차고로 가 보면 취객을 잡아들이는 호송차가 있을 거야. 열쇠는 매트 밑에 있어. 그 자백자 네 놈을 호송차에 태워서 사우스 알라메다 1701번지로 가서 프리츠를 만나게. 드와이트, 영장국으로 되돌아온 것을 환영하네."

나는 일어섰다.

로는 접시에서 크래커를 하나 집어 우아하게 씹었다. 프리츠는 떨리는 손으로 컵을 들고 음료를 마저 비워 버렸다.

그 미치광이들은 죄수복을 입고 손과 발에 수갑과 족쇄를 찬 채로 구치소에서 나를 기다리고 있었다. 간수가 내게 준 임시 석방 허가서에는 범죄자 사진과 범죄 기록 사본이 첨부되어 있었다. 감방의 문이 전기 감응 장치에 의해 자동으로 열리자 나는 사진과 얼굴을 대조해 보았다.

폴 데이비드 오차드는 키가 작고 옆으로 퍼졌으며 얼굴 중앙에는 커다란 들창코가 자리 잡고 있었다. 그리고 긴 블론드 머리는 포마드를 발라 뒤로 넘기고 있었다.

세실 토머스 더킨은 50세 정도 된, 백인과 흑인 사이에서 난 혼혈이었다. 대머리에다 얼굴에 주근깨가 많고 키가 195센티미터는 되어 보였다.

찰스 마이클 이슬러는 보기 흉할 정도로 크고 푹 꺼진 갈색 눈을 갖고 있었다.

로렌 비드웰은 허약해 보이는 노인이었는데 중풍으로 몸을 심하게 떨고 있었고, 피부는 기미로 얼룩덜룩했다. 그는 너무나 병약해 보였다. 나는 사람을 제대로 보았는지 확인하기 위해 범죄 기록을 두 번이나 면밀히 체크했다. 기록에는 1911년부터 유아 성폭행 전과가 있는 것으로 나와 있었다. 그 노인은 기록에 나온 자가 틀림없었다.

"자, 네 명은 보행 통로로 나와라."

내 말에 따라 그들은 게처럼 옆걸음질 치면서 감방을 빠져나왔다. 그들의 발을 묶은 쇠사슬이 바닥에 닿아 철그렁거렸다. 나는 그들에게 좁은 보행 통로 옆에 나 있는 비상구를 가리켰다. 그 미치광이들은 주차장을 빠져나갔다. 내가 음주 단속 호송차를 찾아내어 후진시키는 동안 간수는 총을 겨누며 그들을 감시했다.

간수는 호송차 뒷문을 열었다. 나는 백미러를 통해 나의 화물들이 뒤칸에 오르는 것을 보았다. 그들은 자기들끼리 뭐라고 속삭였으며 차에 오르면서 시원한 밤공기를 허파 깊숙이 들이마셨다. 간수는 뒷문을 닫고 총열을 흔들어 가도 좋다는 신호를 했다. 나는 서서히 주차장을 빠져나왔다.

사우스 알라메다 1701번지는 시 교도소에서 2.5킬로미터 가량 떨어진 이스트 LA 공단 지역에 있었다. 5분 뒤 나는 그곳을 찾아냈다. 창고들이 밀집해 있는 커다란 블록 한가운데 있는 대형 창고였다. 그 창고만이 유일하게 거리 정면을 향해 간판 불이 켜져 있었다.

"카운티 킹, 점심 식사용 고기 전문점. 로스앤젤레스 군 형무소에 음식을 제공하는 집."

나는 차를 주차시키면서 경적을 울렸다. 그러자 간판 밑에 있는 문이 열리더니 불이 꺼졌다. 거기엔 프리츠 보겔이 허리띠에 엄지손가락을 찔러 넣은 채 서 있었다.

나는 차에서 내려 뒷문을 열었다. 미치광이들은 보도 위로 내려섰다.

"어이! 신사 양반들, 이쪽이야!"

프리츠가 소리쳤다.

네 명이 소리가 난 쪽으로 게처럼 걸어가는 동안 프리츠의 뒤쪽에서 불이 켜졌다. 나는 호송차의 문을 잠그고 그쪽으로 갔다. 프리츠는 마지막 미치광이를 창고 안으로 들인 뒤 복도에서 나를 맞이했다.

"여긴 군(郡) 상납 시설이야. 이 창고 임자가 군의 비스켈러즈 보안관에게 신세를 좀 졌지. 그리고 그 보안관이 잘 아는 사복 경찰 차장이 있는데, 그 차장 형이 나한테 도움을 많이 받았어. 내가 말하는 시설이 뭔지 곧 보게 될 거야."

나는 문을 닫고 빗장을 질렀다. 프리츠는 미치광이 네 명을 지나더니 고기 냄새가 나는 홀로 나를 데려갔다. 홀 끝에 이르니 다시 커다란 방이 나왔다. 시멘트 바닥엔 톱밥이 깔려 있었고 천장에는 고깃덩어리를 거는 갈고리가 여러 줄로 설치되어 있었다. 갈고리에는 커다란 소 갈비짝이 매달려 있었다. 탁 트인 곳인 데다 실내 온도가 있어서 날파리들이 마구 들끓었다. 나는 비위가 틀어져 속이 뒤집혔다. 맨 뒤쪽에 빈 갈고리가 네 개 있었고, 그 바로 밑에 의자 네 개가 나란히 놓여 있었다. 나는 그제야 일이 어떻게 돌아갈 건지 알아차렸다.

프리츠는 미치광이들의 수갑을 풀어 손을 앞으로 돌린 뒤 다시 수갑을 채웠다. 나는 옆에 서서 그들의 반응을 살폈다. 늙은이 비드웰은 이제 걷잡을 수 없을 정도로 몸을 와들와들 떨었다. 더킨은 혼자 중얼거리고 있었고, 오차드는 끈적한 포마드를 바른 올백 머리를 한쪽으로 약간 갸우뚱하면서 냉소적인 미소를 짓고 있었다. 오로지 찰스 이슬러만 제정신을 차리고 사태의 심각성에 우려를 표하고 있었다. 그는 손을 떨며 프리츠와 나를 번갈아 쳐다보면서 날카로운 눈초리를 던졌다.

프리츠는 주머니에서 테이프 한 통을 꺼내어 내게 던졌다.

"이자들의 전과 기록을 갈고리 옆에 있는 벽에다 붙여. 알파벳 순으로 똑바로 보이게 말이야."

나는 시키는 대로 하면서 탁자보가 덮인 탁자가 대여섯 발자국 떨어진 문턱에 비스듬히 놓인 것을 보았다. 프리츠는 죄수들을 의자로 데려가 그 위에 올라서게 했다. 그다음 그들의 수갑을 머리 위의 갈고리에 걸게 했다. 나는 그들의 범죄 기록을 훑어보면서 그들을 정말 증오할 수밖에 없는 자료가 나오기를 빌었다. 그래야 나도 이 밤을 견디고 영장국으로 되돌아갈 수 있을 것 같았다.

로렌 비드웰은 미성년자들에게 성도착 행위 및 치상(致傷)으로 아타카스테로 교도소에서 세 번이나 복역한 적이 있었다. 석방되어 사회에 나와 있던 기간에는 각종 대형 섹스 사건에 연루되었다고 자백했다. 심지어 1920년대에 있었던 힉맨 가(家)의 아이 유괴 피살 사건에도 주범으로 지목되었다.

마약 상용자 세실 더킨은 싸움을 할 때는 칼을 쓰고, 감옥 내에서 남색 강간을 한 자였다. 사회에 있을 때는 소규모 재즈 악단에서 재즈 드럼을 쳤다. 방화죄로 퀜틴 교도소에서 두 번 복역했는데, 마지막 방화 사건 때는 불타는 현장에서 자위 행위를 하다가 체포되었다. 그가 불 지른 곳은 악단 리더의 집이었다고 한다. 그 방화죄로 그는 12년 형을 선고받았다. 석방된 이후에는 구세군의 집에서 먹고 자면서 접시닦이로 일했다.

찰스 이슬러는 매춘 뚜쟁이 창녀 피살 사건 때마다 가짜 자백을 전문적으로 하는 자였다. 뚜쟁이 짓 때문에 세 번 복역을 했는데 군 교도소 복역 기간은 1년 가량 되었다. 가짜 자백을 자주 해서 카

마리요 정신병자 요양소에서 90일 간의 감호 조치를 두 번 받았다.
폴 오차드는 취객의 주머니를 전문으로 터는 소매치기에 남창이었으며, 한때 샌버나디노 군의 보안관 대리를 지냈다. 소매치기 범죄 말고도 폭력 치상으로 두 번 유죄 판결을 받았다.
약간 증오심이 목구멍으로 치밀어 올랐으나 그리 강력한 것은 아니었다. 나는 승패를 가늠할 수 없는 상대를 향하여 링 위에 올라설 때와 같은 그런 불확실한 느낌이 들었다.
"멋진 사중주야, 그렇지 않나?"
프리츠가 내게 말을 걸었다.
"멋진 남성 사중창단이로군요."
프리츠는 가까이 오라는 듯이 내게 손가락을 까닥거렸다. 나는 그에게 다가가 범죄자들을 쳐다보았다. 프리츠가 말하는 동안에도 나의 증오심은 아까 그대로 불확실한 상태였다.
"네놈들은 모두 달리아를 죽였다고 자백했어. 그런데 우린 그걸 입증할 길이 없어. 그러니 네놈들이 그걸 납득시켜 줘야겠어. 버키, 달리아의 실종 기간에 대해 저자들에게 좀 물어봐. 나는 옆에서 듣고 있다가 그게 개소린지 아닌지 가려낼 테니까."
나는 먼저 비드웰을 심문했다. 그는 너무 심하게 몸을 떨어 발아래 의자까지 흔들거렸다. 나는 팔을 뻗어 갈고리를 잡아 그의 몸을 진정시켰다.
"할아버지, 베티 쇼트에 대해 말해 봐요. 왜 그녀를 죽였죠?"
노인은 간절한 눈빛으로 내게 호소해 왔다. 나는 고개를 돌려 그를 외면했다. 프리츠는 벽에 붙은 범죄 기록을 읽으면서 침묵을 비집고 들어왔다.

"이봐, 괜히 마음 약해지지 말라고. 저 영감태기는 말이야, 어린 소년들에게 자기 음경을 빨게 한 자야."

나는 손을 약간 떨면서 후크를 놓아 버렸다.

"자, 영감, 솔직히 말해요. 왜 그녀를 죽였소?"

"이봐요, 난 그 여자를 죽이지 않았어요. 난 단지 모범수 감방으로 가기만을 원했던 거요. 하루 세 끼 따슨 밥 먹고 침대가 있는 곳으로 가고 싶었다고요. 그것뿐이에요. 제발, 경관 나리."

비드웰은 겁먹은 표정으로 숨도 쉬지 않고 말했다.

그 노인은 여자를 묶어 난도질하고 두 토막 난 시체를 차에다 싣기는커녕 칼을 들어 올릴 힘조차 없어 보였다. 나는 세실 더킨에게 시선을 돌렸다.

"세실, 사실대로 불어."

그 마약 중독자는 나를 비웃었다.

"나한테 불라고? 그런 단어를 어디서 배웠나? 「딕 트레이시」나 「갱버스터」 같은 영화를 보았나?"

나는 곁눈질로 프리츠가 나를 살펴보면서 내 능력을 떠보고 있다는 것을 눈치 챘다.

"이 개자식. 한 번만 더 말한다. 네놈과 베티 쇼트의 관계를 불란 말이야."

더킨은 낄낄거렸다.

"난 베티 쇼트와 섹스를 했어. 그리고 네놈의 어머니와도 붙어먹었지. 그러니 난 네 애비야!"

나는 그의 명치에 강한 원투 스트레이트를 먹였다. 더킨은 다리가 휘청거렸지만 의자 위에서 쓰러지지는 않았다. 그는 헉 하고 숨을 내쉬더니 한참 동안 숨을 제대로 쉬지 못하다가 간신히 호흡을 가다듬은 뒤 아까 같은 허세를 부렸다.
"네놈은 혼자 똑똑한 체하고 있지? 네놈은 악역을 하고 네 파트너는 착한 역을 하는 거지. 네놈이 나를 때리면 저 친구가 나를 살려 주겠지. 이봐, 쓸데없는 광대 짓은 때려치워. 그건 호랑이 담배 먹던 시절에나 통하던 얘기야."
나는 오른손을 슬슬 문질렀다. 리 블랜처드와 조 듈레인지를 두들겨 패다 입은 주먹의 찰과상이 아직 아물지 않은 상태였다.
"세실, 난 착한 역을 맡은 사람이야. 그걸 명심해."
그 말은 급소를 찌르는 명언이었다. 세실은 대꾸할 말을 찾지 못했다. 나는 다시 찰스 마이클 이슬러에게 시선을 돌렸다.
그는 나를 똑바로 내려다보면서 말했다.
"나는 리즈를 죽이지 않았어요. 내가 왜 그런 거짓 자백을 했는지 모르겠어요. 그래서 사죄합니다. 그러니 제발 저 사람이 나를 해치게 하지 마세요."
그의 태도는 굉장히 진지해 보였다. 그러나 왠지 밥맛 떨어지는 분위기가 느껴졌다.
"그럼 나를 납득시켜 봐."
"난…… 난 할 수 없어요. 난 하지 않았으니까."
나는 이슬러가 뚱쟁이라는 점, 그리고 베티가 가끔 창녀 짓을 했다는 점을 연결시켜 그들 사이에 어떤 관련이 있지 않을까 하고 생각했다. 그리고 검은 수첩 속에 나온 창녀들이 베티가 프리랜서로 일했다고 말해 준 것을 기억했다.
"베티 쇼트를 알고 있나?"

"아니요."

"그녀에 대해서 알고 있나?"

"아니요."

"그럼 왜 살해했다고 자백했나?"

"그녀가 너무 귀엽고 예쁘더라고요. 그리고 신문에 난 사진을 보았을 때 너무 안됐다는 생각이 들었어요. 그래서…… 난…… 난 늘 예쁜 여자만 보면 죽였다고 자백하고 싶어져요."

"범죄 기록에 보면 창녀를 살해했다고 가짜 자백한 경우가 많은데, 왜 그러지?"

"글쎄, 나는……."

"자네는 여자 애들을 때렸지? 창녀들에게 마약도 먹였지? 그러고 나서 친구들에게 몸을 팔라고 시켰지……."

나는 갑자기 말을 멈추었다. 순간 케이와 보비 드 위트가 생각났던 것이다. 이슬러는 처음에는 천천히 고개를 위아래로 끄덕이더니 점점 더 세게 끄덕이기 시작했다. 그리고 그는 흐느끼기 시작했다.

"나는 정말 나쁜 짓을 했어요. 야비하고 더러운 짓을 했어요. 추잡하기 짝이 없었어요."

프리츠는 가까이 다가와 내 옆에 섰다. 그는 두 주먹에 구리 너클을 끼고 있었다.

"이렇게 부드럽게 해서는 죽도 밥도 안 돼."

프리츠는 이슬러의 의자를 걷어차 냈다. 가짜 자백꾼에 뚜쟁이인 이슬러는 비명을 내질렀다. 그는 이제 꼬챙이에 꽂힌 생선처럼 공중에 매달렸다. 수갑 하나로 온몸을 지탱하게 되자 손목의 뼈마디에서 딱딱거리는 소리가 났다.
"이봐, 내가 어떻게 하나 한번 봐."
프리츠는 그러고 나서 "쓰리꾼! 검둥이! 애들하고나 붙어먹는 새끼!" 하고 소리치면서 나머지 세 의자를 차례로 걸어차 버렸다. 이젠 네 명 모두 공중에 매달렸다. 그들은 비명을 지르고 두 다리로 서로의 다리를 잡으려고 하면서 몸을 비틀었다. 죄수복을 입고 요동치는 그들의 모습은 흡사 살아 있는 낙지 같았다. 그 비명은 마치 한 사람이 내지르는 것처럼 일치했다. 프리츠는 찰스 마이클 이슬러에게 집중했다.
그는 너클을 낀 주먹으로 그의 가슴에 롱 훅을 날리더니 이어 좌우 연타를 마구 퍼부었다. 이슬러는 비명을 내질렀고 급기야는 숨이 막혀 껄떡거렸다.
"이 매독에 걸려 사타구니가 썩어 문드러진 뚜쟁이놈! 달리아의 실종 기간에 대해 빨리 불지 못해!"
프리츠가 악을 썼다.
나는 다리가 너무 후들거려 곧 꺾어질 것만 같았다. 이슬러는 비명을 내질렀다.
"난…… 몰라…… 정말…… 모른다니……까요."
프리츠는 그의 사타구니에 강한 어퍼컷을 먹였다. 주먹에 낀 너클이 사타구니를 파고들었다.
"빨리 알고 있는 걸 죄다 불어!"
"난 범죄행정국에서 당신을 본 적이 있어요."
프리츠는 두 손으로 주먹 세례를 퍼부었다.
"그런 거 말고, 달리아에 대해 알고 있는 걸 대란 말이야! 이 매독에 걸린 뚜쟁이 새끼! 네가 데리고 있던 창녀들이 한 얘기를 다 말해!"

이슬러는 헛구역질을 했다. 프리츠는 가까이 다가가서 그의 몸을 미친 듯이 때렸다. 나는 이슬러의 갈비뼈에서 뚝 소리가 나는 것을 들었다. 그리고 왼쪽을 보았다. 문턱 벽에는 도난 경보기가 설치되어 있었다. 나는 그 경보기를 보고 또 보았다. 그때 나의 시야에 프리츠가 들어왔다. 그는 문턱에 놓인 탁자를 죄수들 쪽으로 밀고 왔다. 미치광이들은 갈고리에 매달린 채 낮은 신음 소리를 내며 떨고 있었다. 프리츠는 바로 내 옆에 와서 나에게 씨익 웃어 보였다. 그리고 탁자보를 젖혔다.

탁자에는 허리에서 두 동강이 난 벌거벗은 여자 시체가 놓여 있었다. 가발을 씌워서 엘리자베스 쇼트처럼 보이게 만들어 놓은 땅딸막한 여자였다. 프리츠는 찰스 이슬러의 목덜미를 움켜잡으면서 식식대며 말했다.

"네놈의 난도질 취미를 위해서 제인 도 43번을 소개하네. 자, 네놈들은 지금부터 이 시체를 난도질한다. 가장 잘 난도질한 놈이 모범수 감방으로 가는 티켓을 딴다!"

이슬러는 눈을 감으면서 아랫입술을 세게 깨물었다. 비드웰 노인은 새파랗게 질려서 입에 게거품을 물기 시작했다. 더킨의 바짓가랑이에서는 그가 싸 갈긴 똥 냄새가 났다. 양쪽 다 부러져 오른쪽으로 꺾인 오차드의 손목은 뼈와 근육이 새하얗게 불거져 있었다. 그 광경은 하나로 내 망막 속에 잡혔다. 프리츠는 파추코들이 개구리를 찌르는 데 쓰는 칼을 꺼내 칼날을 세웠다.

"이 쓰레기 같은 새끼들, 어떻게 난도질을 했는지 말해 보란 말이야. 신문에 안 난 얘기를 해 보라고. 말만 하면 나도 신사적으로 그 수갑을 풀어 주겠어. 버키, 저놈들의 수갑을 풀어 줘."

나의 다리는 더 이상 내 몸을 지탱하지 못했다. 나는 프리츠 쪽으로 넘어졌고 그도 그 바람에 바닥에 쓰러졌다. 나는 경보기 쪽으로 달려가 경보기의 레버를 잡아 뽑았다. 코드 스리를 알리는 그 경보기 소리가 아주 훌륭하고 큰 소리로 울려 퍼졌다.

나는 경보기 소리의 파도를 타고 창고에서 벼락같이 달려 나와 호송차를 타고 케이의 집 앞까지 달렸다. 이번에는 리에 대한 의리나 체면 따위는 까맣게 잊어버렸다.

그렇게 해서 케이 레이크와 나는 공식적으로 살을 섞은 관계가 되었다.

경보기를 울린 것은 내 경찰 생활 중 가장 비싼 대가를 치른 행위였다.

로와 보겔은 쉬쉬하며 그 사건을 호지부지 만드는 데 성공했다. 나는 영장국에서 쫓겨나 다시 제복을 입고 나의 친정인 센트럴 스테이션 지서의 순찰 경관이 되었다. 그곳의 지서장인 재스트로 경위는 악마 같은 로 검사보와 아주 각별한 사이였다. 그래서 그 서장이 내 일거수일투족을 감시하고 있다는 것을 나는 잘 알고 있었다. 내가 경찰 정보를 외부로 빼돌리는지, 업무를 태만히 하는지, 혹은 지난번 같은 실수를 되풀이하는지 않는지를 감시하는 것 같았다.

나는 그런 짓을 하지 않았다. 5년 된 경관, 20년 된 반장 그리고 장차 시의 검찰 총책이 될 검사보 세 사람만 입을 다물면 되는 것이었다. 그리고 그 같은 음모에는 비장의 카드가 있었다. 내가 울린 경보를 듣고 달려온 무전 순찰차의 경관들은 본부 영장국으로 전보되었다. 그들의 입을 막고 또 모든 것을 좋게 끝내기 위해 행운의 발령을 내준 것이었다.

그래도 두 가지 사실이 나에게 위로가 되었고 그 때문에 나는 미치지 않았다. 하나는 프리츠가 그 네 명을 죽이지 않았다는 것이었다. 시 교도소의 석방 기록을 검토한 결과 네 명의 가짜 자백꾼들은 퀸어브엔젤스 병원에서 '자동차 사고에 의한 부상'으로 치료받고, 주의 곳곳에 흩어져 있는 정신병자 감호소에 보내져 '감시'를 받고 있었다. 또 하나의 위로는 그 공포 덕분에 오랫동안 겁을 먹고 접근하지 못하던 경계를 넘어설 수 있었다는 것이었다.

케이.

그 첫날밤에 그녀는 나의 슬픔을 달래 주는 다정한 친구이자 애인이 되어 주었다. 나는 소음과 갑작스러운 동작이 무서워서 꼼짝도 못하고 서 있었다. 그러자 그녀가 내 옷을 벗겨 주고 나의 마음을 진정시켜 주었다. 그리고 내가 프리츠나 달리아 얘기를 할라치면 "그 애긴 됐어요." 하면서 나를 막았다.

그녀는 아주 부드럽게 나를 만져 주어 만지는 것 같지도 않았다. 나도 그녀의 건강하고 온전한 몸을 가볍게 애무했다. 온통 주먹과 경찰관다운 근육뿐이었던 내 몸이 젤리처럼 부드러워질 때까지. 그리고 우리는 서서히 달아올라 사랑의 행위로 돌입했다. 이제 베티 쇼트 따위는 저 멀리 사라지고 없었다.

그리고 일주일 뒤에, 나는 리와 케이에게 "이웃집 여자"라고 말했던 매들린과의 관계를 끊었다. 단지 헤어지자고만 했을 뿐 이유는 말하지 않았다. 내가 전화를 끊으려고 하자 시궁창을 기어 다니는 그 부잣집 딸이 먼저 선수를 쳤다.

"안전한 사람을 발견했나요? 그렇지만 당신은 내게 돌아올 거예요. 틀림없어요. 나는 그녀와 닮았으니까요."

그녀…….

한 달이 흘러갔다. 리는 돌아오지 않았다. 드 위트와 차스코를 살해한 마약 밀매꾼들은 유죄가 확정되어 교수형을 당했다. 내가 LA 일간지에 냈던 쪽광고는 계속 나가고 있었다. 제보도 거의 없어졌다. 러스 밀라드와 해리 시어즈를 빼놓고 나머지 경찰관들은 모두 원대 복귀했다. 아직도 달리아 사건에 배정되어 있는 러스와 해리는 본부와 현장에서 하루 여덟 시간 꼬박 수사에 매달렸고, 퇴근 후에는 엘 니도 호텔에 가서 데이터 파일을 뒤지며 단서를 찾아내려고 애를 썼다.

저녁 9시에 일과가 끝나면 나는 케이를 만나러 가는 길에 그 호텔에 가끔씩 들르곤 했다. 놀랍게도 밀라드는 그 사건에 거의 광적으로 집착하고 있었다. 그가 소중히 여기던 가족들은 이제 안중에도 없었고, 자정까지 서류들을 뒤지고 또 뒤졌다. 그런 모습을 보니 나는 프리츠와의 일을 고백하고 싶어졌다. 그래서 밀라드에게 창고 사건을 말해 주었다. 그는 아버지처럼 나를 포옹하면서 용서해 주었다. 살짝 충고도 한마디 해 주면서.

"반장 시험을 보도록 해. 내가 1, 2년 있다가 태드 그린을 만나서 부탁해 볼 테니까. 그는 내게 신세 진 일이 하나 있어. 그래서 해리가 은퇴하면 자네를 파트너로 삼을 생각이네."

그것은 믿을 만한 약속이었으므로 나는 관련 자료가 보관된 엘니도 호텔에 계속 들르게 되었다. 비번에다 케이가 직장에 나간 날에는 특별히 할 일이 없었으므로 관련 서류를 읽고 또 읽었다. 그 서류에는 R, S, T자로 시작되는 파일이 빠져 있어서 좀 문제가 있었지만 나머지는 완벽했다.

진정한 여인을 갖게 된 나에게 베티 쇼트는 경찰관으로서 느끼는 직업적인 호기심 이상의 것이 아니게 되었다. 관련 서류를 계속 읽으면서 훌륭한 형사의 관점에서 그 자료들에 대해 생각하고 또 추리를 해 보았다. 사실 나는 경보기를 울리기 직전까지만 해도 좋은 형사가 되는 길을 제대로 걷고 있었다. 서류들을 읽으면서, 어떤 때는 그 자료들 사이에서 뭔가 어슴푸레한 관계를 짚어낼 것도 같았고, 또 어떤 때는 내 머리가 조금만 더 좋으면 얼마나 좋을까 하고 비탄에 빠지기도 했다. 그리고 문득문득 리 생각이 나기도 했다.

나는 리가 수렁에서 건져 준 그 여인과 관계를 계속했다. 케이와는 일주일에 서너 번 만나 사랑의 소꿉장난을 했다. 순찰 경관이기 때문에 주로 늦은 밤 시간에 그녀를 만났다. 우리는 부드럽게 사랑을 나누고 나서 지난날 있었던 나쁜 사건들은 피해 가며 좋은 얘기만 했다.

나는 그녀에게 점잖고 부드럽게 대했지만 속은 부글부글 끓고 있었다. 말하자면 어떤 구체적인 결론이 나길 원했던 것이다. 먼저 리가 돌아오고, 달리아 살해범이 잡히고, 매들린과 재회하여 레드애로 모텔에서 섹스를 하고, 엘리스 로와 프리츠 보겔을 십자가에 못 박아 버리는, 그런 결론을 바라고 있었다. 그러나 그 상상은 늘, 내가 세실 더킨을 때리던 지저분하고 추잡한 광경이 되풀이되는 것으로 끝날 뿐이었다. 그럴 때면 이런 질문을 나 자신에게 퍼부어 댔다.

'버키 블라이처트, 그날 밤 너는 어느 정도까지 추잡한 짓을 하려고 했지?'

순찰 경관 업무는 정말 힘이 들었다. 나는 메인의 이스트 5번가와 스탠퍼드 숙박소 거리를 순찰해야 했다. 그 거리에는 혈액 은행, 싸구려 술을 파는 술집, 하룻밤에 50센트 하는 싸구려 여인숙, 부랑자 수용소 따위가 늘어서 있었다. 그래서 그 거리를 도는 순찰 경관들 사이에는 무조건 완력을 써야 한다는 불문율이 지켜지고 있었다. 술꾼들은 곤봉으로 두들겨 패서 제압하고, 직업소개소에서 취직을 시켜 달라고 떼를 쓰는 흑인은 강제로 끌어내야 한다. 단속 인원 할당 수를 채우기 위해서는 술주정꾼과 넝마주이를 무조건 잡아들여 음주 단속 호송차에 쑤셔 넣어야 한다. 그건 정말 사람을 피곤하게 하는 일이었다. 이 일을 잘하는 경관은 전쟁 중에 경찰 병력이 부족해 특별히 채용한, 이동 농업을 전문으로 했던 떠돌이 촌놈들뿐이었다.

나는 별 의욕 없이 순찰을 돌았다. 곤봉도 잘 휘두르지 않았고, 술꾼들에게는 10센트나 25센트짜리 동전을 주면서 거리에서 사라지거나 다시 술집으로 들어가 버리라고 일러 주었다. 일단 술집으로 들어가면 잡아들일 필요가 없으니까. 자연히 나의 음주 단속 실적은 자꾸만 떨어졌다. 나는 센트럴 순찰 경관들 사이에서 '감상적인 자선가'라는 명성을 얻게 되었다.

내가 동전 나눠 주는 것을 두 번이나 본 조니 보겔은 나에게 시끄럽게 야유를 퍼부었다. 재스트로 서장은 내가 순찰 경관으로 근무한 첫달에 내게 D급이라는 고약한 고과 성적을 주었다. 그리고 서장의 사무 보조원은, 내가 '반항하는 우범자에게 충분한 완력을 쓰지 않아' 서장이 나를 나쁘게 보고 있다고 살짝 귀띔해 주었다. 케이는 그 말을 듣더니 아주 유쾌해했다. 나에 대한 나쁜 보고서가 자꾸 상부에 올라갔기 때문에 러스 밀라드가 아무리 날 좋게 말해도 나는 다시 본부로 소환될 가능성이 없었다.

결국 나는 블랜처드와의 권투 시합과 시채 통과가 있기 전의 나로 돌아왔다. 단지 맡은 구역이 더 동쪽으로 처졌고 순찰차 없이 걸어서 순찰을 해야 한다는 것이 달라졌다면 달라진 것이었다. 내가 영장국으로 전보되었을 때 그 발령에 대해서도 소문이 무성했다. 그러더니 이제는 나의 좌천에 대해서도 소문이 무성했다. 그 중 하나가 내가 리를 두들겨 팼기 때문에 물을 먹었다는 것이었고, 또 하나는 내가 이스트 밸리 경찰서의 영장 발부 관할권을 침범했기 때문이라는 것이었다. 또 1946년도에 골든글러브를 탄, 77번가 지서의 신입 경관과의 권투 시합을 기피했기 때문이라는 소문도 있었다. 그리고 엘리스 로가 지방 검사가 되는 걸 반대하는 라디오 방송국에 달리아 정보를 흘려서 엘리스의 분노를 샀기 때문이라는 것도 있었다.

아무튼 이 소문들은 모두 나를 야비하게 뒤통수나 치는 인간, 비겁자, 바보라고 매도하는 것들이었다. 내가 순찰 경관으로 일한 지 두 달째 되는 고과 보고서는 이렇게 끝나고 있었다.

"이 경관의 수동적인 순찰 태도는 치안 질서 유지에 총력을 기울이는 다른 순찰 경관에게 적개심을 불러일으키고 있음."

나는 그 보고서를 읽고 앞으로는 주정꾼에게 5달러씩 쥐어 주고, 신사복을 입은 자들 가운데 조금이라도 의심스럽게 보이는 놈은 마구 패 줘야겠다는 반항심이 생겼다.

그런데 '그녀'가 되돌아왔다.

나는 순찰 중에는 그녀 생각을 하지 않았다. 달리아 관련 서류를 검토할 때도 경찰이라는 직업 때문에 의례적으로 그것을 펼쳐 보았을 뿐이다. 보통 시체와 다름없이 그 시체를 둘러싼 사실을 검토하고 형식적인 추리를 해 보았을 뿐이다.

그런데 나와 케이가 서로를 애무해 주는 정도에서 맴돌고 있을 때면 그녀가 도와주러 나타났다. 그녀는 자신의 목적을 달성했고 나와 케이의 섹스가 끝나는 순간 사라져 버렸다. 그러나 내가 잠에 곯아떨어져 무력해져 있으면 그녀는 되살아났.

그 꿈은 늘 똑같았다. 나는 프리츠 보겔이 서 있는 창고로 되돌아가 세실 더킨을 죽일 듯이 두들겨 패고 있었다. 그녀는 그 광경을 지켜보면서 그들은 자기를 죽이지 않았다고 소리쳤다. 그러면서 프리츠가 이슬러를 때리지 못하게 하면 나와 섹스를 하겠다고 약속했다. 섹스를 하고 싶었던 나는 구타를 멈추었지만 프리츠는 대학살을 계속하였다. 찰스 이슬러가 불쌍하다며 베티가 우는데도 나는 그녀와 섹스를 했다.

나는 늘 잠에서 깨어나면 태양이 빛나는 것을 고맙게 생각했다. 특히 케이가 내 옆에 있을 때는 더욱 고맙게 느껴졌다.

리가 실종된 지 거의 4개월 보름이 지난 4월 4일에 케이는 LA 경찰 본부에서 보낸 공문을 받았다.

1947년 4월 3일

친애하는 레이크 양.

이 편지는 리랜드 C. 블랜처드가 근무 태만으로 1947년 3월 15일자로 로스앤젤레스 경찰 본부에서 파면되었음을 공식적으로 통지하기 위한 것입니다.

우리는 블랜처드와 더 이상 접촉할 수 없으므로 블랜처드의 로스앤젤레스 시티 크레디트 유니언 은행 구좌의 수취인인 당신에게 잔고를 보내는 것이 합당하다고 생각합니다.

행복을 빌며.

인사국 반장

레너드 V. 스트로크

그 편지에는 14달러 11센트가 수표로 동봉되어 있었다. 그 편지를 읽고 몹시 화가 난 나는 엘 니도 호텔에 갖다 놓은 데이터 파일을 마구 흐트러뜨렸다. 그렇게라도 해야 나를 꼼짝 못하게 한, 새로운 적인 그 관료 제도에 대한 적개심을 억누를 수 있을 것 같았다.

이틀 뒤 사본 자료를 뒤지던 나는 일부 자료들 사이의 미묘한 연관 관계가 눈에 띄어 갑자기 불알이라도 움켜잡힌 놈처럼 펄쩍 뛰면서 의자에서 일어섰다.

그것은 1947년 1월 7일자로 되어 있는 현장 보고서로, 내가 작성한 것이었다. '마조리 그레이엄'의 이름 밑에 이렇게 씌어 있었다.

"마조리 그레이엄은 엘리자베스 쇼트가 같이 있는 사람의 분위기에 따라 엘리자베스라는 이름의 다양한 약칭을 사용했다고 함."
 바로 이거야!
 나는 엘리자베스 쇼트가 베티, 베트, 간혹 한두 번 베시라고 불리는 것을 들었다. 그러나 매춘 뚜쟁이 찰스 마이클 이슬러만은 그녀를 리즈라고 불렀다. 창고에서 그는 그녀를 모른다고 했다. 나는 그가 살인범 같지 않다는 인상을 받았지만 어딘지 모르게 수상한 구석은 있었다. 나는 가끔 창고 생각을 했지만 늘 더킨과 시체 생각이 먼저 났다. 그러나 그 광경을 다시 곰곰이 되짚으면서 구체적인 사실을 더듬어 나갔다. 프리츠는 다른 세 명은 거의 무시하고 이슬러만 반쯤 죽도록 팼다.
 프리츠는 그때 이렇게 소리쳤다.
 "달리아의 실종 기간에 대해 빨리 불지 못해!"
 "빨리 알고 있는 걸 죄다 불어!"
 "네가 데리고 있던 창녀들이 한 얘기를 다 말해!"
 그리고 이슬러는 이렇게 대답했다.
 "난 범죄행정국에서 당신을 본 적이 있어요."
 그날 밤 프리츠를 처음 보았을 때 그가 손을 약간 떨던 것이 기억났다. 그리고 그가 로나 마틸코바에게 유난히 소리쳐 대던 것도 기억났다.
 "너, 이년, 달리아랑 창녀 짓을 하고 다녔지, 그렇지? 달리아랑 함께 몸을 팔았지? 달리아가 종적을 감춘 동안 네년이 어디 있었는지 어서 불지 못해!"
 그리고 마지막으로 결정적인 것이 생각났다. 밸리 지역으로 함께 차를 타고 나가던 날 프리츠와 조니 보겔이 속닥거리던 말이었다.

"난 여자 같은 놈이 아니란 걸 입증했어요. 호모라면 내가 한 짓을 할 수가 없어요."
"입 닥쳐, 이 자식아!"
나는 복도로 달려가 공중전화에 5센트를 넣은 뒤 러스 밀라드에게 전화를 걸었다.
"본부 살인국 밀라드 차장입니다."
"러스, 저 버킵니다."
"뭐 잘못되었나, 똑똑한 친구? 목소리가 떨리고 있구먼."
"러스, 중요한 것을 하나 발견했어요. 지금 말씀드릴 순 없지만 두 가지 부탁을 드릴까 해요."
"엘리자베스 건인가?"
"예. 젠장, 러스……."
"목소리를 낮추고 얘기해 봐."
"범죄행정국 서류 중에서 찰스 마이클 이슬러 자료를 좀 구해주세요. 그는 매춘 알선 전과가 세 번이나 되니까 관련 서류가 있을 거예요."
"그리고?"
나는 마른침을 삼켰다.
"1월 10일에서 15일 사이의 프리츠 보겔과 조니 보겔의 행적을 좀 체크해 주세요."
"자네 지금 그 말……."
"지금 진담으로 하고 있습니다. 그리고 가능성도 상당히 있는 애깁니다."
긴 침묵이 흘렀다.

"자네 지금 어디 있나?"

"엘 니도에 있습니다."

"거기 그대로 있게. 내가 30분 안에 전화할 테니까."

나는 전화를 끊고 영광과 복수의 황홀한 스토리를 생각하며 밀라드의 전화를 기다렸다. 17분 뒤에 전화벨이 울렸다. 나는 부리나케 전화를 받았다.

"러스, 그래 무슨……"

"그 파일이 없어졌어. 'I' 항을 내가 직접 찾아보았지. 서류들이 순서대로 되어 있지 않아. 최근에 없어진 것 같아. 그리고 프리츠는 그 기간에 본부에서 죽 당직을 서면서 오래된 사건들로 머리를 쥐어짜고 있었어. 조니는 휴가를 갔더군. 어디로 갔는지는 모르겠어. 자, 이제 배경을 좀 설명해 주겠나?"

그때 나는 한 가지 수가 떠올랐다.

"지금은 안 돼요. 여기서 오늘 밤에 뵙고 싶습니다. 좀 늦게 말입니다. 내가 여기 없으면 좀 기다려 주세요."

"버키……"

"그럼 이따 뵙죠."

나는 그날 오후 아프다는 핑계를 대고 출근을 하지 않았다. 그리고 밤에는 두 차례나 가택 침입죄를 저질렀다.

나의 첫 번째 희생자는 순찰 경관이었다. 먼저 인사국에 전화를 걸어 시청 급여 담당자인 체하면서 조니 보겔의 주소와 전화번호를 알아냈다. 황혼 녘에 나는 길 한쪽에다 차를 세우고 조니 보겔의 아파트 주위를 살펴보았다.

조니의 집은 LA와 컬버 시티 경계에 인접한 멘톤에 있는 4층짜리 회반죽 건물이었다. 연어의 살색을 띤 건물로 연초록과 갈색의 똑같은 건물들이 옆으로 늘어서 있었다. 길 한구석에는 공중전화 부스가 있었다. 나는 입 냄새 고약한 조니의 집으로 전화를 걸었다. 그가 집에 있는지 없는지를 다시 확인하는 조심스러운 절차였다. 전화벨이 스무 번이나 울렸는데 아무도 받지 않았다. 살금살금 다가가 우편함에 "보겔"이라고 쓰인 문 앞에 섰다. 그리고 머리핀을 꼿꼿하게 펴서 열쇠 구멍에 넣고 문을 연 뒤 재빨리 안으로 들어갔다. 그러고는 숨을 죽이고 기다렸다. 혹시 맹견이 튀어나와 목을 물어뜯을지도 모르니까. 나는 야광 시계를 들여다보면서 집 안에 머무는 것은 10분이 한도라고 생각했다.

전원 스위치를 찾기 위해 눈을 깜박거리는데 마침 바다 램프가 보였다. 램프를 따라가 스위치를 올렸다. 그러자 깨끗한 거실이 모습을 드러냈다. 값싼 것이지만 깨끗한 소파가 놓여 있었고 장식용 모조 벽난로도 있었다. 벽마다 리타 헤이워드, 베티 그레이블, 앤 셰리든 스카치 등 관능적인 여배우들의 사진이 테이프로 붙여져 있었다. 커피 탁자 위에는 진짜 일본 깃발이 탁자보 대신 덮여 있었다. 전화는 소파 옆의 바닥에 놓여 있었고 그 옆에는 주소책도 같이 있었다.

나는 주소책의 페이지를 일일이 들여다보며 5분 이상을 보냈다. 베티 쇼트나 찰스 이슬러의 이름은 나오지 않았다. 데이터 파일이나 베티의 주소 수첩에 나오는 이름도 하나도 없었다. 벌써 5분이 흘러가고 있었다.

거실 옆에는 부엌, 작은 식당 그리고 침실이 붙어 있었다. 나는 램프를 끄고 어둠 속에서 반쯤 열린 침실 문턱으로 다가갔다. 그리고 안쪽 벽을 더듬어 전원 스위치를 찾아 올렸다. 침대는 정돈되어 있지 않았고 사방 벽에는 일본 깃발이 장식되어 있었다. 한쪽 벽에는 낡은 대형 서랍장이 놓여 있었다. 맨 위 서랍을 열어 보니 독일제 루거 권총 세 자루, 빈 클립 그리고 탄피들이 여러 개 어지럽게 놓여 있었다. 나는 조니 보겔의 나치스 숭배 취미에 웃음을 터트렸다.

　이번엔 중간 서랍을 열어 보았다. 쟁그랑거리는 요란한 소리와 함께 검은 가죽끈, 쇠사슬, 채찍, 장식 단추가 달린 개목걸이, 티화나 콘돔(이걸 착용하면 앞에 달린 곤봉 장식 때문에 음경 길이가 15센티미터는 더 늘어난다.) 등이 나타났다. 벌거벗은 여자가 다른 여자에게 채찍질을 당하면서 동시에 가죽끈을 몸에 칭칭 감은 남자의 커다란 음경을 빨고 있는 음화가 여러 장 나왔다. 살집, 바늘자국, 잘 다듬은 손톱의 매니큐어, 마약으로 흐릿해진 눈을 확대한 사진도 여러 장 있었다. 그러나 베티 쇼트나 로나 마틸코바는 없었다. 이집트를 배경으로 한 「지옥에서 온 노예 소녀」도 없었고 듀크 웰링턴을 연상시키는 것도 없었다. 그러나 달리아의 몸에 최근에 얻어맞은 듯한 채찍 자국이 있다는 검시관의 말이 있었으니 조니의 서랍에 채찍이 있는 것만으로도 그를 달리아 사건 용의자 제1호로 지목하기에 충분했다.

　서랍을 닫고 불을 끈 뒤에 약간 흥분한 상태로 거실로 나와 다시 램프를 켜고 주소책을 뒤졌다. '엄마와 아빠'의 주소는 GR애니트 9401번지였다. 일단 전화를 걸어 보고 받지 않는다면 두 번째 가택 침입을 감행할 계획이었다. 다행히 프리츠 보겔의 전화는 스물다섯 번이나 벨을 울렸다. 나는 불을 끄고 조니의 집에서 나왔다.

프리츠 보겔의 자그마한 목조 가옥 앞에 차를 세웠을 때 그 집은 완전한 어둠 속에 잠겨 있었다. 나는 운전석에 그대로 앉아서 전에 한 번 가 본 프리츠의 집 내부를 더듬어 보았다. 긴 복도 끝에 침실 두 개, 부엌 그리고 뒤쪽에 베란다가 있었다. 그리고 침실 맞은편에 창고 같은 것이 있었다. 만약 프리츠가 개인 서고를 갖고 있다면 그 창고가 거기일 것 같았다.

나는 현관으로 이어지는 찻길을 지나 집 뒤쪽으로 갔다. 베란다의 방충문은 열려 있었다. 살금살금 세탁기 곁을 지나 본채로 이어지는 문 앞으로 갔다. 간단한 고리와 아이렛(안에서 외부인을 확인하는 구멍—옮긴이)이 달린 단단한 나무 문이었다. 문고리를 흔들어 보니 상당히 덜그럭거렸다. 그것만 떼어 내면 안으로 들어가는 것은 문제없을 것 같았다.

나는 무릎을 꿇고 바닥을 더듬어 보았다. 그러자 얇은 금속이 손에 잡혔다. 소경 문고리 잡듯 더듬거리다가 그것이 자동차 엔진 오일의 깊이를 재는 쇠꼬챙이라는 것을 알았다. 나는 행운에 싱긋 미소를 지으면서 그 꼬챙이를 들고 일어나 문을 열었다.

그곳에 머무는 시간을 15분 한도로 정하고 부엌과 복도를 지나 아래쪽으로 걸어 내려갔다. 혹시 보이지 않는 장애물이 나타날까 봐 손으로 앞을 휘저으며 걸어 나갔다. 침실 문턱 안쪽에서 야간 램프가 빛나고 있어서 곧장 프리츠의 서고로 향할 수 있었다. 문고리를 돌리자 문이 스르르 열렸다.

그 작은 방은 칠흑처럼 어두웠다. 나는 벽에 부딪치면서 그림틀에 부딪쳤다. 그리고 다리에 뭔가 스멀거리며 스치자 갑자기 얼음

물을 뒤집어쓴 듯 오싹한 기분이 들었다. 넘어질 뻔하다가 간신히 몸을 추스르면서 그것을 집어 들었다. 그것은 거위처럼 목이 휜 램프였다. 윗부분을 더듬어 불을 켰다.

불빛.

양쪽 벽에는 프리츠가 제복을 입은 사진, 사복을 입은 사진, 경찰대학 졸업 동기들과 함께 차려 자세로 찍은 사진 따위가 걸려 있었다. 뒷벽에는 책상이 하나 놓여 있었고 그 뒤로 벨벳 커튼이 쳐진 창문이 있었다. 책상의 회전 의자 옆에는 파일 캐비닛이 달려 있었다.

나는 파일 캐비닛 맨 윗서랍을 열어 '정보 보고서(사기과)', '정보 보고서(강도과)', '정보 보고서(절도과)' 등의 도장이 찍힌 마닐라지로 된 서류철을 넘겨 보았다. 서류의 옆면에는 개인의 이름들이 찍힌 견출지가 붙어 있었다. 나는 그 서류들이 도대체 뭔지 궁금해서 손에 잡히는 대로 세 서류철의 첫 장을 들춰 보았다. 각 서류철에는 사본이 한 장밖에 없었다.

그러나 그 한 장만으로도 충분했다. 그것은 범죄자들의 회계 보고서, 은행 잔고, 기타 값비싼 재산 등을 기록해 놓은 것으로, 경찰 본부에서 비합법적인 방법으로 입수한 자료들이었다. 각 서류의 맨 위에 쓰여 있는 문서 전달처를 보면 LA 경찰 본부에서 연방 수사국으로 되어 있었는데, 연방 차원에서 탈세 조사를 할 수 있도록 도움을 주는 자료였다. 문서의 여백에는 프리츠가 만년필로 직접 쓴 전화번호, 이름, 주소 등이 빽빽이 들어차 있었다.

나는 프리츠가 그 자료를 미끼로 강탈을 일삼아 왔다는 것을 알고 너무 놀라 숨이 다 막혔다. 그는 그걸 이용해 자신을 협박하는 자들에게 쐐기를 박았거나, 연방수사국 단속 직전에 당사자에게 정보를 흘리고 돈을 받았을 것이다. 그것은 1급 강탈죄에 해당되며 LA 경찰 본부 공문서의 탈취 및 은닉이었다. 연방 수사를 방해했으므로 공무 집행 방해죄도 해당되었다.

그러나 조니 보겔, 찰스 이슬러, 베티 쇼트에 대한 자료는 없었다. 나머지 열네 개 서류철도 뜯어 보았다. 서류의 여백에는 모두 손으로 갈겨쓴 메모가 있었다. 나는 견출지에 적힌 이름들을 모두 외운 다음 맨 밑바닥 서랍을 열어 보았다.

첫 번째 서류에서 '알려진 범죄자 정보(범죄행정국)'이라는 표시를 보고 내가 그토록 찾던 서류를 손에 넣었다고 생각했다. 1페이지에는 찰스 마이클 이슬러의 체포, 행적, 자백 버릇 따위가 자세히 적혀 있었다. 두 번째 페이지에는 이슬러와 '관련된 자'들의 정보였다. 이슬러의 집행 유예 담당관이 이슬러가 갖고 있던 '창녀 기록부'에서 찾아낸 창녀 여섯 명의 이름과, 그들의 전화번호, 체포 일자, 매춘 행태 및 습관 등이 적혀 있었다. 그 서류의 제목 밑에는 여자 이름 네 개가 추가로 나와 있었는데, 그 옆에는 물음표와 함께 "매춘 기록 없음"이라는 말이 적혀 있었다. 네 명 중 세 번째에 "리즈 쇼트(임시)?"라는 메모가 있었다.

나는 다음 장으로 넘어가 "관련된 자(계속)"을 읽어 보았다. 마침내 낯익은 이름을 만났다. 샐리 스틴슨은 베티 쇼트의 주소 수첩에 나왔던 이름이었다. 베티의 주소 수첩에 나온 이름들을 탐문하고 다녔던 네 팀은 샐리 스틴슨의 소재지를 파악하지 못했다. 샐리의 이름 옆에는 "빌트모어 바 주변에서 활동하면서 호텔에서 개최되는 회의에 참석하는 호텔 투숙객을 대상으로 매춘을 함"이라고 범죄행정국 형사가 연필로 쓴 메모가 있었다. 프리츠는 붉은 펜으로 거기에 동그라미를 쳐 놓았다.
　나는 복수심에 불타는 사람이 아닌 형사의 입장에서 냉철하게 생각해 보았다. 프리츠의 강탈죄는 제쳐 놓더라도, 이슬러가 베티 쇼트를 알고 있는 것은 틀림없었다. 또 베티는 빌트모어 호텔 주변에서 매춘을 하는 샐리 스틴슨을 알고 있었다. 그런데 프리츠는 아무에게도 사실을 알리지 않았다. 그러고 보니 그 쇠고기 창고에서의 고문은 분명 의도가 있는 짓이었다. 프리츠는 샐리와 그녀의 친구들이 이슬러에게 말한 것(베티 쇼트에 대한 것)이 무엇이었는지 알고 싶었던 것이다. 그리고 베티가 최근에 놀아난 남자에 대해 이슬러에게 말한 것이 있는지 확인하려 했던 것이다.
　"난 여자 같은 놈이 아님을 입증했어요. 호모는 내가 한 짓을 할 수가 없어요. 난 더 이상 여자 같은 놈이 아니에요. 그러니 나를 여자 같은 놈이라고 하지 마세요."
　나는 서류철들을 제자리에다 놓고서 캐비닛을 닫았다. 그리고 불을 끄고 뒷문을 다시 걸어잠근 뒤 마치 내가 집주인인 것처럼 유유히 앞뜰로 걸어 나왔다. 나는 샐리 스틴슨과 엘 니도 호텔에 보관된 데이터 파일에 없는 'S'자 관련 파일이 어떤 상관관계가 있는 것은 아닐까 잠깐 생각해 보았다. 나는 공중에 붕 뜬 기분으로 차까지 가면서 그 둘은 상관관계가 없다는 것을 알았다. 프리츠는 엘 니도 호텔의 작업실을 모르니까.
　그렇다면······.
　또 다른 생각이 떠올랐다. 만약 이슬러가 리즈를 알고 그녀의 매춘 행각을 떠벌였다면 나도 그 얘기를 들었을 것이다. 프리츠는 내가 그 얘기를 듣더라도 입을 틀어막을 수 있다고 생각했던 게 틀림없다. 그것은 지나친 자신감이었고 나에 대한 형편없는 과소평가였다. 나는 프리츠의 피를 말려 버리기로 마음먹었다.

목 빠지게 나를 기다리고 있던 밀라드는 나를 보자마자 대뜸 "어서 말해 봐." 하고 명령했다. 나는 있는 그대로 자세하게 보고했다. 얘기가 끝나자 그는 벽에 걸린 엘리자베스 쇼트에게 목례를 했다.

"엘리자베스, 좀 진전이 있는 것 같군."

그는 내게 정식으로 손을 내밀었다. 우리는 큰 시합을 끝낸 다정한 부자처럼 악수를 했다.

"이제 어쩌죠, 파드레(이탈리아어와 스페인어로 '아버지'라는 뜻—옮긴이)?"

"우선 아무 일도 없었던 것처럼 본연의 임무로 돌아가도록 해. 해리와 나는 정신병자 요양소를 찾아가 이슬러를 심문해 볼게. 그리고 사람을 풀어서 샐리 스틴슨을 은밀히 접촉해 봐야겠어."

나는 마른침을 꿀꺽 삼켰다.

"프리츠는요?"

"그건 좀 생각해 봐야겠어."

"난 그자를 잡아넣어야겠어요."

"자네 심정은 알아. 그렇지만 이거 하나는 명심하게. 그가 돈을 갈취해 온 사람들은 대부분 범죄자들이고, 법정에 선다고 해도 절대로 그에게 불리한 증언은 하지 않을 걸세. 그리고 프리츠가 낌새를 눈치 채고 집에 보관 중인 문서 사본을 다 없애 버린다면 우린 증거가 없어서 그를 체포조차 할 수 없게 돼. 그러니 자네의 주장은 철저한 검증을 거쳐야 해. 당분간은 우리끼리만 알고 있는 것으로 하자고. 그리고 이 과정이 끝날 때까지 마음을 가라앉히고 냉정을 회복하도록 해."

"그러나 체포할 때는 저도 끼고 싶습니다."

"나도 그쯤은 알고 있어."

러스는 고개를 끄덕이며 말했다.

그는 나가기 전에 모자챙에 살짝 손을 대어 엘리자베스에게 조의를 표했다.

나는 도보 순찰 경관으로 되돌아가 감상적인 자선가 노릇을 계속했다. 러스는 샐리 스틴슨을 찾기 위해 사람을 풀었다. 하루 뒤 그는 전화로 좋은 소식과 나쁜 소식을 내게 알려 왔다.

이슬러가 변호사를 고용해 구속 적부 심사 청구를 해서 미라로마 정신병자 요양원에서 퇴원했다는 것이었다. 그의 아파트도 깨끗이 치워져 있었고 도대체 어디로 갔는지 흔적을 찾을 수 없다는 거였다. 불알을 걷어챈 것만큼이나 나쁜 소식이었다.

다행히 보겔의 강탈죄는 확인이 되었다. 해리 시어즈는 프리츠가 중죄인을 체포한 기록을 검토했다. 프리츠가 1934년 근무한 사기과에서 최근의 센트럴 형사국까지의 모든 근무 기록을 훑었다고 한다. 한때 보겔은 LA 경찰 본부와 FBI가 관심을 보인 금전 사고의 혐의자를 모두 체포하였으나, 연방수사국에서는 그들 중 단 한 명도 기소하지 않았다.

다음 날 나는 비번으로 순서를 바꿔 엘 니도 호텔의 데이터 파일을 검토하고 자료들 사이의 상관관계를 생각하면서 하루를 보냈다. 러스는 전화로 이슬러에 대한 단서를 하나도 못 잡았으며 그가 LA를 완전히 벗어난 것 같다고 말했다. 해리는 근무 중은 물론 퇴근 후에도 조니 보겔을 비밀리에 감시했다.

할리우드 경찰서 강력계에 근무하는 해리의 친구는 샐리 스틴슨의 친구들 주소를 해리에게 알려 주었다. 러스는 내게 마음을 느긋하게 먹고 충동적인 짓은 하지 말라고 몇 번이나 충고했다. 그는 내가 프리츠를 풀솜 감옥으로, 조니는 퀜틴 감옥으로 보내고 싶어 한다는 것을 잘 알고 있었다.

나는 목요일에는 근무를 해야 하므로 아침 일찍 일어나 또다시 데이터 파일을 보러 갔다. 내가 커피를 끓이고 있는데 전화벨이 울렸다.

"여보세요?"

"나, 러스야. 샐리 스틴슨을 찾아냈어. 30분 내로 노스 헤븐허스트 1546번지에서 만나자고."

"바로 가겠습니다."

그곳에는 스페인의 성같이 생긴 아파트가 들어서 있었다. 시멘트에 수성 페인트를 발라 장식 탑을 만들고 발코니에는 햇빛에 바랜 차양이 쳐져 있었다. 각 방으로 들어가려면 계단을 따라 걸어 올라가야 했다. 러스는 맨 오른쪽 계단 옆에 서 있었다.

나는 주정차 금지 구역에다 차를 세운 뒤 그리로 걸어갔다. 후줄근한 양복과 종이로 만든 파티 모자를 쓴 남자가 희색이 만면한 채 계단을 내려오고 있었다.

"다음 손님이신가? 둘이서 계집 하나 놓고 하는 사람들인가.

허허허!"
 러스가 먼저 계단으로 올라갔다. 내가 노크를 하자 나이 들어 보이는 블론드 머리의 여자가 헝클어진 머리에 화장이 다 뭉개진 채로 문을 빠끔히 열면서 말했다.
 "아니, 이번에는 또 뭘 놓고 갔어요? 어, 뭐야? 제기랄."
 러스는 배지를 내보였다.
 "LA 경찰 본부에서 나왔소. 당신, 샐리 스틴슨 맞지요?"
 "아니, 난 엘리너 루스벨트예요(프랭클린 루스벨트 대통령의 부인 이름—옮긴이). 이봐요, 요즘 들어 경찰한테 공짜로 몇 번이나 대 줬는지 몰라요. 그래서 돈이 좀 딸려요. 다른 년을 소개해 드려요?"
 나는 완력을 쓰면서 안으로 밀고 들어가려 했다. 러스는 내 팔을 잡으며 제지했다.
 "스틴슨 양, 리즈 쇼트와 찰스 이슬러에 대해서 물어보러 왔소. 여기서 얘기하겠소, 아니면 구치소로 가겠소?"
 샐리 스틴슨은 가운 앞자락을 꼭 쥐더니 장식이 달린 앞가슴에 다 대고 눌렀다.
 "이봐요, 난 이미 다른 경찰관에게 다 말했어요."
 갑자기 그녀는 말을 멈추고 양팔로 자기의 가슴을 감싸 안았다. 마치 옛날 공포 영화 속에 나오는, 괴물을 만난 불쌍한 창녀 같은 얼굴을 하고 있었다. 나는 그녀의 괴물이 누구였는지 정확히 알 수 있었다.
 "우린 그 사람과 한 패가 아니오. 우린 단지 베티 쇼트에 대해 물어보러 왔소."

"그럼 그 사람 모르게 하는 거지요?"

샐리 스틴슨이 우리의 의중을 떠보듯이 물었다.

"모르게 하겠소. 특급 비밀로 처리해 드리죠."

밀라드는 고해 신부 같은 자상한 미소를 지어 보이며 거짓말을 했다.

샐리 스틴슨은 옆으로 비켜섰다. 러스와 나는 전형적인 매음굴 같은 방으로 들어갔다. 싸구려 가구, 아무것도 걸려 있지 않은 벽, 창녀 일제 단속령이 내려지면 재빨리 내빼기 위해 한쪽 구석에 세워 둔 여행 가방이 전부였다. 샐리는 문을 잠갔다.

러스는 넥타이의 매듭을 똑바로 맸고 나는 조개처럼 입을 다물고 있었다. 샐리는 손가락으로 소파를 가리켰다.

"빨리 끝내자고요. 다 지난 슬픈 과거를 자꾸 재탕하는 건 내 적성에 맞지 않는 일이니까."

나는 소파에 앉았다. 내가 앉은 자리에서 한 뼘 정도 떨어진 곳에 소파의 속과 스프링이 삐죽 튀어나와 있었다. 러스는 의자에 앉으면서 수첩을 꺼냈다. 샐리는 여행용 가방에 엉덩이를 붙이고 비스듬히 걸터앉았다. 문을 응시하고 있는 모습이 도망치는 데는 이골이 난 여자 같았다. 그녀는 가장 흔하게 나오는 대답으로 말문을 열었다.

"난 누가 그녀를 죽였는지 몰라요."

"그건 알고 있소. 하지만 처음부터 다시 시작해 봅시다. 리즈 쇼트는 언제 만났소?"

러스가 물었다.

샐리는 젖가슴 사이에 난 여드름을 긁으며 말했다.

"지난여름, 아마 6월이었을 거예요."
"어디서?"
"시내의 요크셔하우스 그릴에 있는 바에서요. 나는 반쯤 술에 취해서 기다리고 있었어요…… 어…… 어…… 찰리를요. 리즈는 돈 냄새가 풀풀 나는 늙은이한테 수작을 걸고 있었어요. 하지만 그녀가 너무 추근덕거리니까 그자는 겁이 났는지 도망가 버리더군요. 그러고 나서 그녀와 내가 수다를 떨고 있는데 찰리가 나타났어요."
"그다음에 어떻게 되었습니까?"
내가 끼어들었다.
"우린 서로 한심한 신세를 한탄했지요. 리즈가 돈이 한 푼도 없다고 하자 찰리는 손쉽게 20달러를 벌고 싶냐고 묻더군요. 그래서 리즈가 좋은 건수가 있느냐고 하니까, 찰리는 그 애와 나를 메이플라워 호텔에서 열리는 섬유업계 세일즈맨 회의에 참석 중인 세일즈맨의 방으로 보냈어요. 투시(남자 하나가 여자 둘을 상대로 하는 섹스—옮긴이)를 하라고요."
"그래서?"
"그랬는데 리즈는 아주 색을 잘 쓰더라구요. 자세한 건 내 자서전이 나올 때까지 좀 기다려 주세요. 그렇지만 이것 한 가지는 말해 드리죠. 나도 그 짓을 좋아하는 것처럼 흉내를 잘 내지만 리즈는 정말 도가 텄더군요. 그런데 스타킹은 벗지 않겠다는 그 괴벽은 정말 광적인 집착에 가까웠어요. 아무튼 그녀의 연기는 대단했어요. 아카데미상 감이었지요."
나는 베티의 외설 필름과 그녀의 왼쪽 허벅지에 난 깊은 상처가 떠올랐다.
"리즈가 전에 포르노 필름에 출연했다는 사실을 알고 있나요?"
"몰랐어요. 아무튼 그런 필름에 출연했다면 끝내 주게 잘했을 거예요."
"월터 듀크 웰링턴이란 자를 아나요?"
"몰라요."
"린다 마틴은?"
"몰라요."
그때 러스가 끼어들었다.
"리즈와 함께 다른 곳에서 영업을 한 적도 있습니까?"
"지난 여름에 네댓 차례 될 거예요. 호텔 회의에 참석하는 사람들을 상대로 한 거였어요."
"이름이나 회사나 인상착의 같은 거, 기억나는 게 있나요?"
샐리는 웃음을 터트리더니 젖가슴 사이를 슥슥 긁었다.
"경찰 나리, 나의 첫 번째 생활 신조는 과거는 묻지 말라는 거예요. 지나간 일은 눈 딱 감고 잊어버리는 거예요. 지금까지 그 신조를 잘 지켜 왔어요."
"빌트모어 호텔에서는 영업을 하지 않았나요?"
"없었어요. 메이플라워, 하시엔다 하우스 그리고 렉스퍼드 정도였어요."
"리즈에게 이상한 행동을 보인 사람은 없었나요? 그녀에게 손찌검 따위를 한 자라도?"
샐리는 콧방귀를 킁 하고 뀌었다.
"그 애랑 있으면 대부분 흐뭇해서 흐물흐물해졌어요. 그 애가

워낙 가짜 색을 잘 썼으니까요."

나는 보겔 얘기를 빨리 하고 싶어서 화제를 바꾸었다.

"당신과 찰리 이슬러의 관계를 말해 주시오. 그가 달리아를 죽였다고 가짜 자백을 한 건 아니요?"

"처음에는 몰랐어요. 그러다가…… 아무튼 나중에 그 얘기를 들었는데 별로 놀라지도 않았어요. 찰리는 가짜 자백을 하고 싶어 하는 병적인 충동이 있어요. 가령 어떤 창녀가 피살되어 신문에 나면 그날로 찰리가 없어졌다고 보면 틀림없어요. 얼마 뒤 찰리는 얼굴이 피투성이가 돼서 나타나지요. 매번 그는 형사에게 붙잡혀 가서 늘씬하게 얻어맞아야 속이 시원한가 봐요."

"그가 왜 그런 짓을 하는지 아세요?"

러스가 물었다.

"글쎄요. 뭔가 양심에 가책을 느끼기 때문에 그러는 게 아닐까요?"

"자, 1월 10일부터 15일까지 당신이 어디 있었는지 말해 주시오. 그리고 우리가 모두 싫어하는 그자가 어디 있었는지도 말해 주고."

내가 말했다.

"이제 선택의 기로에 선 것 같네요."

"그렇소. 여기서 우리에게 말해 주거나 아니면 여자 구치소로 가서 버치(레즈비언의 남자 역—옮긴이) 스타일의 여자 교도관에게 실토하거나 둘 중 하나를 골라요."

러스는 자신의 넥타이를 세게 잡아당긴 뒤 물었다.

"스틴슨 양, 그 닷새 동안 당신이 어디 있었는지 기억하나요?"

샐리는 주머니에서 담배와 성냥을 꺼내 불을 붙여 물었다.

"리즈를 아는 사람이라면 누구나 자기가 그날 어디 있었는지 잘 알고 있어요. 마치 프랭클린 루스벨트 대통령이 죽었을 때 우리가 뭘 하고 있었는지 기억하듯이 말이에요. 사람들은 과거로 돌아가서 그걸 고칠 수 있었으면 하는 부질없는 희망을 갖고 있지요."

나는 내 접근 방법이 틀렸다는 것을 깨닫고 사과하려고 했다. 러스가 옆에서 나를 거들어 주었다.

"스틴슨 양, 내 파트너가 당신에게 일부러 야비하게 대하려는 것이 아니오. 그로서는 이게 한 맺힌 사건이어서 그랬던 거요."

얼마나 멋진 말인가. 샐리 스틴슨은 바닥에 담배꽁초를 내던지더니 맨발로 비벼 껐다. 그런 뒤 여행 가방을 툭툭 쳤다.

"난 당신들이 이 문을 걸어 나가자마자 굿바이예요. 당신들에겐 마지막으로 말해 주겠지만 그다음에는 검사든 대배심원이든 절대로 입을 열지 않을 거예요. 정말이에요. 당신들이 저 문을 나가면 샐리는 그만 안녕이라고요."

"알았소. 당신 의사를 존중하겠소."

러스가 말했다.

샐리는 얼굴에 홍조를 띠었다. 눈빛 속에 이글거리는 분노까지 보태지자 그녀는 10년은 더 젊어 보였다.

"1월 10일 금요일에 나는 묵고 있던 호텔에서 전화를 받았어요. 어떤 남자가 자기는 찰리의 친구인데 숫총각을 위해 여자를 하나 대 주고 싶다는 거였어요. 빌트모어 호텔에서 이틀 묵는 조건으로 150달러를 주겠다고 하더군요. 나는 찰리를 못 본 지가 한참 되었는데 어떻게 내 번호를 알았느냐고 물어보았어요. 그랬더니 그 남자는 '그건 중요한 문제가 아니야. 내일 정오에 빌트모어 정문에서 나와 그 청년을 만나도록 하지.'라고 한 뒤 전화를 끊었어요.

당시 나는 돈이 똑 떨어진 상태라 좋다고 했죠. 그래서 그 두 사람을 만났어요. 배가 툭 튀어나온 뚱뚱한 남자들이었어요. 나는 한눈에 경찰 부자라는 걸 알아봤죠. 그래서 그들의 조건을 들어주는 대가로 돈을 받았어요. 아들은 입에서 심하게 똥 냄새가 났지만 나는 그보다 더 끔찍한 꼴도 당했기 때문에 개의치 않았어요. 아들이 내게 자기 아버지 이름을 말해 주었어요. 나는 겁을 먹었죠. 하지만 그 아버지는 곧 가 버렸어요. 아들은 덜 떨어진 데다 온순한 것 같아서 다룰 만해 보이더라고요."

샐리는 새 담배를 붙여 물었다. 러스는 내게 보겔 부자의 사진을 내밀었다. 나는 그 사진을 그녀에게 보여 주었다.

"바로 이 사람들이에요."

그녀는 담뱃불로 사진 속의 얼굴들을 지졌다. 그리고 계속 얘기를 이어 나갔다.

"보겔은 스위트 룸을 하나 얻어 놓았더군요. 그 아들과 나는 섹스를 했어요. 그런데 그자는 자기가 가져온 이상한 섹스 소품들을 꺼내더니 그걸 쓰자고 했어요. 나는 절대로 안 된다고 했죠. 그자는 장난 삼아 채찍으로 나를 부드럽게 때리게 해 주면 20달러를 더 내놓겠다고 했어요. 난 하늘이 두 쪽이 나도 절대로 안 된다고 했어요. 그런데 그는……."

"그가 외설 필름 얘기를 하던가요? 레즈비언 같은 것?"

내가 그 얘기에 끼어들었다.

샐리는 콧방귀를 뀌었다.

"그자는 야구 얘기와 자기 음경 얘기만 했어요. 자기 음경이 빅 시니츨(고깃덩어리라는 뜻의 독일어 — 옮긴이)이라고 하더군요. 그런데 사실은 어떤지 아세요? 전혀 아니올시다였어요."

"계속해 보세요."

러스가 말했다.

"우리는 오후 내내 그 짓을 했어요. 난 귀에 못이 박히도록 브루클린 다저스 팀과 빅 시니츨 얘기를 들어야 했어요. 나중엔 너무 지겨워서 내가 저녁이나 먹으면서 시원한 바람이나 쐬러 나가자고 했죠. 그래서 로비로 내려갔어요. 그런데 로비에 리즈가 혼자 앉아 있는 거였어요. 그녀는 내게 쇠푼이 다 떨어졌다고 말하더군요. 그런데 가만히 보니까 그 아들놈이 그녀한테 맘이 있는 것 같았어요. 그래서 나는 섹스 속의 섹스를 고안해 냈어요. 우리는 다시 스위트 룸으로 돌아갔어요. 내가 숨을 돌리고 있는 동안 그들은 침실로 들어갔어요. 리즈는 밤 12시 30분쯤 침실에서 나오더니 내게 '쪼끄만 시니츨'이라고 속삭였어요. 그리고 헤어져서는 그 애 얼굴이 신문에 대문짝만 하게 나올 때까지 다시 만나지 못했어요."

나는 러스를 쳐다보았다. 그는 소리 없이 입놀림으로 '듈레인지'의 이름을 말했다. 나는 고개를 끄덕이면서 베티 쇼트가 1월 12일 아침 프랑스인 조를 만날 때까지의 빈 시간이 어떻게 채워졌는지 맞춰 보았다. 이제 달리아 실종 기간의 빈 공간이 부분적으로 메워졌다.

"그럼 당신과 조니는 다시 섹스를 했나요?"

러스가 물었다.
샐리는 인사국의 사진을 바닥에다 집어던졌다.
"예."
"그가 리즈 쇼트에 대해 얘기해 주던가요?"
"그녀가 빅 시니츨을 좋아하더라고 말하더군요."
"혹시 다시 만날 약속 같은 것은 하지 않았대요?"
"아니요."
"그럼 자기 아버지와 리즈 사이에 어떤 관계가 있다고는 하지 않던가요?"
"아니요."
"그래, 아들이 리즈에 대해서 뭐라던가요?"
샐리는 양팔로 자신의 가슴을 감쌌다.
"그녀가 고분고분 시키는 대로 말을 잘 듣더라고 하더군요. 그래 '내가 뭘 시켰는데?' 하고 물어보았어요. 그랬더니 '주인과 노예', '경찰과 창녀' 같은 놀이를 했대요."
"어서 얘기를 끝내세요."
내가 재촉했다.
샐리는 문 쪽을 쳐다보았다.
"리즈 얘기가 신문에 난 이틀 후 프리츠 보겔이 호텔로 나를 찾아왔어요. 그리고 아들이 리즈와 관계를 가졌다는 말을 들었다고 하더군요. 그는 경찰 서류에서 내 이름을 보았다고 했어요. 그리고 나의…… 뚜쟁이가 누구냐고 묻더군요. 나는 찰리 이슬러라고 말했어요. 그랬더니 보겔은 범죄행정국에 있던 시절부터 그를 안다고 했어요. 그러다가 찰리가 가짜 자백을 하는 버릇이 있다는 걸 생각해 내고는 깜짝 놀라더군요. 그는 내 전화로 자기 파트너에게 전화를 걸어서 범죄행정국에 있는 찰리의 서류를 좀 감추어 놓으라고 하더군요. 그리고 다른 곳에 전화를 걸어 미친 듯이 화를 내더군요. 전화를 받은 사람이 누구였는지는 모르지만 찰리가 벌써 리즈를 죽였다고 자백을 해서 구금 상태에 있다고 대답한 것 같았어요.

그러고 나서 나를 때리기 시작했어요. 리즈가 자기 아들과 한탕 뛴 것을 찰리에게 말했는지 대라는 거였어요. 나는 찰리와 리즈는 그저 막연히 아는 사이일 뿐이다, 그가 몇 달 전에 리즈에게 손님을 몇 번 물어다 주기는 했다, 그러나 그것뿐이라고 대답했어요. 그는 다시 나를 마구 때리면서 만약 자기 아들과 달리아 건을 경찰에다 나발 불면 죽여 버리겠다고 협박했어요."

"스틴슨 양, 조니 보겔이 아버지 이름을 말했을 때 겁을 먹었다고 했죠? 왜죠?"

"내가 전에 들은 얘기가 있어서 그래요."

샐리는 나지막하게 말했다. 그녀의 표정은 아주 피곤해 보였다. 갑자기 할머니가 된 것처럼 얼굴에 굵은 주름이 잡혔다.

"어떤 얘긴데요?"

샐리는 낮고 쉰 목소리로 말했다.

"그가 범죄행정국에서 쫓겨나게 된 데 얽힌 얘기예요."

나는 빌 쾨니히가 해 준 얘기를 떠올렸다. 그것은 프리츠가 범죄행정국에 근무하다가 창녀에게서 매독이 옮아서 장기 휴직을 얻어 수은 치료를 받았다는 얘기였다.

"그가 몹쓸 병에 걸린 얘기 말인가요?"

샐리는 헛기침을 한 번 하고 나서 또렷한 목소리로 말했다.
"그가 매독에 걸려 돌아 버릴 정도로 화를 냈다는 얘길 들었어요. 그는 흑인 여자가 그걸 옮겼을 거라고 생각했대요. 그래서 치료를 받기 전에 와츠에 있는 창녀촌을 뒤지고 다니면서 일부러 흑인 여자들하고만 그 짓을 했대요. 그러면서 그들에게 자기의 성기를 눈에다 비비라고 요구했대요. 그래서 그중 두 명은 눈이 멀어 버렸다더군요."
나는 쇠고기 창고에 있을 때보다 다리가 더 후들거렸다.
"샐리, 고맙소."
러스가 말했다.
"이제 조니를 잡으러 갑시다."
내가 말했다.

우리는 차를 타고 시내로 나갔다. 조니는 근무 시간이 끝났는데도 도보 순찰을 하고 있었다. 그래서 나는 오전 11시경이 다 되어서야 혼자 있는 그를 잡을 수 있었다.
나는 천천히 차를 몰면서 푸른 제복을 입은 그의 모습을 찾아다녔다. 러스는 레드 맨리 심문 때 남겨 두었던 주사기와 펜토탈 용액을 계기반 위에다 준비해 놓고 있었다. 온순한 러스도 이 일은 완력으로 해치워야 한다는 것을 알고 있었다. 우리는 예수 구제회관 뒷골목을 누비다가 그를 발견했다. 그는 혼자서 쓰레기통에다 오줌을 싸 갈기던 주정꾼 둘을 체포하는 중이었다.
나는 차에서 내려 "여어, 조니!" 하고 소리쳤다. 조니 보겔은 주정뱅이들에게 손가락질을 하면서 허리띠에 엄지손가락을 끼운 채 내게 걸어왔다.

"블라이처트, 사복을 입고 뭐 하고 있는 거지?"

나는 그의 배에다 훅을 한 방 먹였다. 그는 허리를 꺾으며 몸을 앞으로 수그렸다. 나는 그의 머리채를 잡아 차의 지붕에다 쾅 하고 내리박았다. 조니는 의식이 가물가물해지면서 푹 쓰러졌다. 내가 그를 꽉 잡고 있자 러스가 재빨리 그의 왼쪽 소매를 걷어붙인 뒤 팔 안쪽의 정맥에다 주사 바늘을 찔렀다. 이제 그는 완전히 무의식 상태가 되었다. 나는 그의 총집에서 38구경을 빼내어 차의 앞좌석에다 던지고 조니를 뒷좌석에다 밀어 넣었다. 러스는 운전대를 다시 잡고 횡허케 골목을 벗어났다.

엘 니도 호텔까지는 30분 정도 걸렸다. 조니는 두 번쯤 잠에서 깨어났지만 약에 취해 다시 잠이 들곤 했다. 세상 모르고 자다가 가끔씩 낄낄거리기도 했다. 러스는 조심스럽게 차를 몰았다. 호텔에 도착해서 로비에 아무도 없는 걸 먼저 확인한 뒤 러스는 내게 조니를 데려오라는 신호를 보냈다. 나는 조니를 어깨에 둘러메고 204호실로 달려갔다. 그 순간은 평생 가장 어렵고 길게 느껴진 몇 분간이었다.

계단을 올라가는 동안 그는 반쯤 깨어났고 내가 의자에 내려놓았을 때는 눈꺼풀을 껌벅거리고 있었다. 나는 그의 왼쪽 손목을 난방 파이프에다 수갑으로 채웠다.

"펜토탈은 몇 시간 동안 약효가 지속돼. 그러니까 거짓말을 할 수는 없어."

러스가 옆에서 말했다.

나는 목욕 수건을 물에 적셔 조니의 얼굴을 닦아 주었다. 그가 기침을 해서 얼른 수건을 치웠다. 조니는 다시 낄낄거렸다. 나는 벽에 붙어 있는 사진을 가리키며 "엘리자베스 쇼트야." 하고 말했다.

"그게 어쨌다는 거야?"

조니는 멍한 표정을 지으며 불분명한 목소리로 말했다.

정신이 좀 들게 그의 얼굴을 다시 한 번 닦아 주었다. 조니는 말을 더듬었다. 나는 수건을 그의 무릎 위에다 내던졌다.

"리즈 쇼트가 어쨌냐고? 자네 저 여자 기억나지 않나?"

조니는 웃음을 터트렸다. 러스는 자기 옆의 침대 난간에 걸터앉으라고 내게 손짓을 했다.

"이런 심문에는 다 방법이 있어. 질문은 내가 할게. 자네는 성질이나 좀 죽이고 있어."

나는 고개를 끄덕였다.

조니는 이제 우리 두 사람에게 눈의 초점을 맞추기 시작했다. 그러나 그의 눈은 여전히 풀려 있었고 말은 어눌하고 행동도 굼떴다.

"이봐, 자네 이름은 뭐지?"

러스가 물었다.

"잘 아시면서."

불분명하던 목소리가 조금씩 정상으로 돌아오기 시작했다.

"아무튼 말해 봐."

"보겔, 존 찰스."

"생년월일은?"

"1922년 5월 6일."

"16 더하기 56은 뭐지?"

"72."

조니는 한참 생각하다가 말했다. 이윽고 나를 쳐다보았다.

"블라이처트, 왜 나를 때렸지? 난 자네에게 섭섭하게 한 게 없는데."

뚱보는 정말 당황하고 있는 것 같았다. 나는 입을 꼭 다물고 있었다.

"이봐, 성은 뭐지?"

러스가 물었다.

"다 알고 있으면서. 오…… 프리드리히 보겔. 프리드리히의 쇼트(애칭)는 프리츠."

"쇼트라니 리즈 쇼트 말인가?"

"아, 그래요…… 리즈, 베티, 달리아…… 별명이 많죠."

"조니, 지난 1월을 한번 생각해 봐. 아버지가 네 숫총각 딱지를 떼어 주려고 했지, 그렇지?"

"어…… 예."

"이틀 동안 네게 여자를 사 주었지, 그렇지?"

"여자가 아니었어요. 내 말은 진짜 여자는 아니었다는 거예요. 차, 차앙녀어였어요."

그는 '창녀'라는 말을 길게 발음하면서 웃음을 터트렸다. 조니는 박수를 치려고 하다가 한 손으로는 가슴을 쳤고 수갑에 묶인 한 손은 마구 흔들었다.

"이건 틀려 먹었어. 난 아빠에게 얘기할 거예요."

"잠깐이면 돼. 넌 빌트모어 호텔에서 그 여자와 잤지, 그렇지?"

러스가 침착하게 물었다.

"맞아요. 아빠가 그 호텔의 경비를 알고 있어서 숙박료를 할인 받았어요."

"그리고 빌트모어에서 리즈 쇼트도 만났지, 그렇지?"

조니의 얼굴에 경련이 일었다. 눈은 깜빡거렸고 입술이 비틀어지면서 이마의 정맥이 툭 불거졌다. 나는 그 모습이 링 위에 쓰러져 일어서려고 악을 쓰는 권투 선수 같다고 생각했다.

"어…… 맞아요."

"누가 너를 소개해 주었지?"

"그 여자 이름이 뭐였더라…… 그 창녀가요."

"조니, 그래 리즈하고 뭘 하고 놀았나? 그걸 좀 얘기해 봐."

"우린…… 세 시간에 10달러 주기로 하고 같이 놀았어요. 나는 그녀에게 빅 시니즐을 먹여 주었죠. 우린 '말과 기수' 놀이를 했어요. 나는 리즈를 좋아했어요. 그래서 가볍게 채찍질을 해 주었죠. 그녀는 블론드 창녀보다 마음씨가 착하더군요. 하지만 누구에게도 보여 주고 싶지 않은 모반을 가린다면서 스타킹을 꼭 신고 있었어요. 그녀는 시니즐을 좋아하더군요. 블론드 창녀는 키스하기 전에 나보고 구강 청정제로 입 안을 씻어 내라고 했는데 리즈는 그렇게 하지 않고도 키스를 하게 해 주었어요."

나는 베티의 허벅지에 난 상처를 생각하면서 숨을 멈추었다.

"조니, 네가 리즈를 죽였나?"

러스가 물었다.

뚱보는 의자에 앉은 채로 펄쩍 뛰었다.

"아니요! 아니, 아니, 아니, 아니, 절대 아니에요!"

"쉿! 목소리를 낮춰. 그래 리즈는 언제 그 방에서 나갔나?"
"난 그 여자를 난도질하지 않았어요."
"이봐, 우린 자네 말을 믿네. 그래 리즈가 자네 곁을 떠난 게 언젠가?"
"늦어서였을 거예요, 토요일 늦게. 아마도 밤 12시나 1시쯤 되었을 거예요."
"그러면 일요일 이른 새벽이란 말인가?"
"예."
"그래, 어디로 간다고 말하던가?"
"아니요."
"남자 이름을 말하던가? 남자 친구라든가 그녀가 만나려는 남자라든가?"
"어…… 그녀가 결혼할 공군 장교 얘기를 하더군요."
"그게 전부야?"
"예."
"그 뒤에 그녀를 다시 보았나?"
"아니요."
"자네 아버지는 리즈를 알고 있나?"
"아니요."
"리즈의 시체가 발견되고 난 다음에 아버지는 호텔 경비에게 말해서 숙박부에 기록된 자네 이름을 바꾸라고 했나?"
"어…… 예."
"자네는 누가 리즈 쇼트를 죽였는지 알고 있나?"
"몰라요! 몰라요!"

조니는 진땀을 흘리기 시작했다. 나는 조니와 달리아가 하룻밤 인연에 불과했다는 것이 분명해지자 구체적인 사실을 캐내기 위해 안간힘을 썼다.

"그 여자 얘기가 신문에 났을 때 아버지에게 달리아 얘기를 했지, 그렇지?"

내가 물었다.

"어…… 예."

"그리고 아버지는 네게 찰리 이슬러라는 사람 얘기를 했지? 리즈 쇼트에게 손님을 대 주던 뚜쟁이 말이야."

"예."

"아버지가 이슬러는 가짜 자백꾼으로 구금 중이라고 얘기해 주던가?"

"어…… 예."

"그래 아버지가 그 사실에 대해서 어떻게 대처할 거라고 하던가? 천천히 또박또박 말하는 게 좋아."

뚱보는 크게 낙심했는지 그 질문을 순순히 받아들였다.

"아빠는 유태인 엘리스를 움직여 이슬러를 석방시키려 했지만 엘리스는 그 말을 들어주지 않았어요. 아빠는 마침 시체 안치실에 잘 아는 부하가 있었어요. 그래서 시체를 잠깐 빌렸고 엘리스에게 잘 말해서 시체 사용을 허락받았어요. 아빠는 이슬러 심문에 빌 아저씨를 데려가려고 했지만, 그 유태인은 블라이처트 당신을 데려가라고 했어요. 아빠는 블라이처트가 만만하다고 했어요. 블라이처트는 블랜처드가 없으면 젤리처럼 흐물흐물해지니까 별문제 없다는 거였어요. 아빠는 블라이처트 당신이 감상적인 자선가에다 겁쟁이고 뼈드렁니까지 난 별 볼일 없는 녀석이라고 했어요……."

조니는 머리를 흔들고 땀을 뻘뻘 흘리면서 신경질적으로 웃어대기 시작했다. 그리고 새 장난감을 얻은 우리 안의 동물처럼 수갑이 채워진 손목을 덜그럭거렸다. 러스가 내 앞에 와서 섰다.

"나는 진술서에 조니의 서명을 받을 거야. 그러니 자네는 밖에 나가서 한 30분 동안 차분히 마음을 진정시키는 게 좋겠어. 우선 조니에게 커피를 한 잔 마시게 한 뒤 자네가 돌아오면 다음 조치를 의논하도록 하지."

나는 옥상의 화재 비상구로 걸어가 허공에 다리를 늘어트리고 앉았다. 그리고 할리우드 쪽으로 내달리는 차량들을 찬찬히 내려 보며 이 생각 저 생각 하다가 방으로 되돌아왔다.

조니는 얼굴을 붉히고 땀을 뻘뻘 흘리면서 러스가 작성한 진술서에 사인을 했다. 그는 와들와들 떨고 있었다. 나는 그의 어깨 너머로 진술서를 읽어 보았다. 진술서에는 빌트모어, 베티, 프리츠가 샐리 스틴슨을 구타한 것 등이 자세히 기록되어 있었다. 그 정도면 네 건의 비행에다 두 건의 중죄에 해당되었다.

"난 이 진술서를 좀 가지고 있어야겠어. 그리고 법률 담당관과도 얘기를 나눠 봐야겠어."

"그럴 필요 없습니다, 파드레."

나는 조니에게 고개를 돌렸다.

"매춘 교사(敎唆), 증거 은닉, 공무 집행 방해, 1급 폭행과 구타 등의 혐의로 너를 체포한다."

조니는 "아빠!" 하고 소리치면서 러스를 쳐다보았다. 러스는 나를 쳐다보며 진술서를 내밀었다. 나는 그 서류를 주머니에다 집어넣고 조니의 손목을 등 뒤로 돌려 수갑을 채웠다. 그는 오랫동안 흐느껴 울었다.

"이러면 자넨 은퇴할 때까지 똥통을 뒤집어쓰게 될 걸세."

파드레가 한숨을 내쉬며 말했다.

"압니다."

"본부로 다신 돌아오지 못할 거야."

"파드레, 난 이미 똥맛을 봤어요. 똥맛은 그때나 지금이나 똑같은 거고 어차피 난 똥통에 빠진 놈이니까 상관없어요."

나는 조니를 내 차에 태워서 네 블록 떨어진 할리우드 지서로 데려갔다. 현관 계단에는 기자들과 카메라맨들이 득실글했다. 사복 경관이 정복 경관에게 수갑을 채운 것을 보자 그들은 눈이 둥그레지면서 플래시를 터트렸다. 기자들은 내 얼굴을 알아보고 내 이름을 소리쳐 불렀다. 나는 그들의 부름에 한마디로 응수했다.

"노 코멘트!"

지서 내부에서는 정복 경관들이 곁눈질로 나를 쳐다보았다. 나는 조니를 서장 책상에 밀어붙이면서 그의 귀에다 속삭였다.

"네 아빠에게 FBI 보고서를 이용해 돈을 갈취해 온 사실을 내가 알고 있다고 말해. 그리고 매독에 걸렸던 사실과 와츠의 창녀촌에서 어떤 짓을 했는지도 알고 있다고 덧붙여. 내일 그 정보를 신문사에다 제출할 거야."

조니는 다시 조용히 흐느껴 울었다. 제복을 입은 서장이 다가와 퉁명스럽게 물었다.

"이게 도대체 무슨 소동인가?"

내 눈앞에서 플래시가 번쩍거렸다. 이미 베보 민즈 기자가 수첩을 들고 내 앞에 서 있었다.

"나는 드와이트 블라이처트 경관이고 여기는 존 찰스 보겔 경관입니다."

나는 진술서를 서장에게 건네주면서 눈을 깜빡거렸다.

"이자를 어서 입건하십시오."

나는 커다란 스테이크로 점심을 때우고 본연의 순찰 업무를 위해 센트럴 지서로 차를 몰았다. 대기실로 들어가려는데 인터콤에서 지시 사항이 흘러나왔다.

"블라이처트 경관, 지금 즉시 지서장 사무실로 오라."

나는 발걸음을 돌려 재스트로 서장실에 노크를 했다.

"열려 있어."

그가 소리쳤다.

나는 안으로 들어가 신입 경찰처럼 차려 자세로 경례를 했다. 재스트로는 내 경례를 무시하고 자리에서 일어서더니 마치 나를 처음 보는 것처럼 안경테를 고쳐 썼다.

"블라이처트, 자네는 앞으로 2주 동안 휴가를 실시한다. 휴가 후 근무에 복귀할 때는 그린 본부장에게 직접 신고하도록 하라. 그가 자네를 다른 보직에다 임명할 것이다."

"왜죠?"

"프리츠 보겔이 조금 전 권총으로 자기 골통을 박살내 버렸다. 그게 이유다."

나는 아까보다 더 절도를 갖추어 경례를 붙였다. 그러나 재스트로는 본 체도 하지 않았다. 나는 복도를 걸어 나오면서 프리츠 때문에 눈이 먼 두 창녀를 생각했다. 그들이 이 소식을 들었다면 기분이 좋았을까. 소집실에는 점호를 기다리는 정복 경관들로 가득 차 있었다. 주차장으로 나가 집으로 돌아가는 동안 맞닥뜨릴 마지막 장애물이었다. 나는 차려 자세로 똑바로 서서 천천히 그들을 노려보았다. 그들도 나를 똑바로 쳐다보다가 곧 눈을 내리깔았다. 그러나 내가 등을 돌려 방을 나가자 "반역자! 배신자!"라며 식식거리는 소리가 등 뒤로 들려왔다. 문밖으로 거의 다 나왔을 무렵 작은 박수 소리가 들렸다. 고개를 돌려 보니 러스 밀라드와 태드 그린이 잘 가라고 박수를 치며 서 있었다.

나는 똥통으로 좌천될 게 분명했지만 그래도 마음은 가뿐했다. LA 경찰 본부의 외곽 초소 중 가장 별 볼일 없는 근무지로 발령이 날 게 뻔했지만, 내게는 2주 동안 즐길 수 있는 휴가가 있었다. 보겔 부자의 체포 자살 건은 경찰 본부 내부의 일로 처리되었고, 불명예와 수치심을 못 견딘 아버지가 속죄하는 의미에서 자살한 것처럼 호도되었다. 나는 내가 할 수 있는 가장 적절한 조치를 취하면서 명예로운 휴가를 보내기로 했다. 실종된 리를 찾아 나서기로 한 것이다.

나는 우선, 리가 실종되기 전에 LA에서 무슨 짓을 하고 다녔는지 확인해 보기로 했다. 그래서 리의 체포 스크랩북을 여러 번 되풀이해서 읽었지만 아무 단서도 찾아낼 수 없었다. 라번 하이드어웨이로 가서 레즈비언들에게 리가 또다시 나타나 욕설을 퍼부었는지도 물어보았다. 그러나 그런 일은 없었다는 야유가 섞인 대답만 들었을 뿐이었다.

나의 파드레는 블랜처드가 체포한 중죄인 관련 서류 사본 일체를 내게 넘겨주었으나, 그 안에도 단서는 없었다. 나와의 내연 관계에 만족하고 있는 케이는 내가 하는 짓이 바보보다 더 우둔한 짓이라고 말했다. 나는 나의 행동이 그녀를 겁먹게 한다는 것을 알았다.

이슬러, 스틴슨, 보겔의 관계를 들춰 내면서 나는 한 가지 사실을 확신하게 되었다. 그것은 내가 타고난 형사라는 사실이었다. 그러나 리의 실종을 추적하는 데에도 그런 날카로운 판단력을 발휘할 수 있을지는 확신할 수 없었다. 리의 경우는 별개의 문제였던 것이다. 그러나 나는 일단 수사에 착수해 보기로 했다. 내가 리의 내부에서 발견한 비정함(그 때문에 은밀히 그를 존경하는 바이지만)은 관련 서류를 검토할 때마다 점점 더 인상 깊게 각인되었고, 반드시 그를 찾아내고야 말겠다는 생각을 더욱 간절하게 했다.

그리고 내가 확실하게 알게 된 사실은 이것이었다. 리는 달리아, 벤제드린 각성제 그리고 드 위트의 가석방이 자신에게 한꺼번에 몰아닥친 바로 그 순간에 실종되었다는 것이다. 그가 마지막으로 나타난 곳은 티화나였는데, 당시 드 위트도 그곳으로 가고 있는 중이었고 쇼트 사건도 미국과 멕시코 국경에 집중되고 있었다.

그러던 중에 드 위트와 마약 거래꾼 펠릭스 차스코가 함께 살해되었다. 멕시코인 두 명이 그 사건의 주범으로 잡혔지만 그것은 협잡일 수도 있었다. 다시 말해서 루랄레스들이 성가신 살인 사건을 사건 기록부에서 지워 버리기 위해 그런 속임수를 썼을 수도 있는 것이다.

그렇다면 결론은 이렇게 내려질 수도 있었다. 리 블랜처드가 드 위트와 차스코를 살해했을지도 모른다. 살해 동기는 드 위트의 보복극에서 자기 자신을 보호하고, 라운지 도마뱀인 그자가 케이를 험담하는 것을 막기 위한 것이었을 것이다. 그러면서 얻은 또 하나의 결론은 리가 그처럼 위급한 상황에 있었는데도 나는 무심했다는 것이다.

그다음 단계는 드 위트 재판의 사본을 검토하는 것이었다. 문서 기록실에 가서 관련 자료를 살펴보니 더욱 많은 사실을 알아낼 수 있었다. 리는 전에 블러바드 시티즌스 은행털이 사건의 '주모자'에 대한 정보 제공자들 이름을 말해 준 적이 있다. 그때 리는 보비의 부하들이 보복할 것을 피해 제보자들이 도시를 떠났다고 했다. 나는 연구조사국으로 전화를 걸어 그 제보자들에 대한 정보를 얻고자 했으나 결과는 기가 막혔다. 그들에 대한 정보가 하나도 남아 있지 않다는 것이었다.

드 위트는 자신이 마약 전과자이기 때문에 경찰의 뒤집어씌우기 수법에 걸려들었다고 주장했다. 검찰은 은행에서 강탈해 온 돈이 드 위트의 집에서 발견되었고, 또 사건 당일 드 위트의 알리바이가 불분명하다는 점을 들어 그를 범인으로 지목하고 기소 처리했다. 네 은행털이범 중 두 명은 현장에서 사살되었고 드 위트는 체포되었다. 마지막 한 명만이 아직도 잡히지 않은 상태였다. 드 위트는 잡히지 않은 공범의 이름을 불면 감형이 될 텐데도 그자의 이름을 모른다고 부인했다.

이 모든 자료를 종합해 볼 때 결론은 LA 경찰 본부의 '뒤집어 씌우기'였거나, 아니면 리가 은행털이 사건에 관련되어 있을 가능성이 있다는 것이었다. 리는 베니 시겔의 비위를 맞추기 위해 그런 일에 개입했을지도 몰랐다. 은행털이범들이 그의 돈을 일부 훔쳐갔고, 리는 베니 시겔을 두려워할 이유가 충분했다. 권투 경기 계약에서 베니 시겔의 돈을 떼먹은 적이 있었으니까. 그런데 드 위트의 재판에서 리는 케이를 만나 사랑에 빠졌고 보비 드 위트를 정말 미워하게 되었을 것이다. 그러니 최종적으로 내릴 수 있는 결론은 케이는 진상을 잘 몰랐다는 것이고 드 위트는 정말 때려죽여 마땅한 악당이라는 것이었다.

아무튼 나는 어떻게 해서든 리를 찾아내 이 사실의 진위를 확인해야겠다고 생각했다.

휴가 나흘째 되는 날 나는 멕시코로 향했다. 나는 티화나에서 사람들에게 페소와 10센트 동전을 나눠 주면서 리의 사진을 보여 주었다. 그리고 중요한 정보를 제공하는 사람에게는 25센트를 주겠다고 했다. 나는 사람들을 끌어모으는 데는 성공했지만 신통한 단서는 얻지 못했다. 그리고 이런 식으로 계속 동전을 풀었다가는 사람들의 발길에 밟혀 죽을지도 모를 일이었다. 그래서 아예 멕시코 경찰을 붙잡고 늘어지기로 했다. 경찰 중에 쓸모 있는 정보를 제공하는 자에겐 1달러를 주는 방식으로 바꾼 것이다.

티화나 경찰은 엉터리 영어밖에 할 줄 모르는 검은 셔츠의 날짐승들이었다. 그러나 국제 언어(돈)만은 아주 잘 이해했다. 나는 길거리에서 순찰 경관 수십 명을 불러 세우고 내 신분증과 리의 사진을 보여 준 후 1달러를 손에 쥐여 주면서 내가 할 수 있는 스페인어와 영어를 뒤섞어서 물어보았다. 그들은 1달러를 먼저 주머니에 넣었고 나와 악수를 한 다음 엉터리 영어로 대답했다. 그리고 그럴듯한 기괴한 얘기를 늘어놓았다.

그중에는 이런 얘기가 있었다. 지난 1월 말쯤 시카고 클럽에서 외설 영화를 한 편 상영했는데, 험악하게 생긴 백인 하나가 그 영화를 보더니 마구 흐느껴 울더라는 것이었다. 또 블론드 머리의 덩치가 큰 백인이 취객 소매치기 세 명을 죽도록 두들겨 패고는 두툼한 돈다발에서 20달러를 꺼내 경찰을 매수했다는 얘기도 있었다. 그중 가장 황당한 얘기는 리가 한 바에서 어쩌다가 만난 목사에게 200달러를 선뜻 내주었다는 얘기였다. 그 목사는 나병환자를 돌보는 사람이었는데, 리는 목사에게 돈을 주었을 뿐 아니라 술집에 있는 손님들의 술값을 몽땅 치르고는 엔세나다로 갔다는 얘기였다. 나는 이 정보에 5달러를 지불했다. 그러자 멕시코 경찰은 보충 설명까지 해 주었다.

"그 목사는 내 형이오. 자칭 목사이긴 하지만. 바야 콘 디오스(신의 가호가 있기를). 당신 돈, 주머니에 잘 간수하시오."

나는 엔세나다로 가는 해변 도로를 따라 130킬로미터 거리를 달려가면서 리가 어디서 그렇게 흥청망청 뿌릴 돈이 났을까 의아해했다.

해변 도로는 아주 상쾌했다. 오른쪽 풍경은 관목이 덮인 벼랑에서 갑자기 바다로 바뀌었고, 왼쪽은 잎이 무성한 나무로 가득 덮인 언덕과 계곡이 이어졌다. 차는 드물었고 북쪽으로 걸어가는 행인들만 꾸준히 나타났다. 개중에는 여행 가방을 든 가족들도 있었다. 그들은 겁을 먹은 것도 같았고 행복에 잠겨 있는 것도 같았다.

그들은 국경을 넘어가면 어떤 일들이 펼쳐질지 전혀 모르는 것 같았다. 하지만 멕시코에서 먼지나 마시면서 관광객들이 뿌리는 푼전을 줍는 것보다는 그게 더 나을지도 몰랐다.

저녁에 엔세나다에 도착해 보니 드문드문하던 행인들은 이민 행렬을 이루고 있었다. 그들은 하나같이 담요에 물건을 싸서 어깨에 둘러메고 있었으며 대여섯 명에 한 명씩 횃불을 들고 있었다. 어린아이들은 아기 업는 자루 속에 들어가 엄마 등에 업혀 있었다. 시 경계에 이르러 마지막 언덕을 넘어서자 엔세나다가 보였다. 현란한 네온사인이 보였고 마치 어둠에 군데군데 구멍이 뚫린 것같이 횃불들이 여기저기 빛을 내고 있었다. 좀 더 아래로 내려가자 형광등 불빛이 횃불을 삼켜 버렸다.

언덕을 내려가면서 보니 엔세나다는 바다를 끼고 있는 해변 도시였다. 티화나와 비슷한 규모였지만, 티화나보다는 수준 높은 관광객을 상대하는 곳임을 알 수 있었다. 외국인들은 점잖았고 관광객에게 달라붙는 거지 아이들도 보이지 않았다. 술집 앞에도 손님을 부르는 호객꾼이 없었다. 아까 길에서 보았던 밀입국자 행렬은 숲이 우거진 내지에서 나와 해변 도로를 타기 위해 엔세나다를 통과하는 중이었다. 물론 그들이 그곳을 통과하기 위해서는 루랄레스에게 통행세를 바쳐야 했다.

그것은 내가 본 것 중에서 가장 뻔뻔스러운 강탈이었다. 갈색 셔츠의 승마 바지를 입고 무릎까지 오는 가죽 장화를 신은 루랄레스가 농민들을 하나씩 점검하면서 돈을 받고 그들의 어깨에 꼬리표를 붙여 주었다. 사복 경관들은 육포와 말린 과일을 팔았고 농민들에게 받은 동전들을 옆구리에 찬 전대에다 쑤셔 넣었다. 다른 루랄레스들은 한쪽에서 농민들의 어깨에 붙은 꼬리표를 확인했다. 나는 대로에서 방향을 틀어 홍등가로 보이는 곳으로 들어갔다. 그곳에 들어서자 루랄레스 두 명이 권총 개머리판으로 한 남자를 넋이 나갈 정도로 패는 것이 보였다.

나는 엔세나다 시민들을 상대로 탐문하기 전에 치안 기관을 먼저 찾아가는 것이 현명하겠다고 생각했다. 리는 LA를 떠난 직후 국경 근처에서 루랄레스들과 얘기하고 있는 것이 목격된 바 있었다. 그러니 루랄레스를 먼저 접촉하는 게 나을 것 같았다.

나는 30년대식 순찰차의 대열을 따라 홍등가를 지나 해변을 마주하고 있는 거리로 들어갔다. 그 거리에는 교회를 개조하여 쓰고 있는 지서가 있었다. 창문에는 쇠창살이 쳐져 있었고 폴리시아(경찰)라는 단어가 종교적인 그림이 그려진 하얀 벽돌 벽 위에 검은 글씨로 쓰여 있었다. 마당 잔디밭에는 탐조등이 설치되어 있었다. 내가 차에서 내려 전형적인 미국인의 미소를 지으며 신분증을 흔들어 대자 탐조등 불빛이 내 얼굴을 비추었다. 나는 눈을 가린 채 불빛 속으로 들어갔다. 따가운 불빛 때문에 얼굴이 화끈거렸다.

"양키 경찰인가, FBI 국장님이신가? 아니면 텍사스 기마병?"

한 남자가 날 보며 비아냥거렸다.

모른 척하고 지나가려는데 그가 손을 내밀었다. 나는 그에게 1달러를 쥐여 주고 지서 안으로 들어갔다.

지서 내부는 더 교회 같았다. 예수와 그의 행적을 그린 벨벳 벽걸이가 현관 입구를 장식하고 있었다. 대기 중인 루랄레스들이 앉아 있는 벤치는 원래 신도석으로 쓰였던 것 같았다. 접수계의 책상은 커다랗고 검은 나무 책상이었는데, 십자가에 매달린 예수가 장식되어 있는 걸로 보아 원래는 제단이었던 듯했다. 거기에서 보초를 서고 있던 뚱뚱한 멕시코 경찰은 내가 다가오는 것을 보면서 느끼하게 입술로 혀를 핥았다. 평생 은퇴는 안 하고 애들이나 괴롭힐 못된 인물 같아 보였다.

나는 일종의 의무감처럼 1달러 지폐를 꺼내려다가 그만두었다.

"로스앤젤레스 경찰인데 서장을 만나 보고 싶소."

갈색 셔츠는 엄지와 검지를 함께 비비면서 나의 신분증을 가리켰다. 결국 1달러와 함께 신분증을 내밀었다. 그는 예수의 벽화가 그려져 있는 복도 아래쪽으로 나를 안내한 뒤 서장이라는 문패가 붙은 문을 가리켰다. 나는 그가 안으로 들어가 재빠른 스페인어로 뭐라고 얘기하는 동안 복도에 서서 기다렸다. 서장의 방에서 다시 나온 그는 느닷없이 깍듯한 태도로 뒤늦게 경례까지 했다.

"블라이처트 경관, 어서 들어오십시오."

나는 멕시코 억양이 전혀 섞이지 않은 영어에 깜짝 놀라며 방 안으로 들어섰다. 회색 제복을 입은 키 큰 멕시코인이 손을 내밀며 서 있었다. 1달러를 달라는 게 아니라 그야말로 악수를 하기 위해 손을 내밀고 있었다. 우리는 악수를 나눴다. 그는 커다란 책상 뒤에 앉아 "서장 바스케스"라고 쓰인 명패를 가볍게 두드렸다.

"경관, 제가 도와드릴 일이라도 있나요?"

나는 내 신분증을 책상에서 집어 들고 그 자리에 대신 리의 사진을 내려놓았다.

"이 사람은 LA 경찰 본부 소속의 경찰입니다. 지난 1월 말에 실종되었죠. 그의 마지막 행적이 이곳이었습니다."

바스케스는 사진을 내려다보았다. 그의 입 가장자리가 씰룩거렸다. 그는 재빨리 머리를 흔들어 모르겠다는 시늉을 하고는 입을 씰룩거렸던 것을 감추려 했다.

"이런 사람은 본 적이 없소. 내 부하들에게 회람을 돌려 이곳 미국인 사회에서 한번 찾아보라고 하겠소."

나는 그 뻔한 거짓말을 모른 척하며 대꾸하였다.

"서장님, 그는 금방 눈에 띄는 사람입니다. 블론드에다가 180센티미터가 넘는 장신이고 아주 튼튼하게 생겼죠."

"경관, 엔세나다에는 별별 험한 일이 다 벌어져요. 그래서 이곳 경찰관들은 무장과 감시를 철저히 하고 있어요. 여기 잠시 머무를 겁니까?"

"적어도 오늘 밤은 여기서 잘 겁니다. 혹시 당신 부하들 중에 누가 그를 알고 있지는 않을까요? 그러면 단서를 좀 얻을 수 있을 텐데."

바스케스는 미소를 지었다.

"모를 겁니다. 혼자 왔습니까?"

"티화나에서 나를 기다리는 파트너가 두 명 있습니다."

"당신은 소속 부서가 어딥니까?"

"경찰청에 근무하고 있어요."

나는 거짓말을 했다.

"그런 고위직에 있기에는 좀 어려 보이는데."

나는 리의 사진을 집어 들었다.

"서장님, 족벌 체제란 거 들어 보셨습니까? 내 아버지는 부청장이고 형은 멕시코시티 영사관에서 근무하고 있지요. 자, 안녕히 계십시오."

"블라이처트, 행운을 빌겠소."

나는 나이트클럽과 홍등가가 늘어선 거리에 있는 호텔에 방을 얻었다. 2달러에 해변이 내다보이는 1층 방을 얻을 수 있었다. 그러나 매트리스는 팬케이크처럼 얇았고 싱크대는 아주 지저분했다. 게다가 화장실은 바깥에 있는 공중변소를 이용해야 했다. 나는 여행 가방을 화장대 위에 내려놓고 다시 밖으로 나갔다. 그러면서 만약을 위해 머리카락을 두 가닥 뽑아 문설주와 문이 연결된 부분에 올려놓았다. 그래야 수상한 자가 내 방에 들어왔을 경우 얼른 눈치를 챌 수 있을 테니까.

나는 네온 불빛이 휘황한 유흥가의 중심부로 걸어 들어갔다. 거리에는 제복을 입은 루랄레스, 미해병대, 해군들이 득시글거렸다. 다른 멕시코 사람은 전혀 보이지 않았다. 모두들 질서정연했다. 술에 취해 손을 흔드는 해병대원조차 절도 있어 보였다. 나는 곧 그 질서가 총을 들고 순찰을 도는 루랄레스 때문이라는 것을 알았다. 갈색 셔츠의 루랄레스들은 대부분 바싹 마른 밴텀급에 불과했지만 완전 무장을 하고 있었다. 권총, 기관단총, 45구경 자동소총 등을 갖췄고 허리띠에 찬 탄창에는 총알이 가득했다.

휘황찬란한 네온 불빛이 나를 향해 손짓을 했다. 플레임 클럽, 아르투로스 오븐, 클럽 복세오, 폴큰스 리어, 치코스 클럽 임페리얼 등 다양한 간판이 보였다. 우선 스페인어로 복싱을 뜻하는 복세오란 클럽부터 들러 보기로 했다. 어둠침침할 줄 알았던 클럽 안은 예상과는 달리 천박할 정도로 불빛이 번쩍거리고 있었다. 안은 해군들로 꽉 차 있었고, 멕시코 여자들이 1달러짜리 지폐가 서너 장 꽂힌 비키니 팬티 차림으로 긴 바 위에서 춤을 추고 있었다.

요란한 음악과 사병들이 내지르는 환호성으로 실내는 소음의 도가니였다. 나는 발끝으로 서서 주인인 듯한 사람을 찾다가 뒤쪽에 권투 경기 포스터가 붙어 있는 좁은 공간을 발견했다. 자석에 이끌리는 쇠처럼 그곳으로 걸어갔다. 반라의 여자들이 바 위의 무희들과 교대하기 위해 내 곁을 무리 지어 지나갔다. 그 좁은 공간에서 나는 위대한 라이트 헤비급 복서 가스 레스네비치와 빌리 콘 사이에 샌드위치가 되어 있었다.

바로 거기에 리의 포스터도 있었다. 그리고 베니 시겔이 시키는 대로 했으면 리와 한판 싸웠을지도 모르는 조 루이스의 포스터도 걸려 있었다.

블라이처트와 블랜처드.

유망하던 두 백인은 그만 잘못 풀리고 만 것이다.

나는 포스터를 오랫동안 쳐다보았다. 주위의 소음이 사라졌고 나는 의자가 놓인 시궁창에서 1940년과 1941년의 과거로 되돌아갔다. 당시 나는 권투 시합에서 이기면 베티 쇼트처럼 생긴 잘 대 주는 여자와 그 짓을 하면서 몸을 풀었다. 그리고 리는 KO 행진을 계속하면서 케이와 살고 있었다. 그러다가 이상하게 우리 셋은 한 가족이 되었다.

"먼저 블랜처드가 오더니 다음엔 자네가 왔군. 그래, 그다음은 누군가? 윌리 펩인가?"

그 말은 나를 다시 시궁창으로 끌어들였다.

"언제, 당신 언제 그를 보았습니까?"

반가운 마음에 소리가 나는 쪽으로 얼른 고개를 돌리며 물었다. 구부정하고 덩치가 큰 노인이 뒤에 서 있었다. 그의 얼굴은 바짝 말라 금이 간 가죽 같았고, 얼굴의 뼈는 너무 얻어터져 성한 데가 하나도 없어 보였다. 그렇지만 노인의 목소리는 전혀 무능한 권투 선수 같지 않았다.

"두 달 전이었어. 2월이었는데 비가 많이 왔지. 우리는 권투 얘기만 열 시간 가까이 했어."

"블랜처드는 지금 어디 있습니까?"

"그 뒤로는 보지 못했어. 그 사람은 자네를 만나고 싶지 않은 모양이더군. 자네와 리가 싸운 시합을 얘기하려는데 빅 리는 한마디도 꺼내지 않더군. '우린 더 이상 파트너가 아니에요.' 하더니 페더급 얘기만 하더라구. 그 체급에서 격렬한 경기가 많이 나온다면서. 그래서 나는 그런 경기는 오히려 미들급에 많다고 대꾸했지."

"그가 아직 여기 있나요?"

"그렇지 않을 거야. 난 여기 주인이야. 그날 이후로는 여기 코빼기도 내밀지 않았어. 자네, 그자한테 원한이라도 있나? 재시합이라도 하려고?"

"그를 곤경에서 꺼내 주려고요."

쭈그렁이 노인은 잠시 내 말을 곱씹다가 다시 입을 열었다.

"난 자네처럼 외곽을 돌면서 댄싱을 하는 선수를 아주 좋아하지. 그래서 한 가지 정보를 알려 주겠어. 난 블랜처드가 사탄 클럽에서 소동을 부렸다는 얘기를 들었어. 그래서 바스케스 서장에게 상당한 돈을 주고 풀려났다고 하다군. 해변 쪽으로 다섯 블록만 걸어가면 사탄 클럽이 나와. 거기 가서 주방장 어니에게 물어봐. 그가 그 소동을 목격했으니까. 내가 보냈다고 하면 솔직하게 얘기해 줄 거야. 그리고 그 안에 들어가기 전에는 심호흡을 해야 할 거야. 자네가 살던 땅에는 그런 곳이 아예 없었을 테니까."

사탄 클럽은 슬레이트 지붕을 얹은 흙벽돌 집이었다. 정면에는 아주 독특한 네온사인이 매달려 있었다. 키 작은 붉은 악마가 발기된 성기 세 개로 하늘을 찌르고 있는 모습이었다. 클럽 앞에는 갈색 셔츠를 입은 도어맨이 'BAR'라고 쓰인 삼각 표시등을 만지작거리며 서 있었다. 그의 견장에는 1달러짜리 지폐가 잔뜩 꽂혀 있었다. 나 역시 안으로 들어가면서 그에게 1달러를 찔러 주었다. 그리고 단단히 마음의 준비를 했다.

나는 이제 시궁창에서 똥물이 출렁거리는 똥통으로 들어섰다.

바는 변기나 다름없었다. 해병대원들과 해군 사병들이 바 위쪽에 있는 벌거벗은 여자들을 쳐다보면서 바에다 대고 자위 행위를 하고 있었다. 대형 밴드를 향해 놓인 탁자 밑에서는 여자들이 돈을 받고 펠라티오를 해 주고 있었다. 무대에서는 사탄 복장을 한 남자가 매트리스 위에 누워 있는 여자와 섹스를 하고 있었다. 그리고 붉은 벨벳으로 된 악마의 뿔을 귀에 단 당나귀 한 마리가 무대 위에 놓인 그릇의 건초를 먹으며 당나귀 쇼를 기다리고 있었다. 무대 오른쪽에서는 양복을 잘 차려입은 백인이 마이크에다 소리를 질러 댔다.

"여기 아주 부잣집 딸이 있어요. 그 애 이름은 수인데 불러만 주신다면 그 자리에서 뿅 가는 특급 열차 티켓을 드린대요. 헤이! 헤이! 또 멋진 여자 애가 있어요. 그 애 이름은 코린인데 바나나에서 크림을 쫙 뽑아 내는 방법을 알고 있대요. 헤이! 헤이!"

음악 소리는 탁자에서 쏟아져 나오는 시끌벅적한 소리에 묻혀 버렸다.

"당나귀 나와라! 당나귀 나와라!"

나는 술에 취해 비틀거리는 남자들과 부딪치면서 그냥 서 있었다. 갑자기 마늘 냄새가 잔뜩 섞인 입김이 내 얼굴에 확 풍겨 와 숨이 막힐 것만 같았다.

"바 밑으로 가지 않겠어요? 멋지게 빨아 드릴게. 1달러만 내세요. 아니면 나를 먹고 싶나요? 그렇다면 이 세상에서 제일 행복한 남자죠. 2달러만 내세요."

나는 간신히 용기를 내어 그 여자의 얼굴을 쳐다보았다. 그녀는 늙고 뚱뚱한 데다 입가는 매독으로 부르트고 헐어서 딱지가 앉아 있었다. 나는 지갑에서 세지도 않고 지폐를 몇 장 꺼내 그녀에게 건네주었다. 그 창녀는 나이트클럽에 웬 예수가 나타났냐는 듯이 무릎을 꿇었다. 나는 뒤로 물러나며 소리쳤다.

"어니 있는 데로 데려다 줘! 지금 당장 그를 만나야 해! 클럽 복세오에 있는 친구가 나를 여기로 보냈어!"

"바마노스(이리로 오세요)!"

늙은 여자는 나를 위해 앞장서서 걸었다. 그녀는 바 주위의 탁자에 앉기 위해 기다리고 있는 해병대원들을 뚫고 무대 옆으로 난 통로로 나를 끌고 가더니 부엌 있는 데까지 데려다 주었다. 부엌에 가니 맛있는 냄새가 진동했다. 가까이 가서 보니 스튜를 끓이는 솥에는 죽은 개의 뒷다리가 비죽 나와 있었다. 그 여자는 주방장에게 스페인 말로 재빠르게 말했다. 주방장은 멕시코인과 중국인의 혼혈처럼 보이는 아주 이상하게 생긴 사내였다. 그는 고개를 끄덕거리더니 앞으로 걸어 나왔다.

나는 리의 사진을 내보였다.

"이 친구가 얼마 전에 여기서 소란을 피웠다는 얘기를 듣고 왔는데……."

주방장은 사진을 대충 훑어보았다.

"당신 누군데 그걸 알고 싶어 하는 거요?"

나는 신분증을 보여 준 다음 권총을 슬쩍 내보였다.

"그 사람이 당신 친구요?"

"제일 친한 친구요."

주방장은 앞치마 밑에다 손을 넣었다. 나는 주방장들이 그 밑에다 칼을 감춘다는 것을 알고 있었다.

"당신 친구는 내가 내놓은 메스칼 술을 열네 잔이나 마셨어요. 여기서는 최고 기록이었지요. 그건 좋았다 이겁니다. 그는 죽은 여자를 위해 건배를 많이 하더군요. 그것도 나는 상관하지 않았어요. 하지만 당나귀 쇼를 하지 못하게 하는 건 정말 참을 수 없었어요."

"그래서 어떻게 되었소?"

"그는 내 부하들을 네 명이나 때려눕혔어요. 그렇지만 다섯 번째 부하한테는 당하고 말았지요. 그래서 루랄레스가 그를 데리고 나가 어디선가 재웠을 겁니다."

"그게 전부요?"

주방장은 앞치마 밑에서 잭나이프를 꺼내 단추를 눌렀다. 칼날이 탁 튀어나오자 그는 칼등으로 목을 슥슥 긁었다.

"피니토(끝났소)."

나는 뒷문을 통해 골목으로 나왔다. 그리고 리가 잘못되지는 않았을까 싶어 겁이 더럭 났다. 번쩍거리는 옷을 입은 두 남자가 가로등 밑에서 서성거리고 있었다. 그들은 나를 보자 갑자기 다리를 들었다 내렸다 하면서 발밑을 쳐다보았다. 마치 땅바닥에 뭔가 재미있는 일이라도 있다는 듯한 태도였다. 나는 급히 달아났다. 등 뒤로 자박자박 들려오는 자갈 밟는 소리로 그들이 열심히 뒤쫓아 오고 있다는 것을 알 수 있었다.

골목은 홍등가로 이어지는 도로 앞에서 끝났다. 옆으로는 사람 하나가 간신히 지나갈 정도로 좁고 지저분한 골목이 해변 쪽으로 나 있었다. 나는 그리로 냅다 달렸다. 좁은 골목 안에서 나의 어깨는 닭장 철망에 스쳤고, 반대편 우리에 갇힌 개들은 달려들려고 일어섰다. 개 짖는 소리는 거리의 소음을 깨끗이 잠재웠다. 그 때문에 그 두 놈이 아직도 나를 쫓아오는지 알 수가 없었다. 곧 해변과 마주 보고 있는 거리가 나타났다. 나는 자세를 가다듬고 오른쪽으로 한 블록만 더 가면 호텔이 나올 거라고 추측했다. 그제야 안심을 하고 걸음을 늦출 수 있었다. 알고 보니 나는 호텔에서 한 블록도 채 떨어지지 않은 지점에 와 있었다.

이제 호텔까지는 백 발자국 정도만 걸어가면 되었다. 나는 숨을 고르면서 슬슬 걸어갔다. 마치 산책 나온 선량한 관광객처럼. 호텔 앞뜰은 텅 비어 있었다. 나는 열쇠를 꺼내려고 주머니를 뒤졌다. 그때 2층에서 흘러나온 불빛이 방문에 어른거리는 덕분에 아까 붙여 둔 머리카락 두 올이 사라진 것이 눈에 띄었다.

나는 38구경을 뽑아 들고 발로 문을 걷어차면서 안으로 들어갔다. 침대 옆의 의자에 앉아 있던 백인 남자 하나가 두 손을 번쩍 쳐들고 벌벌 떨며 애원하기 시작했다.
"이봐요, 난 당신 편입니다. 무장도 하지 않았어요. 내 말을 믿지 못하겠다면 몸수색을 해도 좋아요."
나는 권총으로 벽을 가리켰다. 남자는 내게 등을 돌린 뒤 손을 머리 위로 쳐들어 손바닥으로 벽을 짚고 서서 다리를 벌렸다. 나는 그의 등에 38구경을 들이댄 채 몸을 더듬었다. 지갑, 열쇠, 지저분한 빗 따위밖에 나오지 않았다. 나는 그의 등에 더 바싹 총부리를 갖다 대며 지갑을 검사했다. 지갑 안에는 달러화와 캘리포니아 주에서 발급한 사립 탐정 면허증이 들어 있었다. 그의 이름은 밀턴 돌핀이었고 사업장은 샌디에이고에 있는 코파데오로 986번지였다.
나는 지갑을 침대에 던진 뒤 총부리에 넣었던 힘을 뺐다. 돌핀은 몸을 꼼지락거렸다.
"그건 블랜처드가 갖고 있던 돈에 비하면 아무것도 아니에요. 당신이 내 파트너가 되어 준다면 앞일이 아주 쉬울 텐데."
나는 그의 발을 걸어찼다. 돌핀은 바닥으로 고꾸라지면서 카펫에서 풀썩 일어나는 먼지를 들이마셨다.
"네놈이 알고 있는 걸 모조리 말해. 그리고 내 파트너에 대해서는 입조심해. 자, 어서 말해. 그렇지 않으면 가택 무단 침입으로 엔세나다 감방에 처넣겠어."
돌핀은 엎드려뻗치기 자세로 일어나 무릎을 꿇고 앉았다. 그는 숨을 헐떡거렸다.
"블라이처트, 내가 여기 오리라는 걸 어떻게 알았나요? 바스케스를 만나러 갔을 때 그 근처에서 나를 봤어요?"

나는 남자를 찬찬히 살펴보았다. 나이가 마흔이 넘어 보였고 뚱보에 대머리였다. 그렇지만 강인한 구석도 있어 보였다. 젊은 날의 완력이 바닥나자 이제는 머리를 굴리면서 살아가는 전직 운동선수 같은 분위기였다.
"누군가가 나를 미행하고 있었어. 그건 누구지?"
돌핀이 목이 마른지 마른기침을 했다.
"루랄레스일 겁니다. 바스케스는 당신이 블랜처드에 대해 알아내지 못하게 하려고 애를 쓰고 있어요."
"그럼 그자들이 내가 여기 묵고 있는 걸 알고 있나?"
"아니오. 서장에게는 당신을 내가 미행해 보겠다고 말했어요. 아마 그의 다른 부하들이 우연히 당신을 발견했을 겁니다. 그래, 미행하던 놈들을 떼어 버렸나요?"
나는 고개를 끄덕이면서 총으로 돌핀의 넥타이를 쿡쿡 찔렀다.
"당신은 왜 이렇게 협조적으로 나오는 거지?"
돌핀은 총구에 가볍게 손을 대어 왼쪽으로 밀어냈다.
"나도 나름대로 목적이 있어서 그럽니다. 난 극단에 있는 양쪽을 절충시키는 데 능해요. 그리고 앉으면 더 얘기를 잘하는데, 앉아도 되겠습니까?"
나는 의자를 잡아서 그의 앞에 갖다 놓았다. 돌핀은 벌떡 일어나 양복의 먼지를 턴 뒤 거기 앉았다. 나는 총을 총집에 넣었다.
"천천히 처음부터 모두 말해 보시오."
돌핀은 손톱에다 호 하고 입김을 분 뒤 셔츠에다 손톱을 비볐다. 나는 다른 의자를 가져다가 등받이를 내 가슴 쪽으로 돌려 거꾸로 앉았다. 뭔가 손에 잡고 있는 게 마음이 편할 것 같았다.

"자, 어서 말해 보시오."

돌핀은 시키는 대로 했다.

"한 달쯤 전에 한 멕시코 여자가 샌디에이고에 있는 내 사무실을 찾아왔어요. 통통한 몸매에 화장을 덕지덕지 했는데 옷은 아주 잘 차려입었더군요. 그 여자는 블랜처드를 찾아 주면 500달러를 주겠다고 했어요. 그러면서 리는 LA 경찰인데 현재 도주 중이고 티화나나 엔세나다 근처에 있을 거라고 하더군요. LA 경찰관은 배추 이파리를 좋아하기 때문에 난 금세 돈과 관련된 문제라는 걸 눈치 챘죠.

그래서 난 티화나에 있는 내 끄나풀들한테 그 여자가 주고 간, 신문에 난 리의 사진을 보여 주면서 물었어요. 그랬더니 블랜처드가 1월 말경에 티화나에 있었는데 싸움질을 하고 술을 진탕 퍼마시면서 돈을 물 쓰듯 했다는 얘기를 하더군요. 또 국경 순찰대에 있는 내 친구는 리가 현재 엔세나다에 숨어 있고 자신의 경호를 위해 루랄레스에게 돈을 바치고 있다는 정보를 알려 줍디다. 루랄레스는 그가 마을에서 술을 먹고 행패를 부려도 눈을 감아 주었다는 거예요. 물론 바스케스가 그 사실을 알았다면 용서했을 리가 없죠.

그래서 나는 여기 내려와 아주 돈 많은 백인 노릇을 하고 다닌 블랜처드를 뒤쫓기 시작했어요. 나는 그가 어떤 여자를 모욕한 스페인계 미국인을 마구 때리고, 때로는 아무것도 안 하면서 루랄레스랑 노는 걸 보았어요. 그래서 경찰의 보호를 받고 있다는 말이 사실이라는 걸 확인했죠. 그리고 나는 그 모든 게 결국 돈, 돈에서 나오고 있다고 생각했어요."

돌핀은 허공에다 달러 표시를 그려 보였다. 내가 의자 등받이를 너무 세게 그러잡아 나무 판자가 흔들흔들했다.
"그런데 그다음이 더 재미있어요. 블랜처드한테 돈을 받아먹지 못해 화가 난 멕시코 경찰 하나가 이런 말을 했어요. 블랜처드가 멕시코 사복 경찰 두 명을 고용해서 지난 1월에 티화나에서 자기 적수 두 명을 살해하려 했다는 거예요. 나는 곧 티화나로 차를 몰고 가서 티화나 경찰에게 돈을 먹여 두 적수의 이름이 로버트 드 위트와 펠릭스 차스코라는 걸 알아냈어요. 그리고 그들이 1월 23일 티화나에서 살해되었다는 것도 알았지요.
그런데 드 위트라는 이름이 어딘지 모르게 낯익었어요. 그래서 샌디에이고 경찰서에서 근무하는 내 친구에게 좀 알아봐 달라고 부탁했지요. 당신도 이미 알지 모르겠지만, 블랜처드가 1939년 드 위트를 퀜틴 큰집에 보냈잖아요. 그래서 드 위트가 복수하겠다고 별러 왔대요. 그러다 드 위트가 가출옥을 하니까 블랜처드는 자기 목을 지키기 위해 그를 살해하려 했던 것 같아요. 나는 샌디에이고에 있는 내 파트너에게 전화를 걸어서 멕시코 여자에게 알려 주라고 메시지를 남겼지요. 블랜처드는 현재 엔세나다에 있고 루랄레스의 보호를 받고 있다, 루랄레스는 그의 돈을 받아먹고 드 위트와 차스코를 죽인 것 같다고."
나는 등받이에서 손을 떼었다. 손에는 아무 감각도 느껴지지 않았다.
"그 여자 이름이 뭡니까?"
돌핀은 어깨를 으쓱했다.
"델로레스 가르시아였어요. 하지만 틀림없이 가명이에요. 드 위트와 차스코의 관계에 대해서 알게 되자 나는 그 여자가 차스코의 여자 중 하나라고 생각했어요. 그는 돈 많고 방탕한 멕시코 여자와 놀아난 걸로 알려져 있으니까요. 아마 그 여자는 차스코를 죽인 자에게 복수하려고 했던 것 같아요. 그 여자는 이미 블랜처드가 그 살인극의 배후란 걸 알고 있었던 거죠. 그래서 내게 어디 있는지 알아보라고 부탁했던 거였어요."

"그럼 당신은 LA를 떠들썩하게 한 블랙 달리아 사건을 알고 있나요?"

"그걸 모르는 사람도 있답니까."

"리는 이곳으로 내려오기 직전에 그 사건을 담당했어요. 그리고 1월 말경엔 수사망이 티화나까지 확대되었지요. 리가 달리아에 대해서 물어보고 다녔다는 얘기는 없었나요?"

"나다(없어요). 그다음 얘기를 듣고 싶습니까?"

"라피다만테(어서 빨리)."

"좋아요. 그래서 나는 샌디에이고로 돌아갔습니다. 내 파트너는 그 메시지를 멕시코 여자에게 전해 주었다고 하더군요. 그래서 나는 레노로 가서 신나게 휴가를 즐겼습니다. 그런데 노름판에서 그만 그 여자한테 받은 돈을 모두 날렸습니다. 나는 블랜처드가 생각났고 그가 가진 돈이 많다는 사실을 떠올렸죠. 그리고 멕시코 여자의 정확한 의도가 무엇이었는지도 궁금했습니다. 생각할수록 똥구멍이 근질거려서 참을 수가 없더라고요. 그래서 나는 샌디에이고로 돌아와 실종자 찾아 주는 일을 몇 건 처리하고 약 2주 뒤에 다시 엔세나다로 내려왔습니다. 그런데 어찌 된 영문인지 블랜처드 코빼기도 볼 수 없었어요.

나는 이 도시를 돌아다니면서 정보를 수집했습니다. 바스케스
나 멕시코 경찰에게 물어보는 건 바보나 하는 짓이죠. 그러다가
블랜처드의 상의를 입고 돌아다니는 불량배도 만났고 블랜처드의
셔츠를 입고 있는 건달도 만났어요. 그리고 나는 드 위트와 차스
코의 피살 사건에 관련된 두 살인범들이 후아레스에서 교수형에
처해졌다는 말을 들었어요. 그래서 그 사건이 루랄레스의 협잡일
공산이 크다고 생각했어요. 나는 이 도시에 계속 머물면서 바스케
스에게 알랑방귀를 뀌었어요. 또 그의 환심을 사려고 마약 복용자
정보도 갖다 바쳤지요. 마침내 나는 블랜처드의 소식을 알게 되었
어요. 만약 그가 당신의 친구였다면 마음의 준비를 하세요."
 그의 입에서 '였다면' 이란 과거 시제가 나오자, 나는 잡고 있던
의자 등받이를 놓았다.
 "괜찮겠소?"
 "말해 봐요."
 나는 크게 숨을 들이쉬었다. 사립 탐정은 마치 수류탄이라도 만
지는 것처럼 천천히 그리고 침착하게 말했다.
 "그는 죽었어요. 도끼로 난도질을 당했다더군요. 불량배들이
그가 묵고 있던 집에 몰래 들어갔다가 그의 시체를 발견했어요.
그들은 이미 죽어 있는 그를 발견하고 얼른 경찰에 신고했어요.
괜히 살인죄를 뒤집어쓰고 싶지 않아서였죠. 바스케스는 그들에
게 돈을 찔러 주고 입막음을 했어요. 또 블랜처드의 사물도 수거
했지요. 루랄레스들이 그의 시체를 교외에다 매장했어요. 그러나
그가 갖고 있던 돈은 발견되지 않았다고 하더군요. 나는 블랜처드
가 악당이라는 걸 알기 때문에 곧 미국 경찰이 그를 찾아 나설 거

라고 짐작했어요. 당신이 경찰청에서 일한다는 헛소리를 하며 나타났을 때 블랜처드를 찾아왔다는 걸 금방 알아봤어요."
 나는 그럴 리가 없다고 말하려 했으나 입술이 움직이지 않았다. 돌핀은 재빨리 나머지 얘기를 끝냈다.
 "그를 죽인 건 루랄레스일 수도 있고 그 여자일 수도 있어요. 아니면 그 여자가 돈을 주고 매수한 사람일 수도 있죠. 그리고 그자들이 블랜처드의 돈을 가져갔을 수도 있고 안 가져갔을 수도 있어요. 그렇다면 우리도 그 돈을 찾을 가능성이 있는 거죠. 당신은 블랜처드를 잘 아니까 누가 그런 짓을 했는지……."
 순간 나는 의자에서 벌떡 일어나 의자 등받이로 돌핀의 얼굴을 갈겼다. 등받이는 그의 목 위에 내리꽂혔다. 그는 또다시 바닥에 고꾸라져서 카펫의 먼지를 들이마셔야 했다. 그 병신 같은 사립탐정은 징징거리면서 살려 달라고 애원을 했다.
 "이봐요, 난 그 문제가 당신에게 그토록 중요한 것인지 몰랐어요. 나, 난 그를 죽이지 않았어요. 그리고 살인자를 찾겠다면 도와줄 수도 있어요. 제발, 블라이처트, 제발……."
 "그게 사실인지 어떻게 믿지?"
 나는 흐느끼는 목소리로 물었다.
 "해변 옆에 모래 매장지가 있어요. 루랄레스는 시체를 거기다 갖다 버려요. 한 아이가 내게 말해 준 게 있어요. 블랜처드가 죽은 그 시기에 경찰들이 덩치 큰 백인을 거기다 갖다 버리는 걸 봤대요. 정말이라니까요!"
 나는 그에게 38구경을 겨누었다.
 "그럼 그리로 가 보자고."

매장지는 엔세나다에서 15킬로미터 정도 남쪽으로 떨어진 곳에 있었다. 해변 바로 곁에 있는, 바다가 내려다보이는 벼랑 옆이었다. 불타고 있는 커다란 십자가가 그곳을 가리키고 있었다. 돌핀은 그 옆으로 차를 몰고 가서 시동을 껐다.

"저건 당신이 생각하는 그런 게 아니에요. 현지인들은 누가 여기 묻혀 있는지 모르기 때문에 저 십자가에 불을 붙여 훤하게 해 두는 거예요. 현지인들 중에는 가족이 실종된 사람이 많아요. 저 십자가를 불태우는 건 그들에겐 하나의 의식 같은 거예요. 루랄레스들도 저건 허용하죠. 말하자면 하층민들에게 무기의 그늘을 느끼게 함으로써 고분고분하게 만드는 만병통치약 같은 거죠. 그리고 무기 얘기가 나와서 그러는데 그 총 좀 치울 수 없습니까?"

내 경찰용 리볼버는 돌핀의 배를 겨누고 있었다. 나는 얼마나 오래 그의 배를 겨누고 있었는지 잘 기억나지 않았다.

"치울 수 없어. 당신 땅 팔 만한 도구 같은 거 있어?"

돌핀은 마른침을 꿀꺽 삼켰다.

"원예용은 있어요. 이봐요……."

"아니야. 그 애가 말했다는 장소로 나를 데려가. 그리고 우리가 직접 파는 거야."

돌핀은 차에서 내려 뒤로 돌아가 트렁크를 열었다. 나는 뒤따라가서 그가 큰 삽을 꺼내는 것을 지켜보았다. 불타는 십자가에서 흘러나온 불빛이 사립 탐정의 낡은 다지쿠페 차를 비추었다. 예비 타이어 옆에는 울타리용 말뚝과 헝겊 조각이 놓여 있었다. 나는 38구경을 허리에 찔러 넣고 말뚝 두 개를 꺼내 끝에다 헝겊 조각을 감은 뒤 불을 붙여 햇불을 두 개 만들었다.

"앞장서서 걸어."

나는 횃불 하나를 돌핀에게 건네면서 말했다.

우리가 무법자처럼 손에 횃불을 들고 모래 매장지로 걸어갔다. 모래가 부드러워서 빨리 걷기가 어려웠다. 나는 희미한 불빛을 따라 묘지 여기저기에 놓인 꽃과 성물들을 보았다. 외국인은 묘지 한쪽 끝에 버려진다고 돌핀은 중얼거렸다. 발밑에서는 절거덕거리며 뼈들이 밟히는 소리가 났다. 우리는 그중 제일 높은 지대로 올라섰다. 돌핀은 갈기갈기 찢어진 미국 국기가 덮여 있는 곳을 가리켰다.

"여기예요. 그 아이가 엘 바네로(깃발) 옆이라고 했어요."

나는 깃발을 발로 걷어차 냈다. 파리들이 윙윙거리며 떼 지어 날아올랐다. 돌핀은 꽥 비명을 질렀다.

"에이! 밥맛없는 파리들."

그는 횃불로 파리 떼를 몰아냈다. 발밑에 패어 있는 커다란 웅덩이에서는 썩는 냄새가 푹푹 나고 있었다.

"파 봐."

돌핀은 웅덩이를 파기 시작했다. 나는 베티 쇼트와 리 블랜처드를 생각했다. 그 삽질은 이제 사정없이 그들의 뼈를 후려칠 것이다. 첫 번째 삽질이 땅속 깊숙이 박히자 나는 아버지가 억지로 가르쳐 주었던 찬송가를 불렀다. 그다음에는 권투 스파링을 하기 전에 스파링 파트너 대니 보일란이 즐겨 불렀던 「우리의 아버지」를 불렀다.

"해군 사병인데요. 그가 입은 점퍼가 보입니다."

돌핀이 말했다.

나는 슬픈 인생이나마 그가 살아 있기를 바란 건지, 아니면 죽었을 거라고 추측한 건지 나 자신도 잘 알 수 없었다. 나는 갑자기 돌핀을 확 밀치고 내가 직접 삽질을 하기 시작했다.

나의 첫 번째 삽질은 그 사병의 두개골을 갈라 놓았다. 두 번째 삽질은 상의의 앞부분을 뚫고 들어가 상체를 하체와 분리시켜 버렸다. 다리는 몇 조각의 뼈로 부서져 버렸다. 나는 그 뼈를 헤치고 눈이 부시게 하얀 모래를 파헤쳤다. 그러자 모래 깊숙한 곳에서 우글우글한 구더기 떼가 나왔고 이어 피에 흠뻑 젖은 페티코트 드레스가 나왔다. 그 안은 모래와 부스러진 뼈, 기타 잡동사니가 뒤섞여 있었다. 그 밑을 계속 파니 햇빛에 그을린 핑크빛 피부와 꿰맨 상처 위로 난 낯익은 블론드 눈썹이 나왔다. 리는 달리아처럼 입이 짝 찢어진 미소를 짓고 있었다. 구더기들이 입과 푹 꺼진 눈구멍을 들락날락하고 있었다.

나는 삽을 내던지고 그 자리에서 달아났다.

"돈!"

돌핀이 내 등 뒤에서 소리쳤다.

나는 리에게 그 상처를 입힌 게 나였다고 생각하면서, 모든 게 다 내 탓이라고 생각하면서 불타는 십자가를 향해 정신없이 내달렸다. 그리고 차에 올라타 차를 후진시켜 십자가를 모래 속으로 처박았다. 그리고 연속해서 기어를 1, 2, 3단으로 높이면서 앞으로 돌진했다.

"내 차! 돈!"

나는 북쪽으로 이어지는 해변 도로로 비틀비틀 차를 몰고 들어가면서 돌핀이 외치는 소리를 들었다. 사이렌을 울리기 위해 계기반을 더듬거렸다. 그러나 곧 민간인의 차에는 그런 것이 없다는 것을 깨닫고는 계기반을 쾅 하고 내리쳤다.

나는 제한 속도의 두 배도 넘는 속도로 달려 엔세나다로 돌아왔다. 호텔 옆 거리에 돌핀의 차를 버리고 내 차를 향해 달려가다가 세 방향에서 세 남자가 상의 주머니에 손을 넣은 채로 나를 향해 달려오는 것을 보았다. 나는 순간 발걸음을 늦추었다.

나의 셰비는 열 발자국쯤 떨어진 곳에 있었다. 가운데 있는 사람은 바스케스 서장 같았다. 그리고 양옆의 두 명은 부챗살처럼 퍼지면서 나를 압박해 오고 있었다. 주차장 왼쪽의 첫 번째 문 앞에 있는 공중전화 부스가 유일한 피난처였다.

버키 블라이처트는 이제 시체가 되어 멕시코 모래사장 속으로 들어가 가장 친한 친구 옆에 누일 판이었다. 나는 바스케스가 내 바로 옆까지 접근해 오도록 유도한 다음 순식간에 총을 쏴 그의 골통을 날려 버릴 생각이었다. 그때 왼쪽 문에서 백인 여자가 하나 걸어 나왔다. 나는 그제야 비로소 집으로 무사히 돌아갈 수 있는 방법을 찾았다.

나는 여자에게 달려들어 목덜미를 거세게 잡았다. 갑작스러운 사태에 그녀는 비명을 지르기 시작했다. 나는 왼손으로 그녀의 입을 틀어막아 비명 소리를 죽였다. 그녀는 양팔을 휘저으며 몸부림을 치다가 내가 머리통에 38구경을 갖다 대자 시체처럼 뻣뻣하게 굳어 버렸다.

루랄레스들은 기관단총을 옆구리에 끼고 조심스럽게 접근해 왔다. 나는 여자를 공중전화 부스 안으로 밀어 넣으면서 나직하게 속삭였다.

"비명을 지르면 당신은 죽어요. 비명을 지르면 당신은 죽는다고요."

전화 부스 안에 들어가자 나는 무릎으로 그녀를 벽에다 밀어붙인 뒤 입을 틀어막고 있던 손을 떼 냈다. 그녀는 비명을 지르고 싶었지만 입만 벌린 채 아무 소리도 지르지 못했다. 나는 비명을 지르지 말라는 뜻으로 총구를 그녀의 입에다 겨누었다. 그리고 수화기를 집어 들어 10센트를 넣은 뒤 다이얼 0을 돌렸다. 바스케스는 이제 전화 부스 앞에 와 있었다. 그의 얼굴은 창백했고 몸에서는 싸구려 미제 향수 냄새가 풍겼다. 교환수가 "케?(무슨 일입니까?)" 하고 물어 왔다.

"아블라 인글레스?(영어 할 줄 압니까?)"

"네."

교환수가 경쾌하게 대답했다.

나는 어깨와 턱으로 수화기를 들고 주머니 속에 든 동전을 모두 꺼내 전화기에다 쏟아넣었다. 그러나 총구는 여전히 여자의 입을 겨누고 있었다.

"연방수사국, 샌디에이고 지부를 부탁합니다. 비상사태예요."

"알겠습니다."

교환수는 여전히 경쾌한 목소리로 대답했다.

신호 소리가 들렸다. 여자의 이빨이 덜덜 떨리면서 내 총도 흔들렸다. 바스케스는 이제 뇌물을 주겠다면서 회유하고 있었다.

"친구, 블랜처드는 아주 부자였어. 우린 그의 돈을 찾을 수 있을 거야. 그리고 자네는 여기서 잘살면 되지 않나. 자네는……."

그때 전화가 연결되었다.

"FBI, 연방수사국입니다."

나는 바스케스를 죽일 듯이 노려보았다.

"저는 LA 경찰 본부 소속의 드와이트 블라이처트 경관입니다. 지금 엔세나다에 내려와 있는데 현지 루랄레스와 일이 잘못되었습니다. 그자들이 아무런 이유도 없이 저를 죽이려 하고 있습니다. 그러니 여기 있는 바스케스 서장과 얘기해서 저를 곤경에서 좀 구해 주십시오."

"뭐라고?"

"저는 정식 LA 경찰관입니다. 그러니 이 문제를 어서 빨리 해결해 주시면 고맙겠습니다."

"이봐, 지금 장난 전화 거는 건 아니겠지?"

"젠장, 증거가 필요하십니까? 저는 러스 밀라드와 해리 시어즈와 함께 본부 살인국에서 근무했습니다. 그리고 검사보의 영장국에서도 일했어요. 그리고……."

"알았어. 현지인을 대 봐."

나는 수화기를 바스케스에게 넘겨주었다. 그는 수화기를 받아들고 자동소총을 내게 겨누었다. 나는 38구경을 계속 여자에게 겨누었다. 숨막히는 몇 초가 흘러갔다. 루랄레스 대장이 연방수사국 요원과 전화를 하는 동안 대치 상황은 지속되었다. 바스케스의 얼굴은 점점 더 창백해졌다. 마침내 그는 전화기를 내려놓더니 자동소총을 거둬들였다.

"개새끼, 어서 집으로 돌아가. 여길 떠나서 다시는 멕시코에 얼씬도 하지 마."

나는 권총을 집어넣고 전화 부스에서 걸어 나왔다. 여자는 그제야 비명을 내질렀다. 바스케스는 뒤로 물러나서 부하들에게 철수하라는 지시를 내렸다. 나는 재빨리 셰비에 올라탄 뒤 가속 페달을 있는 대로 밟으며 엔세나다를 벗어났다. 제한 속도를 지키기 시작한 것은 미국 땅으로 되돌아와서였다. 그 전에는 어떻게 국경을 넘었는지 기억도 나지 않았다. 미국으로 들어와서야 속도위반은 리가 우울할 때면 잘 저지르던 짓이라는 생각도 났다.

내가 케이의 현관문을 두드릴 때 할리우드 힐스 위로는 새벽이 밝아 오고 있었다. 나는 몸을 부르르 떨면서 현관 앞에 서 있었다. 폭풍 구름과 햇살이 낯설게 느껴졌고 그런 것들이 더 이상 보고 싶지 않았다. 안에서 "드와이트?" 하고 묻는 소리와 함께 빗장 열리는 소리가 났다. 그곳에는 우리 삼인조 중 또 하나의 생존자가 서 있었다.

나는 집 안으로 걸어 들어갔다. 거실은 낯설지만 깜짝 놀랄 정도로 아름답게 보였다.

"리는 죽었나요?"

나는 처음으로 리가 즐겨 앉던 의자에 털썩 주저앉았다.

"루랄레스, 멕시코 여자, 혹은 그 여자가 매수한 청부업자 중 하나가 그를 죽였어요. 오, 베이비, 난……"

나는 리가 즐겨 쓰던 베이비란 말을 쓴 것이 거슬렸다. 나는 기괴한 햇살을 등지고 문 앞에 서 있는 케이를 쳐다보았다.

"리는 드 위트를 살해하기 위해 루랄레스를 고용했어요. 그러나 그건 죄랄 것도 없어요. 우린 러스 밀라드와 믿을 만한 멕시코 경찰을 동원해서 리의 죽음을 파헤쳐야 해요. 그러자면……"

나는 커피 탁자 위에 놓인 전화를 발견하고 말을 멈추었다. 파드레의 집으로 전화를 돌리기 시작했다. 케이의 손이 내 손을 꽉 잡았다.

"안 돼요. 그보다 먼저 당신에게 할 말이 있어요."

나는 의자에서 일어나 소파로 갔다. 케이는 내 옆에 앉았다.

"내막을 파헤치려 들면 오히려 리에게 상처를 입힐지도 몰라요."

나는 그제야 그녀가 이런 사태를 예측하고 있었다는 것을 알았다. 그리고 그녀는 내가 모르는 어떤 것을 알고 있었다.

"죽은 사람에게 상처를 입힐 수는 없어요."

"오, 베이비, 충분히 상처를 입힐 수 있어요."

"나를 베이비라고 하지 말아요! 그건 리가 쓰던 말이잖아요!"

케이는 더 가까이 다가와서 내 뺨을 쓰다듬었다.

"당신은 그에게 상처를 줄 뿐만 아니라 우리에게도 상처를 줄 수 있어요."

나는 몸을 뒤로 빼 그녀의 애무에서 벗어났다.

"왜 그런지 이유를 대 봐요, '베이브.'"

케이는 가운의 허리띠를 꽉 매고 나를 차갑게 노려보았다.

"난 보비의 재판 때 리를 만난 게 아니에요. 그 전에 만나 친구가 되었어요. 그렇지만 내가 어디서 묵고 있는지는 리에게 말하지 않았어요. 보비 얘기를 하기가 싫었거든요. 그렇지만 리가 혼자서 그걸 알아냈어요. 나는 보비와의 생활이 얼마나 힘든가를 리에게 얘기했어요. 어느 날 리는 아주 좋은 사업 기회를 잡았다고 말하더군요. 그렇지만 자세한 것은 알려 주지 않았어요. 그리고 나서 보비가 은행털이범으로 체포되고 모든 것이 엉망이 되어 버렸어요.
리는 은행털이를 계획하고 다른 세 사람을 공모자로 동원했어요. 그 전에 리는 돈을 주고 베니 시겔과의 계약을 파기했어요. 그러다 보니 권투로 번 돈을 모두 날리고 말았어요. 은행털이범 중에서 두 명은 현장에서 사살당했고 한 명은 캐나다로 도망쳤어요. 그리고 리가 나머지 한 명이었지요. 리는 보비가 내게 한 짓에 대한 복수로 보비 드 위트를 은행털이 주모범으로 뒤집어씌웠어요. 보비는 그 당시 우리가 사귀고 있다는 걸 몰랐어요. 그래서 우리 두 사람은 재판 때 만난 것처럼 꾸민 거예요. 보비는 자기가 무고하게 당한다는 건 알았지만 리를 의심하지는 않았고 LA 경찰 본부 전체를 의심했어요.
리는 내게 집을 마련해 주고 싶어 했고 정말 집을 사 주었어요. 그는 은행을 턴 돈을 아주 조심스럽게 사용했어요. 늘 권투 시절에 모은 돈과 노름에서 딴 돈이 있다고 떠벌리고 다녔기 때문에 간부들은 그가 봉급에 비해 화려하게 사는 걸 의심하는 일이 없었어요. 우리는 비록 동침은 하지 않았지만 리는 과거 있는 여자와 산다는 사실 때문에 출세에 지장을 받았어요. 그 동화 같은 삶은 지난가을까지 그렇게 이어졌어요. 그러다가 당신과 리가 파트너가 되면서 모든 것이 바뀌어 버렸죠."
나는 리가 역사상 가장 악질적인 경찰이었다는 사실에 몸서리를 치며 케이에게 다가갔다.
"난, 그에게 그런 소질이 있다는 걸 알고 있었어요."
케이는 내게서 떨어졌다.
"당신이 감상에 빠지기 전에 내 얘기를 끝내야겠어요. 리는 보비가 조기 가출옥된다는 얘기를 듣고 베니 시겔을 찾아가 보비가 출옥하면 죽이자고 제안했어요. 리는 보비가 나에 대해 악담을 하고 돌아다닐까 봐 두려워했어요. 나 자신에 대해 그가 알고 있는 온갖 더러운 얘기를 떠벌리고 다니면 우리의 동화는 그날로 산산조각이 나고 마니까요. 시겔은 그 제안을 거절했어요. 나는 리에게 상관없다고 말했어요. 이제 우리 셋이 있으니까 진실이 알려져도 우리에게 상처를 줄 수 없다고 했죠. 그런데 지난 연말에 캐나다로 달아났던 은행털이범 하나가 나타난 거예요. 그는 보비 드위트가 가출옥한다는 것을 알고 사실을 폭로하겠다며 협박을 해왔어요. 그리고 리에게 입막음 대가로 1만 달러를 내놓으라고 요구했어요.

그 남자는 리에게 보비의 출옥일까지 시간을 주었어요. 리는 날짜를 좀 연기시켰어요. 그리고 베니 시겔을 찾아가 돈을 좀 빌려달라고 했지요. 시겔은 거절했어요. 그러면 남자를 죽여 달라고 애걸했어요. 베니는 그것마저 거절했어요. 리는 그 남자가 마리화나를 밀매하는 흑인들과 어울려 지낸다는 것을 알았어요. 그리고 그는······."

나는 신문에 대문짝만 하게 났던 머리기사가 눈앞에 선했다. 케이의 얘기가 자잘한 글씨로 기사의 본문을 채워 나갔다.

"시겔은 리를 도와주려 하지 않았어요. 그래서 리는 당신을 만난 거예요. 그 남자 이름은 박스터 피치였어요. 당신과 리가 마리화나 소지자들과 총격전을 벌이다가 죽인 백인 말이에요. 피치 일행은 무장을 하고 다녔으니 리와 당신이 총격을 가한 건 당연한 일이었어요. 그렇지만 난 그가 한 짓을 절대 용서할 수가 없어요.

총잡이 아저씨, 아직도 감상적인 기분인가요?"

나는 대답을 할 수가 없었다. 그래서 케이가 대신 대답을 해 주었다.

"이젠 더 이상 감상적인 기분이 아닐 거예요. 내 얘기는 끝났으니 그래도 리를 위해 복수하고 싶은지 말씀해 주세요.

그런 와중에 쇼트 사건이 터졌어요. 리는 쇼트를 죽은 여동생과 동일시하며 그 사건에 몰두하기 시작했어요. 그건 당신도 이미 알고 있는 얘기예요. 그런데 박스터 피치가 보비에게 이미 사실을 말해 버린 걸 알고 리는 겁을 먹었어요. 보비는 자기가 무고하게 뒤집어썼다는 것을 명확하게 알게 된 거죠. 리는 보비를 직접 죽이거나 사람을 시켜 죽이고 싶어 했어요. 나는 리에게 매달리면서 그냥 내버려 두라고 애원했어요. 아무도 보비의 말을 믿어 주지 않을 거라고 하면서 말이에요. 만약 쇼트라는 걸레 같은 여자가 죽는 일만 안 일어났어도 리를 설득할 수 있었을 거예요. 그러나 그 사건의 여파는 멕시코까지 파급되었고 보비, 리 그리고 당신이 차례차례 내려갔어요. 그때 난 동화가 끝났다는 걸 알았죠. 그리고 사실 끝났어요."

불과 얼음 경관, 니그로 불량배를 KO시키다!
사우스사이드 총격전, 경관:불량배 4:0
네 명의 마약 중독자들, 처참한 LA 총격전에서
전 권투 선수 경관에 의해 살해!

나는 송장처럼 뻣뻣해진 몸으로 소파에서 일어나려 했다. 케이는 양손으로 내 허리띠를 잡아 나를 주저앉혔다.

"안 돼요! 이번만큼은 나 몰라라 하면서 리의 살인 사건을 경찰에 떠넘기는, 당신의 주특기를 보여선 안 돼요! 보비는 내가 짐승들과 그 짓을 하는 걸 사진으로 찍었어요. 그리고 나에게 자기 친구들을 상대로 창녀 짓을 시켰어요. 그리고 툭하면 면도칼 가는 가죽으로 내 온몸을 휘갈겼어요. 리는 그 모든 악몽을 중단시켜 주었어요. 그는 나를 사랑해 주려 했지, 섹스를 원하지는 않았어요. 그리고 우리 셋이서 재미있는 시간을 보내기만을 원했어요. 당신이 리에게 그토록 위압감을 느끼지만 않았다면 그 사실을 눈치 챌 수 있었을 거예요. 우린 그의 이름을 더럽히면 안 돼요. 그러니 더 이상의 조사는 포기해야 해요. 그를 용서하고 우리 둘이 잘 지내면 돼요. 그리고······."

나는 케이가 삼인조의 나머지 부분을 파괴해 버리기 전에 그 방에서 뛰쳐나왔다.

총잡이.
앞잡이.
살인 사건 하나 분명하게 해결하지 못하는 우둔한 형사.
동화 같은 삼인조 중 가장 허약한 녀석.
경관이며 동시에 은행털이범인 자의 가장 친한 친구.
그리고 그의 비밀을 지켜 주는 자.
"우린 더 이상의 조사는 포기해야 해요."
나는 나머지 일주일 동안은 집에 틀어박혀 두문불출하면서 휴가 기간을 죽였다. 그저 가끔 샌드백을 치고 줄넘기를 하고 음악을 들었다. 그리고 뒤뜰의 층계에 앉아 주인집 빨랫줄에 앉아 있는 블루제이 새들을 향해 손가락으로 총 쏘는 시늉을 하기도 했다. 나는 리가 블러바드 시티즌스 은행털이 사건과 관련해 네 명을 살해했으니 유죄라고 판정을 내린 다음, 자기 자신을 죽인 다섯 번째 살인을 참작하여 그를 사면해 주기로 했다.

나는 베티 쇼트와 케이가 잘 구분이 되지 않을 때까지 그들을 생각했다. 나는 그 여자들과의 관계를 상호 간의 유혹이라고 규정지었다. 내 안에 달리아 같은 기질이 있기 때문에 베티를 탐했던 것이고, 또 케이에겐 나를 닮은 구석이 있기 때문에 케이를 사랑하는 것이라 생각했다.

그리고 나는 지난 6개월을 잘 반성해 보았다. 거기에 모든 내용이 들어 있었다.

리가 멕시코에서 흥청망청 쓴 돈은 아마도 따로 감추어 두었던 은행 턴 돈이었으리라. 새해 아침에 나는 그가 흐느껴 우는 소리를 들었다. 아마 박스터 피치가 그 며칠 전에 그에게 협박을 했던 것 같다. 그해 가을 올림픽 경기장에 권투 경기를 보러 갈 때면 리는 나 몰래 베니 시겔을 만나고 왔을 것이다. 아마 그때 시겔에게 보비 드 위트를 죽이자고 했을 것이고.

총격전이 벌어지기 직전에 리는 주니어 내시 건으로 한 끄나풀과 전화 통화를 했다. 그 끄나풀은 모르긴 해도 박스터 피치와 흑인 일행 얘기를 했을 것이고, 그래서 리는 우울한 얼굴로 차를 탔던 것이다. 그리고 그로부터 10분 뒤에 마약 중독자 네 명이 사살되었다.

내가 매들린 스프레이그를 만나던 날 밤 케이는 리에게 이렇게 소리쳤다.

"어떤 일이 벌어질지 알면서도 그래요?"

그건 참 끔찍한 말이었다. 보비 드 위트를 잘못 건드렸을 때 벌어질 일을 케이는 예측하고 있었는지도 몰랐다. 리와 내가 달리아 사건을 수사하는 동안 케이는 신경질을 부리고 뚱해 있으면서도 리의 안부를 대단히 걱정했다. 그리고 이상할 정도로 그의 괴이한 처신을 받아 주었다. 나는 베티 쇼트 사건에 대한 리의 집착 때문에 케이가 당황하고 있는 거라고만 생각했다. 그러나 그녀는 동화의 파탄을 향하여 가고 있었거나, 어쩌면 동화의 파탄으로부터 도망치고 있었던 것이다.

그 모든 것이 지난 6개월 속에 담겨 있었던 것이다.

"우린 더 이상의 조사는 포기해야 해요."

케이는 그렇게 말했다.

냉장고가 텅 비어 버린 걸 보고 나는 버키 블라이처트 특유의 뒷걸음질로 슈퍼에 갔다. 슈퍼 안에서는 한 점원이 조간 《헤럴드》 사회면을 읽고 있었다. 조니 보겔의 사진이 신문 하단에 보이기에 나는 점원 어깨 너머로 그가 부정 이득을 취득하고 그 사실을 은닉한 혐의로 LA 경찰 본부에서 파면되었다는 것을 읽었다. 한쪽에 실린 엘리스 로라는 이름이 내 시선을 잡아끌었다. 베보 민즈 기자는 로의 말을 인용하고 있었다.

엘리자베스 쇼트 사건은 더 이상 나의 관심사가 아닙니다. 나는 그보다 더 중요한 일이 있습니다.

나는 식료품을 사들이는 걸 까맣게 잊어버리고 웨스트 할리우드로 달려갔다.

학교는 휴식 시간이었다. 케이는 학교 운동장 한가운데 서서 모래주머니 주위로 뛰어다니는 아이들을 지켜보고 있었다. 나는 멀리서 그녀를 한참 바라보다가 다가갔다.

아이들이 먼저 나를 알아보았다. 나는 이빨을 환하게 드러내며 그들에게 웃어 보였고 아이들도 내게 미소를 지었다. 이어 케이가 고개를 돌렸다.

"이건 버키 블라이처트 특유의 접근 방법이오."

"드와이트."

아이들은 뭔가 중요한 순간이라는 감을 잡았는지 우리 둘을 뚫어져라 쳐다보았다. 케이도 곧 뭔가 중요한 일이라는 것을 눈치챈 것 같았다.

"무슨 할 얘기가 있어서 여기까지 나왔나요?"

나는 웃음을 터트렸다. 아이들은 내가 또 이빨을 드러내자 까르르 웃었다.

"그렇소. 난 그 조사를 포기하기로 했소. 나와 결혼해 주겠소?"

케이는 무표정하게 말했다.

"나머지 것들도 모두요? 죽은 여자도요?"

"그렇소. 그 여자까지도 잊기로 했소."

케이는 내 품 안으로 뛰어들었다.

"그렇다면 물론이에요."

우리는 포옹을 했다. 아이들이 옆에서 손뼉치며 소리쳤다.

"레이크 선생님에게 남자 친구가 생겼다! 레이크 선생님에게 남자 친구가 생겼다!"

그리고 사흘 뒤에 우리는 결혼했다. 그것은 초특급 결혼이었다. LA 경찰 본부 소속 개신교 목사의 주례 아래 블랜처드의 집 뒷뜰에서 결혼식을 올렸다. 케이는 자신의 잃어버린 처녀성을 나타내기 위해 분홍색 드레스를 입었다. 나는 푸른색 경찰 정장을 입었다. 러스 밀라드가 들러리를 서 주었고 해리 시어즈가 하객으로 참석했다. 그는 처음에는 말을 더듬었지만 술이 네 잔째 들어간 뒤부터는 아주 유창하게 말을 늘어놓았다. 나는 양로원에 있는 아버지도 초청했다. 그러나 아버지는 내가 누구인지 알아보지 못했다. 그렇지만 그 잔치는 즐기는 것 같았다. 해리의 술병을 훔치는가 하면 케이의 엉덩이를 살짝 쓰다듬어 케이를 놀라게 하기도 했다. 그리고 라디오의 음악에 맞춰 춤을 추기도 했다.

뒷뜰에는 샌드위치, 칵테일, 과일 펀치 등이 마련되어 있었다. 우리 여섯 명은 음식을 먹고 술을 마셨다. 스트립 지역을 지나가던 낯선 사람들이 음악 소리와 웃음소리를 듣고 기웃거리다 우리의 피로연을 함께했다.

황혼녘이 되자 뒷뜰은 내가 모르는 사람들로 가득 찼다. 해리는 슈퍼마켓으로 달려가 술과 음식을 더 사 왔다. 나는 경찰용 리볼버를 풀어 놓고 민간인들이 만지작거리며 놀게 내버려두었다. 케이는 목사와 폴카 춤을 추었다. 땅거미가 내렸지만 나는 파티가 끝나는 게 아쉬워, 이웃에서 크리스마스 등(燈)을 빌려 뒷문과 빨랫줄, 리가 좋아하던 유카 나무에 달아 놓았다.

우리는 빨갛고 파랗고 노란 가짜 별빛 아래에서 춤을 추고 술을 마시고 음식을 먹었다. 스트립 지역에 있는 바들이 문을 닫는 새벽 2시쯤 되자 바에서 흥청거리던 술꾼들이 우리 파티에 끼어들었고 에롤 폴린(1909~1959. 미국의 배우——옮긴이)도 잠깐 들렀다. 그는 자신의 연미복 상의를 벗고 경찰 배지와 권총 메달이 잔뜩 달린 내 경찰 정장을 입어 보기도 했다.

새벽에 심한 비만 내리지 않았다면 그 파티는 계속되었을 것이다. 나는 파티가 계속되기를 원했지만, 사람들은 화들짝 놀라 황급히 키스와 포옹을 하고 서둘러 파티장을 빠져나갔다. 러스는 아버지를 양로원에 모셔다 드렸다.

케이 레이크 블라이처트와 나는 침실로 올라가 신혼의 밤을 치렀다. 나는 베티 쇼트 생각을 떨쳐 내려고 일부러 라디오를 틀어 놓았다. 그러나 그럴 필요가 없었다. 그 여자는 단 한 번도 내 마음에 떠오르지 않았다.

제 3 장   케이와 마들린

시간은 흘러갔다. 케이와 나는 직장에 착실히 다니면서 모범적인 신혼 부부 노릇을 했다. 샌프란시스코로 간단한 신혼여행을 다녀온 뒤에 나는 아직 남아 있는 경찰 생활로 되돌아갔다. 태드 그린 본부장은 내게 솔직하게 말해 주었다. 보겔 부자를 상대로 보여 준 용기는 가상하지만 더 이상 순찰 경관으로 근무하는 건 곤란하다, 정복 경관들에게 적개심을 많이 사서 제복을 입고 근무하는 부서에서는 문제만 일으킬 것이라고. 그는 내가 전문대학 시절 화학과 수학에서 A학점을 따낸 걸 감안해 과학수사대에서 증거 감식 요원으로 근무하면 어떻겠느냐고 말했다.
그곳은 거의 사복 근무나 다름없었다. 검사실에서는 가운을 입고 현장에 나가면 회색 양복을 입었다. 나는 혈액을 채취하고 지문을 감식하고 탄도 보고서 따위를 작성했다. 범죄 현장에 나가 벽에 묻은 액체를 채취하고 검사실로 돌아와 현미경으로 자세히 살펴본 다음 그 자료들을 살인국 형사들에게 제공하는 것이었다. 시험관, 비커, 임상 실험으로 응고된 피. 이것들은 내가 결코 익숙해질 수 없었던 죽음에 나를 친숙하게 해 주었다. 동시에 더 이상 나는 형사가 아니라는 사실을 상기시켜 주기도 했다. 이제 나는 나 자신이 발견한 사항들을 추진해 나가는 능력을 인정받을 수 없었다.

나는 멀찌감치서 달리아 사건을 계기로 알게 된 친구와 적들의 동정을 파악해 나갔다. 러스와 해리는 엘 니도 호텔의 파일들을 그대로 보관하고 있었다. 그들은 그곳에서 야근까지 하면서 쇼트 사건을 해결하려고 애썼다. 내게도 그 방의 열쇠는 있었으나 나는 한 번도 쓰지 않았다. 그 지랄 같은 여자를 잊어버리겠다고 한 케이와의 약속 때문에. 그저 가끔 점심때 파드레를 만나 어떻게 되어 가는지 물을 뿐이었다. 그는 아주 천천히 진행되고 있다고 말했다. 러스는 결코 범인을 찾아내진 못하겠지만 그래도 수사는 계속할 것 같았다.

1947년 6월 베니 시겔은 베벌리힐스에 사는 여자 친구의 집에서 총을 맞고 죽었다. 프리츠 보겔이 자살한 뒤에 77번가 지서에 배속된 빌 쾨니히는 1948년 초 와츠 가에서 얼굴에 총알 세례를 맞고 사망했다. 이 두 살인 사건은 해결되지 않았다. 엘리스 로는 1948년 공화당 예비 선거에서 보기 좋게 미끄러졌다. 나는 분젠 버너에다 밀주(密酒)를 한 주전자 만들어 그의 패배를 자축했다. 덕분에 나의 자축을 함께했던 검사실 요원들은 모두 시뻘겋게 취하고 말았다.

1948년의 총선은 내게 예기치 않던 스프레이그 가의 소식을 가져다주었다. 개혁을 지향하는 민주당원들이 LA시의회와 감독위원회에 출마하면서 '도시 계획'을 선거 공약으로 내세웠다. 그들은 도시 계획이 근본적으로 잘못됐으며, 로스앤젤레스 일대에 위태로운 가옥이 한두 채가 아니어서 1920년대 부동산 호황기에 주택을 지은 건설업체들에 대한 대배심을 소집하겠다고 했다.

스캔들만 쫓아다니는 타블로이드판 신문들은 그 공약을 등에 업고 '부동산 붐에 편승한 재벌(맥 세넷과 에멧 스프레이그가 대표적인 인물이다.)'과 그들의 '깡패 조직'에 대해 연일 비판하는 기사를 실어 댔다. 《컨피덴셜》 잡지에는 할리우드랜드 간판에 얽힌 세넷과 할리우드 상공회의소 간의 뒷얘기와 함께, 무성영화 감독이 땅딸막한 남자와 영리해 보이는 소녀 옆에서 찍은 사진도 실려 있었다. 나는 그것이 에멧과 매들린의 사진인지 알 수 없었지만 일단 그걸 스크랩해서 정리해 두었다.

나의 적들.
나의 친구들.
나의 아내.

나는 증거물들을 검사하고 케이는 학교에서 아이들을 가르쳤다. 우리는 한동안 평범한 사람들의 삶이라는 신기한 생활을 만끽하기도 했다. 집값도 다 치렀고 맞벌이였기 때문에 쓸 돈은 충분했다. 우리는 리 블랜처드와 1947년의 겨울을 잊어버리기 위해 그 돈을 흥청망청 쓰기 시작했다. 주말이면 사막이나 산으로 여행을 갔다. 일주일에 사나흘씩 비싼 레스토랑에서 외식을 했다. 그리고 불륜에 빠진 연인인 척하며 호텔에 투숙하기도 했다. 그러나 1년쯤 지나서 우리는 그 모든 짓들이, 블러바드 시티즌스 은행을 턴 돈으로 사들인 집을 피하기 위한 것이었음을 깨달았다. 게다가 나는 지나치게 방탕해져서 웬만한 자극에는 별로 쾌락을 느끼지 못했다.

어느 날 나는 복도의 널빤지가 덜렁거려 다시 붙이기 위해 그것을 뜯어냈다. 그리고 무심코 그 안을 들여다보다가 고무줄에 묶인 100달러짜리 스무 장을 발견했다. 나는 기쁨도 충격도 느끼지 못했다. 내 머리는 째깍째깍 돌아가기 시작했고 일상의 생활이 죽여 놓았던 질문들이 다시 고개를 쳐들기 시작했다.

리에게 이 돈과 멕시코에서 흥청망청 써 버린 돈이 있었다면 왜 박스터 피치를 매수하지 않았을까?

이 정도 돈이 있었는데 왜 베니 시겔을 찾아가 1만 달러를 빌려 박스터 피치에게 주지 않았을까? 적어도 그렇게 했더라면 입막음은 할 수 있었을 것 아닌가?

리는 무슨 돈으로 이 집을 사고 값비싼 가구를 사들였을까?

무슨 돈으로 케이에게 대학 공부를 시키고 그러고도 이만한 돈이 남아 있었을까?

실패로 끝난 은행털이에서 챙긴 돈은 기껏해야 5만 달러밖에 안 되었을 것이다.

나는 그 의문들을 케이에게 얘기했으나 그녀는 나의 질문에 대답하지 못했다. 그리고 그런 과거를 꼬치꼬치 캐내는 나를 아주 못마땅해했다. 나는 그녀에게 이 집을 팔아 버리고 다른 평범한 부부들처럼 아파트에 가서 살자고 제안해 보았다. 그러나 그녀는 딱 잘라서 싫다고 했다. 그 집은 안락한 데다 독특한 매력이 있었다. 그것은 그녀가 놓치기 싫어하는 옛 생활과의 연결 고리였다.

나는 리 블랜처드의 벽난로에서 그 돈을 불태워 버렸다. 케이는 내게 그 돈을 어떻게 했느냐고 한 번도 묻지 않았다. 케이의 그런 태도는 나의 내부에 억제되어 있었던 것을 되살리는 계기가 되었고, 나와 아내가 공유하고 있던 많은 것을 앗아가 버렸다. 결국 나는 나의 망령으로 되돌아가고 말았다.

케이와 나는 차츰 잠자리를 피하기 시작했다. 어쩌다 갖는 성관계는 그녀를 안심시키기 위한 형식적인 절차였으며 나에게는 지루하기 짝이 없는 사정(射精)이었다. 나는 서른도 안 된 나이에 벌써 정숙한 여자가 되어 버린 케이 레이크보다는 음란한 행위로 타락에 빠졌던 과거의 케이 레이크 블라이처트를 더 많이 생각하게 되었다. 나는 우리의 침실에 시궁창을 끌어들이기 시작했다. 어둠 속에서 케이의 몸에다 시내에서 본 창녀의 얼굴을 갖다 붙였다. 처음엔 그게 몇 번 통했다. 그러나 나는 내가 진짜 어디로 가고 싶어 하는지 잘 알고 있었다. 섹스 중에 그녀를 향해 세차게 돌진하며 신음 소리와 함께 사정을 하자 케이는 어머니와 같은 손짓으로 내 등을 쓰다듬어 주었다. 그때마다 나는 결혼 약속을 깨트리고 다시 죽은 여자에게로 되돌아갔으며, 케이도 그 사실을 알고 있는 것 같았다.

1948년이 지나가고 1949년이 시작되었다. 나는 차고를 권투 연습장으로 개조하여 스피드 백, 샌드백, 줄넘기, 바벨 등을 갖추어 놓았다. 다시 권투를 할 수 있을 정도로 몸매를 다듬었고 벽에다 1942년경의 팔팔한 버키 블라이처트의 포스터를 붙여 놓았다. 땀에 젖은 눈으로 흘낏 쳐다본 나의 이미지는 점점 더 그녀 가까이에 다가서 있었다.

나는 지나간 신문의 일요판과 시사 잡지를 구하기 위해 헌책방을 뒤지기 시작했다. 《콜리어스》에서는 블랙 달리아의 갈색 스냅 사진을 구했고, 《보스턴 글러브》에서는 그녀의 가족 스냅 사진을 찾아냈다. 나는 그것을 차고의 은밀한 곳에다 감추었다. 그런데 나날이 부피가 늘어 가던 그 자료들이 어느 날 오후 몽땅 없어지고 말았다. 그날 밤 케이가 집 안에서 흐느껴 우는 소리를 들었다. 그녀의 침실 문은 굳게 잠겨 있었다.

전화벨이 울렸다. 나는 눈도 뜨지 않은 채 머리맡으로 손을 뻗었다. 그러다 문득 지난 한 달 동안 소파에서 자 왔다는 것을 깨닫고 다시 커피 탁자로 손을 돌렸다.
"여보세요?"
"자네, 여태 자고 있는 건가?"
과학수사대의 상사인 레이 핑커의 목소리였다.
"자고 있었습니다."
"그래, 과거 시제를 써야 맞겠군. 내 말 듣고 있나?"
"예. 말씀하십시오."
"어제, 핸콕 파크 사우스준 가 514번지에서 권총 자살 사건이 발생했네. 시체는 이미 치워졌는데 너무 뻔한 사건인 것 같아. 그래도 현장을 완벽하게 감식한 후에 윌셔 형사과의 레딩 차장에게 보고서를 제출하게. 알겠나?"
나는 하품을 하며 물었다.
"그럼 현장은 봉쇄되어 있습니까?"

"자살자의 아내가 자네를 안내할 걸세. 그러나 정중하게 굴어야 해. 자네가 상대할 사람은 더럽게 돈이 많은 부자니까 말이야."

나는 전화기를 내려놓고 끙 하는 신음 소리를 냈다. 그러다가 스프레이그 저택이 자살자의 집에서 한 블록밖에 떨어지지 않았다는 생각이 퍼뜩 떠올랐다. 갑자기 그 일에 흥미가 생겼다.

나는 한 시간 뒤 현관에 웅장한 기둥이 세워진 식민지 시대풍의 저택 앞에 서서 초인종을 눌렀다. 쉰 살쯤 먹은 잘생기고 머리가 센 여자가 흙 묻은 작업복 차림으로 문을 열어 주었다.

"LA 경찰 본부의 블라이처트 경관입니다. 심심한 조의를 표하는 바입니다. 미시즈……"

나는 우물거렸다. 레이 핑커가 부인의 이름을 말해 주지 않았던 것이다.

"조문을 해 주셔서 감사합니다. 내 이름은 제인 챔버스예요. 검사실에서 오셨나요?"

그 여자는 겉으로는 퉁명스러웠지만 내심 떨고 있었다. 나는 첫눈에 그녀가 마음에 들었다.

"예. 제게 현장을 보여주시면 제가 다 알아서 하겠습니다."

제인 챔버스는 나를 로비로 안내했다. 로비는 사방 벽이 나무로 둘러진 차분한 분위기가 나는 곳이었다.

"서재는 식당 뒤에 있어요. 거기 가면 줄이 쳐져 있는 게 보일 거예요. 그럼 일 보세요. 난 정원에서 하던 일을 계속할게요."

그녀는 눈을 비비며 자리를 떴다. 나는 서재를 발견하고 접근 금지 줄을 넘어갔다. 문득 사랑하는 가족이 시체를 발견할지도 모르는 서재에서 왜 자살을 했을까 하는 생각이 들었다.
현장은 전형적인 권총 자살 상태를 보여 주고 있었다. 가죽 의자는 뒤집어져 있었고, 의자 옆의 바닥에 누워 있었을 시체의 윤곽은 분필로 하얗게 표시가 되어 있었다. 이중 총열의 12구경은 있어야 할 곳에 놓여 있었다. 시체보다 1미터 가량 앞쪽에 있었고 총구에는 핏덩어리와 찢어진 살점이 말라붙어 있었다. 하얀 회반죽을 바른 벽과 천장에는 피와 뇌수가 튄 자국이 선명했다. 부스러진 이빨과 알이 굵은 산탄은 자살자가 이중 총열의 총구를 입 속에 넣고 쏜 것임을 보여 주고 있었다.
나는 한 시간에 걸쳐 총알의 탄도와 탄피가 튄 자국을 검사하고 각종 파편을 검사관에 넣고 권총에 지문 채취 파우더를 뿌려 지문을 채취했다. 나는 작업을 끝내고 증거 수집 가방에서 자루를 꺼내 그 안에 권총을 담았다. 권총은 머지 않아 LA 경찰 본부의 운동선수 손에 들어가게 될 것이다.
현관으로 나가는데 눈높이에 걸려 있는 액자가 눈에 띄었다. 나는 액자의 그림을 보고 걸음을 우뚝 멈추었다. 그것은 아주 옛날의 궁중 광대 복장을 한 어린 소년의 초상화였다. 몸이 바싹 마른 꼽추 소년이 입이 양쪽 귀까지 찢어지는 독특한 미소를 짓고 있었는데, 입 전체가 마치 예리하게 베어진 상처처럼 보였다.
나는 엘리자베스 쇼트를 생각하면서 넋 빠지게 초상화를 들여다보았다. 보면 볼수록 둘은 너무 닮아 있었다. 이윽고 나는 초상화에서 눈을 돌려 제인 챔버스를 꼭 닮은 팔짱 낀 두 여자의 사진을 내려다보았다.
"살아남은 가족이에요. 예쁘지요?"

고개를 돌리니 미망인은 아까보다 더 많은 흙을 묻히고 있었고 살충제와 흙 냄새를 풍겼다.
"엄마를 꼭 닮았군요. 나이가 얼마나 되었죠?"
"린다는 스물셋이고 캐럴은 스물이에요. 검사는 다 끝났나요?"
나는 제인 챔버스의 딸들이 스프레이그의 딸들과 동년배일 거란 생각이 들었다.
"예. 청소하는 사람에게 꼭 암모니아를 사용하라고 하십시오. 미시즈 챔버스."
"제인이라고 불러요."
"제인, 혹시 매들린 스프레이그와 마사 스프레이그를 아십니까?"
제인 챔버스는 콧방귀를 뀌었다.
"그 애들이랑 그 집안은 정말 꼴불견이에요. 그 애들은 어떻게 알죠?"
"한때 그들과 일을 좀 했습니다."
"그들과의 만남이 짧게 끝났다면 당신으로선 행운이에요."
"무슨 말씀이십니까?"
그때 전화가 울렸다.
"조문 전화가 또 왔나 봐요. 어쨌든 고마워요. 미스터……"
"버키라고 불러 주십시오. 안녕히 계세요, 제인."
"잘 가요."

나는 윌셔 지서에서 보고서를 작성한 뒤 사망한 엘드리지 토머스 챔버스에 대한 통상적인 자살 서류철을 체크해 보았다. 제인 챔버스는 권총 소리를 듣고 시체를 발견했으며, 그 즉시 경찰을 불렀다. 제인 챔버스는 형사들에게 남편이 형편없는 건강 상태와 맏딸의 불행한 결혼을 비관해 왔다고 진술했다. 그래서 사건은 자살로 결론이 내려지고 법의학적인 현장 검증만 끝나면 종결짓기로 되어 있었다.

직접 현장 검증을 한 나도 그 결론이 타당하다고 생각했다. 그러나 뭔가 충분하지가 않았다. 나는 그 미망인이 사람 좋아 보이는 데다 스프레이그 저택이 거기서 한 블록밖에 떨어지지 않았다는 사실에 묘한 호기심이 동했다. 그래서 러스 밀라드와 친한 신문 기자에게 전화를 걸어 엘드리지 챔버스와 에멧 스프레이그의 관계에 대해 알아봐 달라는 부탁을 했다. 그 기자는 자기의 줄을 있는 대로 동원해서 정보를 알아낸 다음 내가 대기하고 있는 지서로 전화를 해 주었다.

엘드리지 챔버스는 굉장히 많은 재산을 남기고 죽었으며, 1930년부터 1934년까지 남부 캘리포니아 부동산협회의 회장을 지냈다. 챔버스는 1929년 윌셔카운티 클럽의 회원으로 스프레이그를 추천했으나, 그의 사업 동료들은 에멧이 유태인이며 이스트코스트 깡패들과 관련되어 있다는 이유로 탈락시켰다. 더 재미난 사실은 챔버스가 중개인을 통해 스프레이그를 부동산협회에서 축출했다는 것이다. 그 이유는 1933년 지진이 일어났을 때 에멧이 지은 집들이 폭삭 무너졌기 때문이다.

스캔들이나 쫓아다니는 기자들에게는 그 정도로도 충분한 애깃거리가 되겠지만, 결혼 생활은 난항 중이고 시간은 남아도는 검사실 경관에게는 충분하지 못했다. 나는 나흘을 더 기다렸다가 챔버스가 매장되었다는 기사를 읽자마자 그 미망인을 다시 찾아갔다.
　제인 챔버스는 정원 가위를 들고 원예용 옷을 입은 채 문을 열어 주었다.
　"뭐 놓고 간 물건이 있나요, 아니면 궁금한 거라도?"
　"궁금한 게 있습니다."
　제인은 웃음을 터트리며 얼굴에서 흙을 털어 냈다.
　"당신이 가고 난 뒤에 나도 좀 알아봤지요. 당신, 과거에 운동 선수였다면서요?"
　나는 웃었다.
　"권투 선수였습니다. 따님들이 집 안에 있습니까? 아니면 집 안에 다른 사람과 함께 계십니까?"
　제인은 머리를 흔들었다.
　"없어요. 난 이렇게 혼자 있는 게 좋아요. 뒤뜰로 가서 차나 한 잔 하겠어요?"
　나는 고개를 끄덕였다.
　제인은 뒤 베란다로 나를 안내했다. 베란다에서는 풀밭의 절반 이상이 고랑이 패어 일구어진 게 내려다보였다. 나는 긴 의자에 앉았고 그녀는 내게 아이스 티를 따라 주었다.
　"난 일요일부터 내내 정원 일만 했어요. 정원 일이 조문 전화 받는 일보다 오히려 유익했죠."
　"어려운 시기를 잘 견디고 계시는군요."
　제인은 내 옆에 앉았다.
　"엘드리지는 암에 걸렸어요. 그래서 이런 일이 벌어질 줄 알았어요. 그렇지만 우리 집에 권총이 있는지는 몰랐어요."

"두 분은 사이가 좋으셨나요?"

"아니요. 그렇지는 못했어요. 딸들이 다 컸기 때문에 우리는 곧 이혼을 하려던 참이었어요. 당신은 결혼했나요?"

"예. 거의 2년이 다 돼 갑니다."

제인은 아이스 티를 홀짝거렸다.

"야아, 신혼이네요. 깨가 쏟아지겠어요. 그렇죠?"

그 말에 내 얼굴이 어두운 빛으로 물들었던 모양이었다.

"미안해요."

제인은 곧 화제를 바꾸었다.

"스프레이그 가 사람들은 어떻게 알게 되었나요?"

"제 아내를 만나기 전에 매들린과 교제했습니다. 부인은 어떻게 그 집안 사람들을 잘 압니까?"

제인은 아무 말 없이 자신이 일구어 놓은 뒤뜰을 내려다보았다. 그녀는 뭔가 생각하다가 이윽고 입을 열었다.

"엘드리지와 에멧은 오래전부터 아는 사이였어요. 두 사람은 부동산업으로 많은 돈을 벌었지요. 그리고 남부 캘리포니아 부동산협회에서도 같이 활동했어요. 당신이 경찰이라 이런 얘기 하기는 뭣하지만 에멧은 좀 뒤가 구린 사람이었어요. 1933년 지진 때 그가 지은 집들이 많이 붕괴되었어요. 엘드리지는 그가 지은 다른 집들도 곧 무너질 거라고 했어요. 아주 형편없는 자재를 써서 집을 지었대요. 엘드리지는 에멧이 유령 회사를 동원해서 임대 분양업을 한다는 걸 알고 그를 협회에서 축출했어요. 사고가 일어나 사람들이 더 죽어도 에멧을 잡아넣을 방법이 없는 걸 엘드리지는 아쉬워했어요."

나는 매들린에게서 같은 얘기를 들은 기억이 났다.
"남편께서는 좋은 분이셨던 것 같군요."
제인은 입을 동그랗게 오므리면서 미소 지었다. 억지웃음 같기도 했다.
"그도 나름대로 잘나가던 때가 있었어요."
"남편께서 에멧을 신고하지는 않았나요?"
"아니요. 남편은 그의 깡패 친구들을 두려워했어요. 그는 자기가 할 수 있는 것만 했어요. 말하자면 에멧에게 약간 귀찮게 군 것뿐이죠. 에멧은 협회에서 축출되면서 사업에 좀 타격을 받았을 거예요."
"'그는 자기가 할 수 있는 것을 하였다.' 묘비명으로 지어도 괜찮을 것 같군요."
이제 제인은 입술을 오므려 냉소적인 미소를 지었다.
"그건 죄의식 때문이었어요. 엘드리지는 산페드로의 유곽을 소유한 적이 있었어요. 자신이 암에 걸렸다는 것을 알고부터는 정말 깊은 죄의식을 느끼기 시작했어요. 그래서 지난해 선거 땐 민주당을 찍었어요. 그리고 민주당 의원들이 시의원회를 장악하자 신임 시의원들과 회의를 하기도 했어요. 남편은 그들에게 에멧에 대한 나쁜 정보를 가르쳐 주었을 거예요. 틀림없어요."
나는 대배심원들이 스캔들 기록을 검토하는 광경을 머릿속에서 상상해 보았다.
"그렇다면 에멧이 곧 몰락할지도 모르겠군요. 그런데 당신 남편은……"
제인은 반지 낀 손가락으로 탁자를 톡톡 두드렸다.

"남편은 부자에다 미남이고 때로는 야비한 수작도 했어요. 그가 나 몰래 외도를 했다는 걸 알기 전까지는 그를 사랑했어요. 그리고 이제 다시 그를 사랑하고픈 마음이 들어요. 부부 사이란 참 이상하죠?"

"뭐, 이상할 것도 없습니다."

제인은 부드럽게 미소를 지었다.

"버키, 올해 나이가 몇이에요?"

"서른둘입니다."

"난 쉰둘이에요. 나이를 이렇게 먹었는데도 부부 관계는 참 이상한 거구나 하는 생각을 한단 말이에요. 정말 이상하다니까요. 당신은…… 겨우 그 나이에 사람 마음을 다 이해하는 척하면 안 돼요. 당신은 틀림없이 착각하고 있는 거예요."

"제인, 절 놀리려고 그런 말씀을 하시는 거죠? 전 경찰입니다. 경찰은 착각 따위는 믿지 않죠."

제인은 아주 유쾌하게 웃음을 터트렸다.

"감동적인 대답이로군요. 궁금한 게 하나 있어요. 도대체 권투 선수 출신 경찰이 어떻게 매들린 스프레이그와 관계를 맺게 되었나요?"

나는 거짓말을 했다.

"유흥가에서 그녀를 불심 검문했는데 그게 계기가 되어 자연스럽게 친해졌습니다."

나는 속으론 긴장하면서 아무것도 아니라는 듯이 물어보았다.

"부인께서는 그녀를 어떻게 알게 되었습니까?"

제인은 베란다 옆에 핀 장미 봉오리를 노려보고 있는 까마귀를 쫓기 위해 가볍게 발을 굴렀다.

"내가 스프레이그 딸들을 알게 된 건 10년 전이죠. 아주 괴상했어요. 거의 바로크풍이었다고나 할까요."

"정말 귀 기울여 듣고 싶어지는군요."

"어떤 사람은 이빨을 갈면서 듣겠다고 하던데."

제인은 농담 삼아 말했지만 나는 웃지 않았다. 그녀는 뒤뜰 너머 뮤어필드 로 쪽의 부동산 재벌 집을 쳐다보았다.

"우리 집 딸애와 매디와 마사가 모두 어렸을 때, 라모나는 자기네 집 널따란 잔디밭에서 가장행렬과 무슨 의식을 지휘하곤 했어요. 딸애들에게 앞치마와 동물 의상을 입혀서 작은 연극을 시켰지요. 난 라모나가 좀 정신 나간 여자라는 걸 알고 있었지만 우리 애들까지 연극에 끌어들일 줄은 몰랐어요. 더 이해할 수 없었던 건 시간이 지날수록 가장행렬이 점점 더 이상해졌다는 사실이에요. 한번은 1차 대전 중에 에멧과 에멧의 친구인 조지 틸덴 사이에 있었던 일을 가지고 서사극을 연출했어요. 라모나는 딸아이들에게 스코틀랜드의 킬트 치마를 입히고 장난감 소총을 들고 행진하게 했어요. 그리고 자기 딸 매디와 함께 다른 아이들을 분장시켰죠. 둘 다 화장을 아주 잘했거든요. 어떤 때는 아이들 몸에 가짜 피를 바르기도 하고 어떤 때는 조지가 연극을 촬영하기도 했어요. 너무 괴상하고 말도 안 되는 짓을 자꾸 했기 때문에 나는 린다와 캐럴에게 그 집 딸들과 놀지 못하게 했어요.

그런데 어느 날 캐럴이 조지가 찍어 준 거라며 자기 사진을 한 장 가지고 왔어요. 그런데 그게 어땠는지 아세요? 글쎄, 캐럴의 온몸에다 붉은 칠을 하고 죽은 척하게 한 뒤 찍은 사진이었어요.

정말 그건 참을 수가 없었어요. 그래서 스프레이그 집으로 달려가 조지를 심하게 몰아쳤어요. 라모나에겐 아무 책임도 없었거든요. 그 불쌍한 남자는 내 비난을 묵묵히 듣고만 있더군요. 나중엔 그 남자가 안됐다는 생각도 들었어요. 그는 자동차 사고로 얼굴이 기형이 되어서 부랑자나 다름없는 신세였어요. 그 사람, 에멧의 부동산을 관리하다가 지금은 시청의 청소 일을 한다더군요."

"그래서 매들린과 마사는 어떻게 되었습니까?"

제인은 어깨를 으쓱했다.

"마사는 예술계에서 소질을 발휘하고 있다고 들었고 매들린은 막 나가는 애가 됐나 봐요. 그건 당신이 더 잘 알 텐데."

"그렇게 남을 씹지 마십시오, 제인."

제인은 반지 낀 손가락으로 탁자를 두드리면서 말했다.

"사과할게요. 아마 나도 그래 봤으면 하는 희망이 마음속에 있었나 봐요. 나도 평생 정원 손질만 하고 보낼 수는 없잖아요. 하지만 난 너무 자존심이 세서 제비족이랑 어울리질 못해요. 당신은 어떻게 생각하나요?"

"당신은 또 다른 백만장자를 만나게 될 겁니다."

"그렇지는 않을 것 같군요. 백만장자는 평생 한 번 만나는 걸로 족해요."

제인은 짧게 미소를 짓고 한숨을 내쉬었다. 나도 같이 한숨을 쉬었다.

"버키, 내가 당신에게 들을 수 있는 대답이 고작 그건가요?"

"누구든 대답은 똑같았을 겁니다."

"버키, 당신은 엿보길 좋아하는 사람 같아요."

"부인은 쑥덕거리길 좋아하는 사람 같고요."
"멋진 응수로군요. 자, 내가 문까지 바래다 드릴게요."
우리는 문까지 가는 동안 손을 잡고 갔다. 현관 입구에서 찢어진 입을 한 광대가 또다시 나의 눈길을 사로잡았다. 나는 그 초상화를 가리키며 말했다.
"저 그림은 참 음산하군요."
"저게 저래도 값나가는 거예요. 엘드리지가 내 49회 생일 선물로 사다 준 거죠. 저 그림 갖고 싶으세요?"
"호의는 감사합니다만 거절하겠습니다."
"아무튼 당신에게 감사드려요. 가장 조문을 잘해 준 분이니까."
"저도 고맙습니다. 좋은 말씀 많이 해 주셔서."
나는 잠시 그녀를 끌어안은 뒤 몸을 돌려 그 집에서 나왔다.

분젠 버너 조작꾼. 소파에서 잠자는 사람. 담당 사건이 없는 형사. 나는 1949년 봄 내내 이 세 가지 직책에 만족해야만 했다. 나는 케이가 출근할 때까지 잠자는 척했다. 그런 뒤 동화의 집에 혼자 남아 아내의 물건들을 만져 보았다. 리가 사다 준 캐시미어 스웨터, 채점이 안 된 아이들의 시험지, 아직 읽지 않고 쌓아 둔 책 따위를 뒤적거렸다. 나는 그녀의 일기를 찾았으나 찾지 못했다.
검사실로 출근하는 동안 나는 케이가 내 물건들을 뒤지는 모습을 상상했다. 일부러 일기를 써서 그녀가 찾을 수 있을 만한 곳에 둘까 하는 생각도 했다. 거기다 매들린 스프레이그와 벌인 육체의 향연을 자세히 쓰는 것이다. 그러면 케이는 일기를 읽고 내가 달리아 사건에 집착하는 것을 용서해 주거나, 아니면 우리의 결혼을 깨트려 이 지겨운 정돈 상태에서 날 해방시켜 줄 것이다. 나는 책상에 앉아서 다섯 장 정도 쓰다가 매들린의 향기와 레드애로 모텔의 악취가 섞인 냄새를 맡는 순간 그만두고 말았다. 쓰던 것들을 박박 찢어서 휴지통에다 처넣었다. 그건 모닥불을 산불로 만들어 버린 꼴이었다.

나는 나흘 밤을 연이어 뮤어필드 저택을 감시했다. 스프레이그 저택 건너편 길에 주차를 시킨 뒤 불이 켜지고 꺼지는 것, 젖빛 유리창에 어른거리는 그림자를 지켜보았다. 그러다 스프레이그 집 안을 박살 내고 에멧에게 못되게 굴면서, 매들린을 싸구려 모텔로 끌고 다니며 마음껏 섹스를 하고 싶은 욕망에 사로잡혔다. 그들 가족은 밤에는 집 밖으로 나오지 않았다. 차 네 대가 모두 원형으로 난 정원의 차도에 그대로 세워져 있었다. 나는 그들이 뭘 하는지, 어떤 대화를 나누는지 그리고 2년 전 그들의 저녁 식사에 참석했던 한 경찰관을 얼마나 기억하고 있는지 알고 싶었다.

닷새째 되는 날 밤 편안한 바지와 분홍 스웨터를 입은 매들린이 모퉁이를 돌아가 편지를 부치는 것을 목격했다. 그녀는 집으로 되돌아오는 길에 내 차를 보았다. 나는 지나가는 차들에서 흘러나온 전조등 불빛으로 그녀의 얼굴에 놀란 표정이 서리는 것을 보았다. 그녀가 부리나케 집으로 들어가는 것까지 지켜본 다음 집으로 차를 몰고 돌아갔다.

"당신은 엿보길 좋아하는 사람 같아요."

제인 챔버스의 말이 머릿속에서 내내 맴돌았다.

집 안에 들어서니 샤워기에서 물 흐르는 소리가 들렸다. 침실

문은 열려 있었고 전축에서는 케이가 좋아하는 브람스 5중주곡이 흘러나오고 있었다. 나는 아내의 벗은 몸을 처음 보았던 때를 떠올리며 옷을 벗고 침대에 드러누웠다. 곧 물소리가 그치고 브람스의 음악 소리는 한층 크게 울려 퍼졌다. 케이는 목욕 수건으로 몸을 감은 채 문턱에 나타났다.

"베이비."

"오, 드와이트."

그녀는 쥐고 있던 수건을 바닥에 떨어트렸다.

우리는 동시에 서로 미안하다고 말했다. 나는 그녀가 무슨 말을 하는지 잘 알아들을 수가 없었다. 그녀도 내 말을 알아듣지 못하는 것 같았다. 내가 전축을 끄자 케이는 곧장 침대로 갔다.

우리는 서투른 키스를 나눴다. 나는 케이가 오래도록 키스하는 걸 좋아한다는 것도 그만 잊어버리고 너무 빨리 그녀의 입 속으로 파고들었다. 그녀의 혀를 핥는 순간 그녀가 별로 달가워하지 않는다는 걸 알고 얼른 혀를 빼냈다. 눈을 감고 입술로 그녀의 목을 애무했다. 그녀는 신음 소리를 냈지만 그건 가짜였다. 신음 소리는 점점 더 높아 갔다. 마치 외설 필름에나 나올 법한 신음 소리였다. 손에 잡히는 케이의 유방은 어쩐지 축 늘어진 느낌이 들었다. 그녀는 다리를 꼭 모아 무릎을 치켜세웠다. 살짝 무릎을 건드리자 그녀의 다리가 벌어졌다. 기계적으로 느껴지는 맥 빠진 동작이었다. 나는 긴장하면서 입으로 케이의 온몸을 촉촉이 적셔 놓은 뒤 그녀의 안으로 들어갔다.

나는 눈을 뜨고 그녀의 눈을 바라보면서 이것이 우리 두 사람만의 의식임을 알리고 싶었다. 그러나 케이는 고개를 돌려 나를 외

케이와 마들린 153

면했다. 그녀는 이미 나의 속마음을 간파하고 있었던 것이다. 나는 몸을 약간 뒤로 빼면서 천천히 그리고 부드럽게 움직이려 했으나 케이의 목에서 팔딱팔딱 뛰고 있는 실핏줄을 보는 순간 절정에 올라 사정을 하고 말았다.
"미안해. 정말 미안해."
나의 투덜거림에 케이는 뭐라고 대답했지만 그녀의 목소리는 베개에 묻혀 잘 들리지 않았다.

다음 날 밤에도 나는 스프레이그 저택 앞에 차를 세우고 기다렸다. 이번에는 현장 조사를 나갈 때 타고 나가는 경찰 표시가 안 된 포드를 몰고 갔다. 시간이 얼마나 되었는지도 잊어버렸다. 그러나 시시각각으로 그 집의 문을 두드리고 안으로 쳐들어가고 싶은 욕망은 점점 더 강해졌다.
나는 마음속에서 누드가 된 매들린을 가지고 놀았다. 멋진 대답으로 스프레이그 가족의 환심을 사는 장면도 상상했다. 그때 정원의 차도에서 불빛이 번쩍 하더니 문 닫히는 소리가 났다. 패커드는 전조등을 켜고 뮤어필드 쪽으로 나와 6번가에서 재빨리 좌회전을 하여 동쪽으로 향했다. 나는 신중하게 3초를 기다린 뒤 뒤쫓아 갔다.
패커드는 가운데 차선을 타고 달렸고 나는 오른쪽 차선으로 돌아서서 차 네 대를 사이에 두고 그 뒤를 따라갔다. 우리는 핸콕 파크를 나와 윌셔 지구로 들어서서 노르망디 로와 8번가 사이의 남쪽으로 향했다. 술집에서 흘러나오는 화려한 네온이 1.5킬로미터 정도 죽 이어졌다. 매들린은 마음에 둔 집에 거의 다 온 듯했다.
패커드는 입구 위에 십자 모양의 네온 사인이 걸린 '짐바 룸'이라는 싸구려 술집 앞에 멈춰 섰다. 정문 이외에 주차할 수 있는 곳이라고는 술집 뒤뿐이어서 나는 그리로 갔다. 그때 내 차의 전조등 불빛이 패커드의 문을 잠그고 있는 여자를 비추었다. 순간 내 머릿속은 그 여자가 누구인지 분간이 되질 않아 헝클어진 실타래처럼 복잡해졌다.
엘리자베스 쇼트.
베티 쇼트.
리즈 쇼트.
블랙 달리아.
나의 무릎은 후들거리며 운전대에 가 부딪쳤고 떨리는 손은 경적을 울려 댔다. 그 망령은 내 차의 전조등 불빛을 보고 눈을 깜박거리다가 눈을 가리면서 어깨를 으쓱거렸다. 낯익은 섹시한 보조개가 살짝 패었다. 미로에 빠졌던 내 정신은 이제 서서히 회복되고 있었다.
완벽하게 달리아 흉내를 낸 매들린 스프레이그. 그녀는 몸의 굴곡이 그대로 드러나는 검은 드레스에 베티 쇼트의 사진과 똑같은 화장과 머리 모양을 하고 있었다. 나는 그녀가 바에 들어가는 순간 부스스한 검은 머리에 노란 점이 하나 박혀 있는 것을 보았다. 그것은 베티가 애용하던 노란 머리핀이었다. 매들린은 그런 사소한 것까지 다 신경 쓰면서 베티 흉내를 내고 있었다. 그녀의 정성은 리 블랜처드의 원투 스트레이트만큼이나 강한 충격을 주었다. 나는 후들거리는 다리로 그 망령을 따라 바에 들어갔다.

짐바 룸 안에는 담배 연기가 꽉 들어차 있었다. 손님은 군인들 뿐이었고 주크박스에서 흘러나오는 재즈는 귀청을 찢을 지경이었다. 매들린은 바에 앉아 술을 홀짝거리고 있었다. 주위를 돌아보니 안에 여자라곤 그녀 혼자뿐이었다. 이미 그녀는 바 안에 대소동을 일으키고 있었다. 군인들은 서로 팔꿈치를 찔러 대며 그녀의 출현 소식을 전달했고 검은 옷을 입은 여자를 가리키면서 수군거렸다.

나는 뒤쪽에 얼룩말처럼 빗금이 쳐진 부스를 발견했다. 남자들 몇이 술 한 병을 놓고 그 안에 앉아 있었다. 솜털이 보송보송한 얼굴을 보고 그들이 미성년자임을 단박에 알아보았다. 나는 그들에게 경찰 배지를 내보이며 말했다.

"꺼져. 안 그러면 당장 해안 경찰을 부르겠어."

미성년자들은 술병을 뒤로한 채 얼른 일어나서 달아났다. 나는 그 자리에 앉아 베티가 된 매들린을 지켜보았다. 위스키를 반 병쯤 마시고 나니 신경이 좀 안정되었다. 내게는 바에 앉아 있는 매들린의 모습이 대각선으로 보였다. 그녀는 자신의 말에 열심히 귀 기울이며 환심을 사려는 군인들에게 둘러싸여 있었다. 나는 너무 멀리 떨어져 있어서 그 말을 들을 수 없었다. 그러나 내가 본 매들린의 몸짓은 그 여자의 것이 아니라 다른 어떤 여자의 것이었다. 그녀가 군인들을 어루만질 때마다 나는 손을 부르르 떨면서 38구경을 꽉 쥐었다.

시간이 흐를수록 중앙에 앉은 검은 드레스의 여자 주위로 군인들이 꾸역꾸역 몰려들었다. 매들린은 술을 마시고 잡담을 하면서 남자들의 수작을 물리쳤다. 그러다가 어떤 땅딸막한 해군에게 집중하기 시작했다. 그 해군이 다른 남자들에게 험악한 표정을 짓자 그녀를 둘러싸고 있던 병사들의 숫자가 차츰 줄어들기 시작했다. 나는 위스키 병을 깨끗이 비워 버렸다. 바 쪽을 쳐다보느라 생각할 여유가 없었고, 시끄러운 재즈 음악 때문에 그쪽에서 나는 말소리를 들을 수가 없었고, 술을 마셨기 때문에 그 해군에게 갖은 혐의를 뒤집어씌워 체포할 수가 없었다. 곧 검은 옷의 여자와 푸른 제복의 해군은 팔짱을 끼고 밖으로 나갔다. 하이힐을 신은 매들린은 그 남자보다 10센티미터는 더 커 보였다.

나는 위스키가 다 깰 정도로 침착하게 5초쯤 기다렸다가 자리에서 일어났다. 내가 막 따라붙었을 때 패커드는 모퉁이에서 우회전을 하고 있었다. 나는 속도를 올리면서 오른쪽으로 바싹 따라붙었다. 한 블록쯤 거리를 두고 패커드의 후미등이 반짝거리는 것을 보았다. 너무 바싹 따라붙어서 뒤 범퍼에 부딪칠 뻔했다. 매들린은 한 팔을 차창 밖으로 내민 채 한 손으로 우회전시켜 밝은 불이 켜진 모텔 주차장으로 들어갔다.

나는 얼른 차를 멈추면서 후진을 하여 전조등을 죽였다. 그 해병은 패커드에 기대어 유유히 담배를 피우고 있었고 매들린은 방 열쇠를 받으러 모텔 접수계로 갔다. 그녀는 나와 섹스 행각을 벌일 때처럼 잠시 뒤에 열쇠를 들고 나왔다. 그들이 투숙한 방은 잠시 불이 켜졌다가 곧 꺼졌다. 창에는 블라인드가 내려져 있었고 라디오의 음악 소리가 흘러나오고 있었다.

연속되는 잠복 근무.
현장 조사.

분젠 버너 조작꾼은 이제 담당 사건이 있는 형사가 되었다.

나는 그 뒤 나흘 밤 동안 매들린의 달리아 연기를 지켜보았다. 그녀는 매번 똑같은 행적을 되풀이했다. 8번가의 술집에 들러 가슴에 문신을 많이 새긴 거칠게 생긴 남자를 만나, 9번가 이롤로 로(路)에 있는 섹스 아지트에서 섹스를 했다. 그 둘이 모텔에 들어간 동안 나는 다시 그 술집으로 가 퇴짜를 맞은 바텐더와 군인들을 상대로 질문을 했다.

그 검은 옷을 입은 여자의 이름이 뭡니까?

몰라요.

그래, 무슨 얘기를 하던가요?

전쟁 얘기와 영화 출연 얘기를 하더군요.

2년 전 살해된 블랙 달리아와 그 여자가 서로 닮았다는 걸 눈치채셨습니까? 만약 둘이 닮았다면 그 여자는 무슨 속셈으로 그런 연기를 하는 걸까요?

모두들 부정적인 대답과 추론만을 늘어놨다.

그 여자는 자기가 블랙 달리아라고 생각하는 골 빈 여자다.

그 여잔 달리아 이미지를 이용해 손님을 끌려는 창녀다.

그 여자는 달리아 살해범을 잡기 위해 경찰이 미끼로 내세운 여경이다.

그 여자는 암에 걸려 죽어 가는 중인데 달리아 살해범을 유혹해서 암의 고통을 잊으려고 하는 여자다.

나는 그다음 단계로 매들린과 놀아난 남자들을 체포해야 한다고 생각했다. 그러나 조금만 합리적으로 생각해 보면 그런 짓은 할 수가 없었다. 그들의 정보를 바탕으로 어떤 방향이 제시된다

해도 나는 책임 있는 후속 행동을 할 수 있는 형편이 아니었으니까.

사흘 밤을 술 마시고, 차에서 새우잠을 자고, 집에 돌아와서는 소파에서 쭈그리고 자다 보니 그 여파가 직장에서까지 나타나기 시작했다. 슬라이드를 떨어뜨리는가 하면 혈액의 샘플 라벨을 잘못 쓰고, 증거 보고서를 날림으로 쓰는가 하면 탄도 조사 현미경 위에 엎드려 두 번이나 졸기도 했다. 그러다가 검은 옷을 입은 매들린의 뾰족한 얼굴에 놀라 잠에서 깨곤 했다.

닷새 내리 밤을 샐 수는 없고 그렇다고 이 밤을 거를 수도 없어서 마약반에 제출할 검사용 벤제드린 알약을 훔쳤다. 그 약을 먹으니 피로는 싹 가셨지만 내가 한 짓이 혐오스러워 기분이 영 찜찜했다. 아무튼 벤제드린 덕분에 나는 매들린과 달리아 착란 현상에서 벗어나 진짜 순경이 될 수 있는 묘안도 생각해 냈다.

내가 태드 그린을 만나 직소(直訴)를 하자 그는 머리를 끄덕이며 내 말을 들어 주었다.

난 LA 경찰에 들어온 지 7년이 되었고 보겔 부자와의 악연은 이미 2년 전 일로 모두 잊혀졌다. 그리고 과학수사대는 진절머리가 나니 정복 경관으로 되돌아가고 싶다. 야간 순찰 경관이라도 상관없다. 그러니 제발 발령을 내 달라. 나는 현재 반장 시험을 준비 중이다. 과학수사대 근무는 내가 결국 돌아가고 싶어 하는 형사국으로 가기 위한 과정에 불과하다. 나는 파국에 이른 결혼 생활 얘기를 꺼내면서 야간 순찰을 하면 아내와도 자연스럽게 떨어질 수 있어서 좋다는 말까지 했다. 그 순간 검은 옷을 입은 여자의 이미지가 머릿속을 스쳐 지나갔고 나는 그린에게 통사정하고 있는 나 자신을 발견했다.

본부장은 아무런 말도 없이 오랫동안 나를 노려보았다. 나는 본부장이 내 말을 들어주지 않으려고 우물거린다고 생각했다.

"좋아, 버키."

그리고 그는 문을 가리켰다.

나는 벤제드린 약효가 다 가실 만큼 오래도록 문밖에서 기다렸다. 그린은 웃으면서 밖으로 나왔고 나는 놀라서 펄쩍 뛰었다.

"내일부터 뉴턴스트리트 야경으로 근무하도록 해. 그리고 그곳에 사는 흑인 동포들에게 부드럽게 대하도록. 자넨 화나면 남을 잘 씹는 버릇이 있는데, 애꿎은 주민들에게 화풀이하지 마."

뉴턴스트리트 지서는 LA 번화가 동남부에 위치해 있었다. 관할 지역의 95퍼센트가 슬럼가이니 당연히 주민의 95퍼센트는 흑인이었다. 문제가 그칠 날이 없었다. 주정뱅이와 노름꾼들은 골목 어디서나 쉽게 볼 수 있었고 동네마다 술집, 미장원, 당구장이 즐비하게 널려 있었다. 지서에는 하루 24시간 내내 코드 스리 비상 경계가 쉴 새 없이 울려 퍼졌다.

도보로 순찰하는 경관은 앞부분에 쇠가 박힌 곤봉을 들고 다녔고, 대기실에 근무하는 형사는 규정상 금지된 덤덤탄(명중하면 확대되어 상처를 크게 만드는 탄환—옮긴이)이 장전된 45구경 자동 소총을 휴대했다. 이 동네 주정뱅이들은 '녹색 도마뱀(콜론 향수에 올드 몬터레이 백포도주를 약간 탄 것)'을 마셨다. 창녀와의 쇼트 타임은 1달러이고, 창녀가 제공하는 '장소(56번가와 센트럴 사이의 폐차장에 버려진 차 속)'에서 하면 1달러 25센트였다.

아이들은 빼빼 말랐거나 퉁퉁 부어 있었다. 임자 없는 개들은 온몸에 옴이 오른 채 으르렁거리며 돌아다녔다. 상인들은 항상 카운터 밑에 권총을 보관하고 있었다. 뉴턴스트리트 지서는 실로 전쟁터의 한가운데 위치하고 있다고 할 만했다.

나는 스물두 시간 동안 잠을 자면서 벤제드린과 술기운을 완전히 제거했다. 만년 경사인 지서장 게첼은 나를 환영해 주었다. 그리고 태드 그린이 한 말을 전해 주었다. 만약 자질을 입증해 보이면 또다시 미친 짓을 해서 도로아미타불이 될 때까지는 내 능력을 믿어 주겠다는 것이었다. 지서장은 개인적으로 권투와 끄나풀 짓은 싫어하지만 동료 경관들은 좀 설득해야 할 것이라고 말했다. 그들은 잘난 경관, 권투 선수, 반역자는 정말 싫어한다는 것이었다. 게다가 오래전에 프리츠 보겔이 여기서 근무한 적이 있기 때문에 아직도 경관들이 그를 기억하고 있다는 것이었다. 마음씨 좋은 지서장은 내게 혼자서 도는 순찰 업무를 배정해 주었다. 지서장 방에서 물러나오면서 나는 가능하다면 신까지 속일 수 있을 만큼 똑똑하게 굴겠다고 마음먹었다.

동료 경관들과의 첫 만남은 예상보다 훨씬 냉랭했다. 반장이 나를 동료들에게 소개했을 때 나는 아무런 격려의 말도 듣지 못한 채 질시와 불신의 눈총만 받았다. 어떤 이는 눈을 동그랗게 뜨고 쳐다보는가 하면 어떤 이는 아예 눈길조차 주지 않았다. 범죄 기록을 같이 읽고 난 다음 55명의 동료 중 오직 7명만이 내게 다가와 악수를 청하며 잘해 보자고 했다. 반장은 내게 관할 지역을 한번 보여 준 뒤 내가 맡은 순찰 구역의 동쪽 끝에서 시가도 한 부를 주면서 말했다.

"흑인들한테 멍청하게 당하지 마."

내가 고맙다고 말하자 그는 이렇게 대답했다.
"프리츠 보겔은 내 친한 친구였지."
그는 차를 몰고 사라져 버렸다.
나는 빨리 능력을 입증해야겠다고 생각했다.
우선 처음 일주일 동안은 완력으로 범죄자들을 잡아들였고 누가 정말 악당인가를 집중적으로 캐냈다. 곤봉을 무자비하게 휘두르면서 '녹색 도마뱀' 파티를 해산시켰고 악당들에 관한 정보만 제공하면 체포하지 않겠다고 술꾼들에게 약속을 했다. 하지만 아무것도 털어놓지 않으면 제꺼덕 체포했다. 정보를 준 경우에도 체포한 일이 있었다. 한번은 68번가 비치 로에 위치한 미용실에서 마리화나 냄새가 흘러나오는 것을 포착했다. 나는 문을 박차고 들어가 중죄에 해당될 정도로 다량의 마리화나를 들고 있는 마리화나 끽연자들을 엎드려뻗치게 한 뒤 관대하게 처리해 줄 테니 마약 정보를 불라고 말했다. 그들은 마약 제공자 이름은 물론 스로슨파(派)와 초퍼파 사이에 곧 싸움이 벌어질 거란 정보도 알려 주었다.
나는 경관 대기실에다 그 정보를 보고한 뒤 경찰차를 불러 그들을 지서로 데려가게 했다. 자동차 폐차장 주위를 돌면서 창녀들을 검거했고, 창녀들의 단골들에게는 마누라에게 오입질 사실을 폭로하겠다고 협박하여 또 정보를 얻어 냈다. 그래서 딱 일주일 만에 체포 기록을 스물두 건이나 올렸으며, 그중 아홉 건이 중죄였다. 우여곡절 끝에 악당들의 이름을 알아낸 나는 그것들을 이용하여 능력을 입증해 보일 생각이었다. 그리고 악당들과 대적하면서 그동안 못해 왔던 멋진 체포 행각을 벌일 작정이었다. 그렇게 해서 동료 경관들이 나를 미워하는 대신 두려워하도록 만들 생각이었다.

나는 럭키 타임 와인 바에서 나오던 다운타운 윌리 브라운에게 다가서면서 시비를 걸었다.

"야, 삼보, 네 에미가 더러운 놈이랑 놀아났다며?"

윌리가 먼저 내게 공격을 해 왔다. 나는 여섯 대를 때리고 세 대를 맞았다. 주먹질이 끝났을 때 브라운은 콧구멍으로 부러진 이빨을 불어 내고 있었다. 길 건너편에서 빈둥거리던 순찰 경관 두 명은 그 광경을 강 건너 불구경하듯 보기만 했다.

노름 거래꾼에다 강간범 전력을 가진 루스벨트 윌리엄스는 더 힘든 상대였다. 내가 "여어, 똥 묻은 놈!" 하고 부르자 그자는 "예라, 제 에미랑 붙어먹을 흰둥이 놈!" 하고 소리지르면서 선제공격을 폈다. 우리는 초퍼파 깡패들이 현관 계단에서 빈둥거리며 구경하는 가운데 1분 가까이 서로 주먹을 주고받았다. 그의 주먹질은 나보다 더 노련한 것 같았다. 순간적으로 허리춤에 찬 곤봉을 꺼내고 싶은 생각마저 들었다. 그러나 곤봉으로 상대를 제압해서는 신화를 만들어 낼 수가 없었다. 마침내 나는 리 블랜처드 식으로 저돌적으로 공격해 들어가면서 좌우 연타를 사정없이 퍼부었다. 마지막 롱 훅은 윌리엄스를 꿈나라로 보냈고, 그 결과 나는 손가락을 두 개나 삐어 지서 위생실에서 치료를 받아야 했다.

이젠 맨주먹 싸움은 불가능했다. 마지막으로 소탕해야 할 크로포드 존슨과 그의 동생 윌리스 존슨은 61번가 엔터프라이즈 로에 있는 마이티리디머 침례교회의 오락실에서 사기 카드 게임을 운영하는 자들이었다. 그곳은 뉴턴의 경찰들이 반값에 식사를 하는 싸구려 식당과 대각선으로 아주 가까이 위치하고 있었다. 내가 안으로 들어섰을 때 윌리스는 카드를 돌리고 있었다. 그는 고개를 쳐들고 "뭐야?" 하고 말했다.

나는 곤봉으로 그의 손과 탁자를 사정없이 내리쳤다. 크로포드가 허리춤으로 손을 옮기는 순간 곤봉을 번쩍 들어 그의 손목을 내리쳐서 소음 장치가 달린 45구경을 바닥에 떨어트렸다. 존슨 형제는 비명을 지르며 문밖으로 달아났다. 나는 크로포드가 흘린 45구경 권총을 집어 들어 노름꾼들에게 돈을 챙겨 집으로 가라고 말했다.

밖으로 나가자 몇 사람이 모여 구경하고 있었다. 푸른 제복의 경관들은 길거리에서 선 채로 샌드위치를 우적우적 먹으면서, 부러진 손가락을 싸매고 달아나는 존슨 형제를 쳐다보고 있었다.

"도대체 점잖게 말하면 통 들어 먹질 않아!"

나는 들으라는 듯 짐짓 크게 소리쳤다. 그러자 나를 아주 미워하던 고참 반장 하나가 소리쳐 주었다.

"블라이처트, 자네는 이제 명예로운 백인일세!"

드디어 나는 잃었던 동료들의 신임을 회복하였다.

존슨 형제를 혼내 준 일로 나는 다시 유명인사가 되었다. 동료들은 서서히 나를 따뜻하게 대해 주었다. 그들의 태도는, 나의 무서운 용기는 높이 평가하지만, 그런 용기를 갖춘 사람이 자신들이 아니어서 다행이라는 식이었다. 아무튼 나는 관내에서 알아주는 인사가 되었다.

근무를 시작한 지 첫 달에 받은 고과 성적은 100점 만점이었고, 게첼 지서장은 무전기 달린 순찰차 한 대를 보상으로 지급해 주었다. 말하자면 일종의 승진이었고 무전차와 함께 순찰 담당 지역도 동시에 생겼다.

소문에 의하면 슬로슨파와 초퍼파가 나를 한번 손보겠다고 벼르고 있으며, 만약 두 파에서 움직이지 않으면 존슨 형제가 나서 겠다며 으름장을 놓고 다닌다고 했다. 게첼 지서장은 그들이 냉정해질 때까지 좀 피해 있는 게 좋겠다면서 순찰 구역을 관내 서쪽 지역으로 재배정해 주었다.

새로 맡은 구역은 너무나 할 일이 없었다. 흑인과 백인이 섞여 사는 소형 공장과 주택들뿐이었으니까. 기껏해야 음주 운전 단속이나 운전자를 상대로 매춘을 하는 히치하이크 창녀 단속이 고작이었다. 그녀들은 대부분 흑인 주거 지역으로 들어가기 전에 몇 달러라도 벌어 볼까 해서 그런 짓을 벌이는 여자들이었다. 음주 운전자는 체포했지만 창녀들은 경찰차의 붉은 등을 번쩍거려 쫓아 보냈다. 교통 범칙 딱지는 수도 없이 떼었고 혹시라도 비상사태가 벌어질까 싶어 부지런히 순찰을 돌았다.

그 무렵 차를 몰고 들어가 식사를 하는 드라이브인 식당이 후버와 버몬트에 생겨나고 있었다. 자기 차 안에서 음식을 먹으며 기둥에 붙어 있는 스피커에서 나오는 음악을 들을 수 있는 현대적인 식당이었다. 나는 그 식당에 차를 세우고 여러 시간을 보내면서 라디오 방송국에서 흘러나오는 재즈를 들었다. 그렇지만 언제 무슨 지시가 내려올지 몰라 늘 무전기를 낮게 틀어 놓았다. 차 안에서 음악을 들으면서도 거리를 두리번거리며 백인 창녀가 없는지 살펴보았다. 그리고 베티 쇼트를 닮은 창녀가 나타나면 여기서 39번가 노턴 로가 가까우니 조심하라고 말해 줄 생각이었다.

그러나 창녀들은 대부분 금발로 염색한 흑인들이어서 조심하라고 일러 줄 대상이 없었다. 오히려 나의 체포 실적이 너무 낮을 때 건수를 올려 줄 대상이었다. 그렇지만 그녀들은 여자였고, 내 마음을 한가롭게 쉬게 해 주는 안전한 장소였고, 또 집에 혼자 있는 아내나 8번가 시궁창을 기어 다니고 있을 매들린을 대신해 줄 대상이었다. 나는 달리아나 매들린을 닮은 창녀를 골라 섹스를 해 볼까 하는 생각도 했으나 곧 그 생각을 깨끗이 죽여 버렸다. 그건 빌트모어 호텔에서 조니 보겔과 베티 쇼트가 한 놀이와 너무나 닮은 꼴이었으니까.

자정에 근무가 끝나면 나는 늘 흥분하고 불안해하며 갈 곳을 몰라 쩔쩔맸다. 도저히 집에 자서 잘 기분이 나지 않았다. 어떤 때는 심야 영화관에 가서 시간을 죽이기도 했고 어떤 때는 사우스 센트럴에 있는 재즈 클럽에 가기도 했다. 재즈는 바야흐로 전성기를 구가하고 있었다. 클럽에서 보세 위스키 반 병을 놓고 밤새 노닥거리다 보면 그제야 집에 들어가 꿈도 없는 깊은 잠으로 곯아떨어질 생각이 났다. 그리고 아침에 깨어 보면 어느새 케이는 출근하고 집에 없었다.

그러나 영화나 재즈 클럽으로도 마음을 잡을 수 없을 땐 무척이나 시간이 지루하게 느껴졌고 고통스럽기까지 했다. 그럴 때마다 제인 챔버스의 현관에 걸린 입 찢어진 광대의 미소, 바퀴벌레를 잡고 있는 프랑스인 조 듈레인지, 채찍을 든 조니 보겔 등이 자꾸 생각났다. 그리고 베티는 자기를 죽인 사람을 잡아내든지, 아니면 자기와 섹스를 하라고 애원을 했다. 무엇보다 가장 큰 고역은 그 동화의 집에서 한밤중에 혼자 깨어나는 일이었다.

여름이 돌아왔다. 뜨거운 낮에는 소파에 누워서 지내고, 후덥지근한 밤엔 서쪽 흑인 지역에서 순찰을 돈 다음, 보세 위스키를 마시고 재즈 클럽을 전전했다. 느닷없이 반장 시험 준비를 해 볼까 하는 생각도 들었고 케이와 그 지겨운 동화의 집을 모두 집어치우고 나 혼자 지낼 싸구려 방을 하나 얻을까 하는 충동에 사로잡히기도 했다. 만약 길에서 그 유령 같은 술꾼을 만나지 않았다면 그런 상태는 한없이 계속되었을 것이다.

나는 듀크 드라이브인 식당에 들어가 앉아서 10미터쯤 떨어진 버스 정류장에 창녀처럼 보이는 여자 애들이 서 있는 것을 쳐다보고 있었다. 무전기를 꺼 놓고 스피커에서 계속 흘러나오는 켄톤 반복 악절을 듣고 있었다. 바람 한 점 없는 끈적거리는 날씨 때문에 제복은 몸에 착 달라붙어 있었다. 나는 일주일 동안 누구도 체포하지 않았다.

여자 애들은 지나가는 차에다 대고 추파를 던지고 있었다. 블론드로 염색한 여자 애는 지나가는 차를 향해 엉덩이를 요염하게 돌리고 있었다. 나는 그녀의 엉덩이짓과 스피커에서 흘러나오는 음악 소리에 박자를 맞추면서, 저것들을 일망타진해서 미집행 건을 일제히 조사해 볼까 하고 게으른 공상을 하고 있었다. 그때 삐삐 마른 늙은 주정뱅이가 나타났다. 그는 한 손에 작은 술병을 들고 다른 한 손으로는 구걸을 하고 있었다.

그 블론드는 노인에게 말을 걸기 위해 엉덩이짓을 멈추었다. 그녀의 무용이 사라지자 음악은 그저 시끄러운 소리에 지나지 않았다. 나는 전조등을 켰다. 그러자 주정뱅이가 눈을 가리며 날 향해 가운뎃손가락을 세워 보였다. 순간 나는 경찰차에서 내려 그 늙은

이를 올라타고 앉아 등 뒤로 들려오는 반복되는 가락에 맞춰 사정없이 주먹을 휘두르기 시작했다.

나의 미친 듯한 주먹질에 그 블론드 여자 애는 소프라노보다 더 째지는 소리로 비명을 질러 댔다. 주정뱅이는 나와 내 아버지 그리고 내 어머니 모두를 저주했다. 머릿속에서는 사이렌이 왱왱거렸고, 쇠고기 창고의 고기 썩는 냄새가 코를 찔렀다. 늙은이는 말을 더듬거리며 간신히 한마디 내뱉었다.

"살려 주구려."

나는 모퉁이의 공중전화로 달려가 10센트를 넣고 집으로 전화를 걸었다. 열 번이나 벨이 울렸지만 케이는 없었다. 나는 아무 생각 없이 WE4391로 전화를 걸었다.

"여보세요. 스프레이그 저택입니다."

그녀의 목소리였다. 나는 뭐라고 우물거렸다.

"버키? 버키, 당신이에요?"

그 주정뱅이는 내게 다가오면서 찢어져 피가 나는 입술에다 술병을 들이댔다. 나는 주머니에 손을 넣어 잡히는 대로 지폐를 꺼내 길에다 던져 주었다.

"내게로 와요. 식구들은 라구나 별장에 내려가 있어요. 우리 옛날처럼……."

매들린의 속삭임을 뒤로하고 나는 수화기를 내려놓지도 않은 채 공중전화 부스를 나섰다. 그 주정뱅이는 내가 길바닥에 던진 지폐의 마지막 장을 집고 있었다. 나는 핸콕 파크로 차를 몰아 단숨에 그 집 앞까지 달려갔다. 나는 한시바삐 안으로 들어가고 싶었다. 그리고 문을 노크하면서 오기를 잘했다고 생각했다. 문이 열리자 검은 실크 드레스를 입고 빗지 않은 머리에 노란 머리핀을 꽂은 매들린이 나타났다. 나는 그녀에게 다가섰다. 그녀는 머리핀을 빼고 머리를 흔들어 풀어 내리면서 뒤로 물러섰다.
"아니, 아직은 안 돼요. 내가 당신을 잡아끌 수 있는 매력은 오직 이것뿐이니까."

제4장 엘리자베스

한 달 동안 매들린은 나를 부드러운 성희(性戱)의 그물 속으로 몰아넣었다.

에멧, 라모나, 마사는 6월 한 달 동안 오렌지 카운티에 있는 해변 별장에서 지냈다. 그래서 매들린 혼자서 뮤어필드 저택을 돌보았고 우리는 에멧의 야망이 이루어 낸 스물두 칸짜리 꿈의 집에서 마음껏 뛰어놀았다. 그곳은 확실히 레드애로 모텔이나 리 블랜처드가 은행털이와 살인으로 마련한 집보다는 성의 향연을 벌이기에 훨씬 쾌적했다.

매들린과 나는 방마다 돌아다니면서 그 방에 마련된 부드러운 실크 시트와 능라로 짠 담요를 펴고 섹스를 했다. 방마다 수십만 달러가 나가는 피카소 그림, 네덜란드 대화가들의 그림, 명나라 때 도자기 등으로 장식되어 있었다. 우리는 자정이 지나 오후가 될 때까지 늘어지게 잤다. 나는 느지막한 오후에 슬슬 침대에서 일어나 흑인 마을로 순찰을 나섰다. 내가 경찰 제복을 입고 순찰차로 걸어가노라면 그녀의 이웃들은 부러운 듯이 나를 쳐다보았다.

그것은 서로 딱 어울리는, 그리고 스스로 인정하는 두 탕남탕녀(蕩男蕩女)의 재회였다. 매들린은 나를 끌어들이기 위해서 달리아 흉내를 냈다고 말했다. 그날 밤 내가 스프레이그 저택 앞에 차를 대고 있는 것을 보고 베티 쇼트 연극을 하면 나를 다시 사로잡을 수 있으리라고 생각했다는 것이다. 그 교묘한 연극은 다소 혐오스러운 것이었지만 그래도 나를 사로잡아 보겠다는 정성은 높이 살 만했다.

그녀는 내가 스프레이그 저택의 문을 밀고 들어선 순간 달리아 연기를 때려치웠다. 당장 머리를 감아 매들린 본래의 검은 머리로 돌아왔고 머리 스타일도 바꾸고 검은 드레스는 더 이상 입지 않았다. 나는 그 집에서 나가겠다는 협박과 애원만 빼고는 할 수 있는 모든 노력을 기울여 그녀를 설득했다. 매들린은 한번 생각해 보겠다는 말로 나의 간청을 완곡히 거절했다. 그래서 우리는 베티 애기를 즐겨 하는 것으로 타협을 보았다.

내가 뭘 물으면 그녀는 엉뚱한 애기를 늘어놓았다. 매들린은 자기의 놀라운 변신 능력을 애기하면서 베티는 누구든지 기쁘게 해주는 능력이 있는 카멜레온 같은 여자라고 말했다. 나는 베티 사건이 경찰에 근무하면서 겪은 가장 까다로운 사건이라고 말했다. 그리고 베티는 내가 가장 사랑하는 사람들의 삶을 엉망진창으로 만들었을 뿐만 아니라, 그 모든 것을 속속들이 파헤치고 싶은 욕망을 일으키는 영원한 인간 수수께끼라고 말했다. 그것은 내가 내린 마지막 결론이었지만 그 말들에도 뭔가 미진한 구석은 있었다.

베티 얘기가 끝나자 나는 스프레이그 가문으로 화제를 돌렸다. 제인 챔버스 얘기는 하지 않고, 제인이 들려준 스프레이그 가문 얘기를 완곡하게 에둘러서 꺼냈다. 매들린은 에멧이 할리우드랜드 간판이 일부 떼어지는 것에 대해 약간 걱정하고 있다고 말했다. 그리고 라모나가 가장행렬을 좋아하고 이상한 책과 중세 취미에 탐닉하는 것은 약물 중독의 후유증이라고 가볍게 대답했다. 시간이 남아도는 어머니가 신경 안정제를 많이 먹다 보니 그렇게 되었다는 얘기였다.

잠시 뒤 매들린은 나의 거듭되는 질문에 짜증을 내면서 왜 그렇게 꼬치꼬치 묻느냐고 따졌다. 나는 적당한 거짓말을 둘러대고 나서 내가 과거에만 만족하고 살았다면 지금쯤 어떻게 되었을까 하고 생각해 보았다.

집 앞에 주차를 하다가 나는 차도에 서 있는 이삿짐 센터 차와 포장 박스가 가득 실려 있는 케이의 플리머스 차를 보았다. 깨끗한 제복으로 갈아입으려고 집에 와 보니 예상치 않은 일이 벌어지고 있었던 것이다.

나는 아무렇게나 차를 세운 뒤 계단을 뛰어 올라갔다. 내 몸에서는 매들린의 향수 냄새가 심하게 났다. 이삿짐을 실은 차는 후진하기 시작했다.

"이봐! 젠장, 돌아오란 말이야!"

운전사는 내 말을 무시했다. 그때 현관 쪽에서 케이의 목소리가 흘러나왔다.

"당신 물건은 하나도 손대지 않았어요. 그리고 가구는 당신이 가지세요."

케이는 아이젠하워 상의에 평직 스커트를 입고 있었다. 내가 그녀를 처음 만났을 때 입었던 그 옷차림이었다.

"베이비, 도대체 왜 이러는 거야?"

"남편이 3주 동안 외박하는 걸 보고도 그냥 있을 줄 알았어요? 드와이트, 난 사람을 사서 당신 뒤를 쫓게 했어요. 그 여자는 어이없이 죽은 여자하고 꼭 닮았더군요. 그러니 이젠 내게 오지 말고 그 여자에게나 가 보세요."

나는 케이가 퍼붓는 비난의 말보다 그녀의 메마른 눈빛과 침착한 목소리에 더 큰 충격을 받았다. 온몸이 부들부들 떨리고 신경이 바늘 끝처럼 예민해졌다.

"베이비, 젠장……."

케이는 내 손길을 피해 멀찍이 뒷걸음쳤다.

"당신은 기둥서방에다 비열하기 짝이 없는 인간이에요. 당신이 그렇게 좋아하는 시체나 안고 사시지."

내 몸은 더욱 심하게 떨렸다. 케이는 몸을 휙 돌려 차를 향해 걸어갔다. 이제 그녀는 발끝으로 사뿐사뿐 춤을 추며 내 인생에서 멋지게 걸어 나가고 말았다. 나는 몸에서 여전히 풀풀 나는 매들린의 향수 냄새를 맡으며 집 안으로 걸어 들어갔다.

가구는 전과 똑같았으나, 커피 탁자 위에 늘 놓여 있던 문학 계간지가 없었고 식당 캐비닛에는 캐시미어 스웨터가 없었다. 내가 침대로 썼던 소파는 최근엔 쓰지 않아 가지런히 정돈되어 있었다. 내가 사들인 전축은 벽난로 옆에 그대로 있었으나 케이가 사들인 레코드판은 모두 사라지고 없었다.

나는 리가 잘 앉던 의자를 집어 들어 벽에다 던져 버렸다. 그러고 나서 케이의 흔들의자도 캐비닛에다 던졌다. 캐비닛은 산산이 부서져 유리 조각으로 변해 버렸다. 커피 탁자는 현관 밖으로 집어던졌고 양탄자는 발로 걷어차 뒤집어 버렸다. 서랍이란 서랍은 모두 잡아 빼 놓고 냉장고도 거꾸로 뒤집어엎었다. 그러고도 성이 안 차 망치를 들고 화장실 욕조를 마구 때려부쉈다. 욕조 바닥에서 앙상한 수도관이 드러났다. 계속된 파괴 행위는 10라운드 권투 시합을 뛰는 것과 비슷했다. 나는 팔이 아파 더 이상 때려부술 수 없을 때까지 실컷 부수다가 제복과 소음 장치가 달린 45구경만 들고 그 집에서 나와 버렸다. 거지들이 물건을 몽땅 집어 가도록 일부러 문을 활짝 열어 두고 나왔다.

스프레이그 가족들은 곧 LA로 돌아올 것이므로 내가 갈 수 있는 곳은 딱 한 군데밖에 없었다. 나는 엘 니도로 차를 몰고 가 접수원에게 경찰 배지를 보여 준 뒤 장기 투숙하겠다고 말했다. 접수원이 건네준 열쇠를 가지고 그 방으로 들어갔다. 문을 여니 러스 밀라드의 매캐한 시가 냄새와 해리 시어즈가 흘린 위스키 냄새가 풍겨 나왔다. 그녀는 사진들 속에서 서푼짜리 싸구려 꿈에 사로잡힌 채, 생체 해부를 당한 뒤 잡초만 무성한 공터에 버려진 모습으로 생생하게 살아서 미소 짓고 있었다.

침묵 속에서도 나는 무엇을 할 것인지를 알고 있었다. 우선 침대에서 관련 서류철들을 집어 들어 옷장 속에다 처박았다. 그다음엔 침대 시트와 담요를 걷어 냈다. 달리아 사진은 못으로 박혀 있어서 떼어 낼 수가 없었다. 대신 침대 시트와 담요로 덮어 버리자

감쪽같이 사진들이 가려졌다. 방 안을 완벽하게 단장한 후 나는 소도구를 찾아 나섰다.

나는 웨스턴 코스튬에서 검은 가발을 사고 블러바드의 구멍가게에서 노란 머리핀을 샀다. 전보다 더 심한 신경과민 증세가 엄습해 왔다. 파이어플라이 라운지 쪽으로 차를 몰고 가면서 그 일대가 아직도 할리우드 강력계 관할이기를 바랐다. 다행히 그 일대의 관할은 바뀌지 않았다. 나는 아무 바에나 들어가서 위스키를 시키고 앉아 성냥갑처럼 비좁은 무대에서 북적거리는 여자 애들을 바라보았다. 무대 아래쪽에 설치된 조명이 그들을 밑에서 비춰 주고 있었다. 무대에서 조명을 받고 있는 것은 여자 애들뿐이었다.

나는 위스키를 쭉 들이켰다. 그 애들은 옆이 터진 싸구려 기모노를 입은, 마약에 중독된 전형적인 창녀들이었다. 모두 다섯 명이었는데 담배를 피우고 있었고 기모노의 터진 부분을 살짝살짝 만지면서 다리를 좀 더 많이 노출시키려고 했다. 그중에 쇼트와 비슷하게 생긴 애는 단 한 명도 없었다.

그때 주름이 잡힌 칵테일 드레스를 입은 빼빼 마른 갈색 머리 여자가 무대 위로 올라섰다. 그녀는 불빛에 눈을 깜박거리더니 시건방진 태도로 낮은 코를 살살 긁었다. 그러고는 무대 위에서 8자를 그리며 가볍게 앞뒤로 몸을 움직였다.

나는 바텐더에게 손가락을 까딱거리며 좀 오라고 했다. 그가 술병을 들고 다가오기에 나는 손바닥으로 술잔을 덮어 버렸다.

"저 분홍 드레스 입은 여자 애 말이야, 저 애를 한 시간 정도 내 집에 데려가는 데 얼만가?"

바텐더는 한숨을 내쉬었다.

"손님, 우린 여기에 방을 세 칸이나 준비해 두고 있습니다. 쟤들은 밖에 나가는 걸 별로……."

난 그에게 빳빳한 50달러짜리를 한 장 내밀었다.

"나한테만 특별히 좀 해 줘. 힘 좀 써 보라고."

바텐더는 50달러를 받아 들고 사라졌다. 나는 술을 한 잔 더 따라 들이켰다. 내가 무대를 뚫어져라 쳐다보고 있는데 누군가가 다가와 내 어깨에 손을 얹었다.

"안녕, 난 로렌이에요."

나는 고개를 돌렸다. 가까이서 보니 그녀는 꽤 예쁘장했다. 대리역으로는 적당한 여자인 것 같았다.

"안녕, 로렌. 난…… 비, 빌이야."

"안녕, 빌. 자, 나갈까요?"

여자는 낄낄거리는 목소리로 말했다.

나는 고개를 끄덕거렸다. 로렌은 나보다 앞서서 걸어 나갔다. 환한 불빛에서 보니 그녀의 스타킹은 올이 나가 있었고 팔뚝에는 희미한 바늘 자국이 여럿 있었다. 차 안으로 들어가 다시 보니 그녀의 눈은 흐릿한 갈색이었다. 손가락으로 계기반을 가볍게 두드리고 있는 그녀는 잘 다듬어진 손톱의 매니큐어 외에는 베티와 닮은 점이 거의 없었다. 그렇지만 그건 아무래도 상관없었다.

우리는 엘 니도로 차를 몰고 가서 아무 말도 없이 방으로 올라갔다. 나는 방문을 열고 옆으로 비켜서서 로렌을 안으로 들어가게 했다. 그녀는 나의 제스처에 눈알을 굴리더니 안에 들어가서는 낮은 휘파람 소리를 냈다. 너무 싸구려 방이라는 뜻이었다. 나는 방문을 잠그고 가발을 꺼내 그녀에게 건네주었다.

"자, 옷을 벗고 이 가발을 써 봐."

로렌은 느릿느릿 옷을 벗었다. 마룻바닥에 구두를 내팽개치고 스타킹을 벗는 순간 스타킹이 찢어졌다. 내가 옷을 벗겨 주려 하자 그녀는 몸을 뒤로 빼면서 자기가 먼저 벗어 버렸다. 내게 등을 보이면서 브래지어의 후크를 풀었고 팬티를 벗어 던진 다음 가발을 들고 우물쭈물했다.

"이게 당신을 그렇게 흥분시키나요?"

그녀는 나를 빤히 쳐다보며 말했다.

그녀는 희극 배우처럼 가발을 약간 삐뚜름하게 썼다. 그녀의 유방만이 베티와 상당히 비슷한 것 같았다. 나는 상의를 벗고 허리띠를 끄르다가 로렌의 눈빛을 보고 동작을 멈추었다. 그녀는 내 총과 수갑을 보고 겁을 먹었다. 경찰이라고 밝혀서 안심시킬까 하고 생각하다가 그녀가 겁먹은 얼굴을 하고 있으니 베티와 닮아 보여 그만두었다.

"나를 어떻게 하려는 것은······."

"아무 말도 하지 마."

나는 가발을 위로 약간 들어올려 그녀의 옅은 갈색 머리를 안으로 밀어 넣었다. 그러나 가발을 제대로 써도 별로 나아지지 않았다. 그 여자는 여전히 덜 떨어진 창녀 같아 보일 뿐이었다. 로렌은 이제 와들와들 떨고 있었다. 나는 좀 더 낫게 보일까 싶어 가발에다 노란 머리핀을 꽂아 주었다. 그러나 가발을 단정하게 씌우고 보니 볏짚단처럼 축 처진 맥없는 흑발만 보였다. 입을 쫙 벌린 창녀 같았을 뿐, 내가 바라던 베티의 모습은 전혀 아니었다.

"침대에 누워."

여자는 시키는 대로 했다. 딱딱하게 굳은 양다리를 꼭 붙이고 손을 허리 밑에 넣은 채 온몸을 와들와들 떨고 있었다. 벽에 붙어 있는 사진들이 그 여자를 더 베티와 닮은꼴로 만들어 줄 거란 생각에 나는 사진을 가렸던 시트를 걷어 냈다.

나는 벽에 붙어 있는 베티, 베스, 리즈의 초상화를 쳐다보았다. 여자는 비명을 내질렀다.

"안 돼! 살인자! 경찰!"

나는 몸을 돌려 가짜 베티가 39번가 노턴 로 사진을 보고 얼이 빠진 채 누워 있는 것을 보았다. 나는 침대 위로 몸을 던지면서 손으로 여자의 입을 가려 말을 막고서 멋지게 내뱉었다.

"저 여자는 다른 이름을 많이 가지고 있었지. 그리고 내 여자는 나를 위해 저 여자처럼 돼 주지를 않았어. 내 친구는 자기 여동생이 납치되어 살해되지 않았다면 저 여자같이 됐을 거라면서 완전히 미쳐 버렸지……."

"살려 주세요……."

그 여자는 침대 위에서 떡이 되어 버렸다.

내 손은 여자의 목을 누르고 있었다. 나는 손을 떼어 손바닥을 내보여 해칠 의사가 없었음을 표시하면서 천천히 일어섰다. 여자는 성대가 늘어났는지 단 한마디도 말을 내뱉지 못했다. 그녀는 내 손에 눌렸던 목을 문질렀다. 상당히 힘을 주어 누른 탓인지 아직도 손자국이 선명하게 남아 있었다. 나는 더 이상 말도 잇지 못하고 뒤 벽으로 물러났다.

이것도 저것도 아닌 대치의 형국이었다.

그 여자는 계속 목을 문질렀다. 그녀의 눈빛이 얼음처럼 차가워졌다. 그녀는 침대에서 내려와 나를 쳐다보며 옷을 입었다. 그 얼음 같은 눈빛은 점점 더 깊고 차가워졌다. 나는 더 이상 그 눈빛을 감당할 수 없었다. 그래서 경찰 배지와 배지 번호 1611을 꺼내 그녀에게 보였다.

그녀는 미소를 지었다. 나도 따라 미소를 지으려고 애를 쓰고 있는데 그녀가 다가와 경찰 배지에 침을 퉤 뱉었다. 이어 문이 쾅 닫혔고 벽 위의 사진들이 흔들거렸다. 나는 흐느끼는 듯한 목소리로 혼자 중얼거렸다.

"널 위해 내가 그 살인자를 꼭 찾아 줄게. 더 이상 그자는 나를 괴롭히지 못할 거야. 꼭 네 한을 풀어 줄 거야. 오 베티, 난 꼭 잡아내고야 말겠어."

비행기는 낮게 깔린 안개구름을 뚫고 푸른 하늘을 가르며 동쪽으로 날아갔다. 내 주머니에는 은행 잔고를 모두 인출한 현금이 두둑이 들어 있었다. 나는 게첼 서장에게 일주일의 병가를 신청해 허락을 받았다. 보스턴에 살고 있는 고등학교 동창이 중병에 걸려서 오늘내일한다는 거짓말을 둘러댔던 것이다.

내 무릎 위엔 엘 니도 파일에서 정성스레 복사한 보스턴 경찰의 배경 조사 서류 묶음이 놓여 있었다. 나는 LA 공항에서 구입한 보스턴 시가지 전도를 보면서 어디어디에 들러 뭘 물어봐야겠다는 계획을 짜 놓았다. 보스턴에 도착하면 메드포드, 케임브리지, 스톤햄 순으로 돌아다니며 엘리자베스 쇼트의 과거를 캐낼 생각이었다. 그녀의 과거는 아직도 제대로 탐문이 이루어지지 않은 상태였다.
 어제 오후 몸의 떨림 증세가 좀 가라앉자 나는 베티에게 몰두한 나머지 어리석은 짓을 저질렀다는 것을 깨달았다. 나는 곧 정신을 가다듬고 데이터 파일을 다시 검토하기 시작했다. 파일을 세 번째 훑어보았을 때 LA에서는 더 이상 나올 게 없다는 확신이 들었다. 그리고 네 번째 검토를 하면서 LA에 그대로 있다가는 매들린과 케이 때문에 내가 돌아 버리겠다는 생각이 들었다. 나는 이 도시에서 달아나야만 했다. 그리고 엘리자베스에 대한 나의 맹세가 어떤 의미를 가지려면 그녀의 본거지에 대한 수사부터 시작해야만 했다. 수사가 아무런 결과물 없이 끝날지라도 적어도 순결한 땅으로 여행을 다녀왔다는 성과는 남게 될 것이다. 최소한 그곳에서는 나의 경찰 배지와 두 동거 여인이 나를 괴롭히지는 않을 것이다.
 그 창녀의 얼굴에 가득했던 혐오의 표정이 뇌리에서 떠나질 않았다. 나는 그 여자의 싸구려 향수를 아직도 기억하고 있었고 여자가 침을 내뱉으며 한 말을 생생하게 떠올릴 수 있었다. 그건 어제 아침에 케이가 한 말과 똑같은 말이었다. 아니 더 나쁜 말이었다. 창녀는 나의 본질을 정확하게 꿰뚫어 보고 있었다. '경찰 배지를 단 창녀'라는 나의 본질을. 그 말만 생각하면, 차라리 무릎을 꿇은 채 내 인생의 밑바닥을 박박 긁으면서(맨 밑바닥에 이르면 더 이상 갈 데가 없다는 사실이 위안이 되기는 하지만) 입 속에 38구경을 처넣고 방아쇠를 당기고 싶은 심정이었다.
 비행기는 7시 35분에 도착했다. 나는 가장 먼저 내리기 위해 재빨리 수첩과 가방을 들고 맨 앞에 섰다. 터미널에는 렌트카 센터가 있었다. 나는 셰비 쿠페를 빌려서 보스턴 대도시로 들어갔다.

한두 시간이라도 해가 떠 있을 때 더 많은 일을 하고 싶었으니까.

내 일정표에는 엘리자베스의 어머니, 두 언니, 베티의 고등학교, 1942년에 베티가 서빙을 했던 하버드 스퀘어의 싸구려 식당, 베티가 1939년과 1940년에 사탕을 팔았던 영화관 등이 들어 있었다. 나는 보스턴을 시점으로 케임브리지, 마지막으로 베티의 진짜 본거지인 메드포드를 돌아볼 생각이었다.

고색창연한 보스턴은 정체불명의 도시처럼 느껴졌다. 나는 도로 표지판을 보면서 케임브리지로 들어갔다. 케임브리지는 조지왕조풍의 호화로운 집과 거리를 자랑했고 거리에는 대학생들이 즐비했다. 표지판을 따라 좀 더 가니 하버드 스퀘어가 나왔다. 우선 그곳의 오토스 호프브라우에 들러야 했다. 양배추와 맥주 냄새가 푹푹 풍기는 생강 빵같이 생긴 건물이었다.

나는 주차 미터기가 설치된 주차장에 차를 세운 뒤 건물 안으로 들어갔다. 나뭇조각으로 만든 부스, 벽 쪽에 죽 늘어서 있는 생맥주 잔, 던들식 헐렁한 스커트를 입은 여자 종업원 등 헨젤과 그레텔의 독일풍 분위기가 그 집 전체에 퍼져 있었다. 나는 집주인을 찾아 두리번거리다가 금전 등록기 옆에 있는 작업복 차림의 노인을 보았다.

나는 그에게 걸어갔다. 나는 왠지 모르지만 경찰 신분증을 내보이기가 싫었다.

"실례합니다. 전 기자입니다. 엘리자베스 쇼트에 대한 기사를 쓰고 있습니다. 그녀가 1942년에 여기서 일했다는 말을 들었는데요. 혹시 당신이 그녀에 대해 좀 아는 게 있을까 싶어서 이렇게 찾아왔습니다."

"엘리자베스 누구라고요? 영화배우 말하는 거요?"

노인이 말했다.

"그녀는 몇 년 전에 로스앤젤레스에서 살해되었습니다. 아주 떠들썩했던 사건이었지요. 혹시 당신은……."

"나는 이 가게를 1946년에 사들였소. 종업원 중에서 전쟁 전부터 근무한 여종업원은 로즈뿐이오. 로지, 이리 와 봐! 여기 이분이 뭣 좀 물어볼 게 있대."

수다스러워 보이는 중년 여자가 나타났다. 아주 뚱뚱한데도 무릎이 드러난 스커트를 입고 있었다.

"이분은 기자래. 엘리자베스 쇼트에 대해서 뭘 좀 물어보고 싶다는군. 그 여자 기억나?"

주인이 말했다.

로지는 잇몸을 드러내며 웃어 보였다.

"지난번에 《글로브》,《센티넬》 그리고 경찰에다 이미 말했어요. 내 얘기는 한결같아요. 베티 쇼트는 주책없이 접시를 깨 먹고 꿈이나 먹고 사는 여자 애였어요. 하버드 대학생 애들을 그토록 많이 끌어들이지 않았다면 그 애는 단 하루도 여기서 버티지 못했을 거예요. 그 애가 군인들하고 놀아난다는 얘기는 들었지만 남자 친구는 단 한 명도 몰라요. 그게 내가 알고 있는 전부예요. 그리고 당신은 기자가 아니에요. 경찰이죠?"

"도움을 주셔서 감사합니다."

나는 그렇게 말하고 술집에서 나왔다.

시가도를 보니 메드포드는 매사추세츠 애버뉴를 따라 20킬로미터 정도 떨어진 곳에 있었다. 땅거미가 내리기 직전에 그곳에 도착할 수가 있었다. 나는 먼저 밤의 냄새를 느끼고 나서 눈으로 어둠을 확인했다.

메드포드는 공업 도시였는데 시 외곽에는 연기를 내뿜는 굴뚝들이 가득했다. 나는 손잡이를 돌려 창문을 내리고 유황 냄새를 차에서 빼냈다. 공장 지대는 곧 주택 지대로 바뀌었는데, 좁은 벽돌집들이 한 발자국 정도 간격을 두고 빼곡히 들어서 있었다. 그리고 각 블록에는 적어도 두 개 이상 술집이 있었다. 나는 베티가 한때 근무한 영화관이 있는 스워스 블러바드로 들어서면서, 바깥으로 열게 되어 있는 환기용 작은 판자를 열어서 공장의 악취가 다 빠졌는지 확인해 보았다. 악취는 다 빠지지 않았고, 운전석 앞 차창에는 검댕이 한 켜나 달라붙어 있었다.

나는 서너 블록 아래에서 마제스틱 영화관을 찾아냈다. 전형적인 메드포드식 붉은 벽돌 건물이었는데, 아침 프로는 버트 랭카스터가 주연한 「크리스 크로스」와 스타가 총출연한다는 「태양 아래에서의 결투」였다. 매표소는 텅 비어 있었다. 그래서 나는 극장 안으로 들어가 스낵 코너로 갔다.

"경관 양반, 뭐가 잘못되었습니까?"

스낵 코너 뒤에 있는 사람이 말했다.

나는 메드포드 현지인이, 4,800킬로미터나 떨어진 곳에서 나타난 나의 신분을 그토록 빨리 알아차리는 것을 보고 속으로 신음을 내질렀다.

"아니, 잘못된 건 없어요. 혹시 지배인입니까?"

"주인입니다. 테드 카모디라고 합니다. 보스턴 경찰서에서 나왔습니까?"

나는 마지못해 내 신분증을 내밀었다.

"로스앤젤레스 경찰입니다. 베티 쇼트 건을 조사 중입니다."

테드 카모디는 가슴에 성호를 그었다.

"불쌍한 리지. 뭔가 좀 그럴듯한 단서가 생겼습니까? 그래서 여기 나오신 게 아닙니까?"

나는 카운터에다 10센트짜리 동전을 내려놓고 스니커즈 초콜릿 바를 집어들어 포장지를 벗겨 냈다.

"뭐랄까, 제가 베티에게 신세 진 게 있어서요. 그래 몇 가지 질문을 드리려고 합니다."

"어서 물어보세요."

"나는 보스턴 경찰서에서 작성한 베티의 배경 조사서를 읽어 보았습니다. 그런데 당신 이름은 인터뷰 조서에 나와 있지 않더군요. 경찰이 당신을 찾아오지 않았나요?"

카모디는 내게 10센트 동전을 돌려주었다.

"그냥 드세요. 보스턴 경찰들이 리지가 마치 창녀라도 되는 것처럼 말하길래 그만 입을 다물어 버린 거죠. 난 남의 험담이나 하고 돌아다니는 자와는 얘기하기를 싫어합니다."

"참 좋은 성품을 지니셨군요, 카모디 씨. 만약 얘기를 했다면 어떤 얘기를 했겠습니까?"

"지저분한 얘기는 안 했을 거예요. 그건 확실합니다. 리지는 내게 아주 소중한 애였으니까요. 만약 경찰이 망자에 대해서 예의를 갖추고 말했더라면 내가 아는 대로 다 말해 주었을 겁니다."

극장 주인은 나를 탐색하고 있었다.

"나는 망자에 대해 특별한 추억을 가지고 있는 사람입니다. 지금이 2년 전 그때라고 생각하고 내게 말해 주십시오."

카모디는 아직도 내 신분이 석연치 않다는 태도였다. 그래서 나는 초콜릿 바를 한 입 베어 물고 다정한 표정을 지으며 그를 안심시켰다. 그러자 마침내 그가 입을 열기 시작했다.

"나는 경찰에다 리지가 일을 잘 못하는 종업원이었다고 말했어요. 그 애는 남자 애들에게 인기가 대단했지요. 하지만 사탕은 팔지 않고 영화를 몰래 보는 경우가 많았어요. 그렇지만 어쩌겠어요? 난 한 시간에 50센트씩 주면서 그녀가 노예처럼 일하기를 바라지 않았어요."

"그녀의 남자 친구들은 어땠습니까?"

갑자기 카모디가 카운터를 쾅 하고 내리쳤다. 사탕과 과자가 흔들거렸다.

"리지는 방탕한 여자가 아니었어요. 내가 알고 있는 유일한 남자 친구는 그 눈먼 친구뿐이었어요. 그리고 그것도 순수한 친구 관계였지 그 이상은 아니었어요. 리지가 어떤 여자 애였는지 듣고 싶지 않습니까? 내가 말씀해 드리지요. 난 그 친구를 가끔 공짜로 입장시켜 주었어요. 그 친구는 스크린에서 흘러나오는 말소리만 들을 수 있었고, 리지는 옆에 앉아 스크린에 뭐가 나온다는 걸 나지막한 목소리로 얘기해 주었어요. 그렇게 상냥한 아이가 창녀라니 도대체 말이 됩니까?"

그것은 심장을 찌르는 일격이었다.

"말이 안 되는 소리죠. 그래, 그 눈먼 친구의 이름을 기억하고 계십니까?"

"토미 뭐라는 사람이에요. 여기서 한 블록 내려가면 나오는

VFW 홀에 방 한 칸을 얻어서 살고 있어요. 만약 그가 범인이라면 난 두 팔을 날개로 만들어 목성까지 날아가겠소."

나는 손을 내밀었다.

"카모디 씨, 초콜릿 바 고맙습니다."

우리는 악수를 했다.

"만약 당신이 범인을 검거한다면, 초콜릿 바를 만드는 공장을 하나 선물하겠소."

나는 그 말을 듣는 순간 수사에 커다란 보람을 느꼈고 목이 멜 정도로 감명을 받았다.

"꼭 잡고 말겠습니다."

마제스틱 영화관 건너편에서 한 블록 내려가자 VFW 홀이 나왔다. 그곳도 다른 곳과 다를 바 없이 붉은 벽돌 건물이 빼곡히 들어차 있었다. 나는 눈먼 토미가 인생에서 참패한 사람일 거라고 생각했다. 그러나 베티의 추억을 부드럽게 하고 그녀가 내 안에서 좀더 안락하게 머무를 수 있게 하기 위해서는 꼭 만나 봐야 할 사람 같았다.

옆 계단으로 해서 이층에 올라가자 T. 길포일이라는 이름이 붙여진 우편함이 보였다. 초인종을 울리는데 안에서 음악 소리가 흘러나오고 있었다. 창문을 통해서 들여다본 집 안은 칠흑처럼 어두웠다. 이윽고 문 저편에서 부드러운 남자의 목소리가 흘러나왔다.

"누구세요?"

"로스앤젤레스 경찰입니다. 길포일 씨. 엘리자베스 쇼트 건으로 찾아왔습니다."

창문을 통해 햇빛이 들이비치고 음악이 그쳤다. 검은 안경을 쓰고 키가 크고 뚱뚱한 남자가 문을 열고 나에게 들어오라고 했다. 그는 빗금이 쳐진 티셔츠와 바지를 아주 단정하게 입고 있었으나 방 안은 그야말로 돼지우리였다. 먼지와 검댕투성이에다 갑작스러운 햇빛에 놀란 온갖 벌레들이 방 안을 스멀스멀 기어 다니고 있었다.
"점자법을 만드신 브라유 선생 덕에 LA 신문을 읽었습니다. 왜 베스에 대해 그렇게 지저분한 얘기만 싣고 있는 겁니까?"
나는 외교적인 대답을 했다.
"그들이 당신만큼 그녀에 대해 잘 알지 못하기 때문입니다."
토미는 웃음을 터트리더니 지저분한 의자에 털썩 앉았다.
"집이 너무 지저분하지요?"
소파에는 레코드 판이 가득 놓여 있었다. 나는 레코드 판들을 옆으로 밀어내고 소파에 앉아서 말했다.
"대강이라도 청소를 좀 해야 할 것 같군요."
"가끔 이렇게 게을러질 때가 있습니다. 베티 사건에 대한 조사가 재개되었습니까? 아주 '화급한' 건이 되었습니까?"
"아닙니다. 저 개인적으로 알아볼 게 있어서 여기 들렀어요. '화급한' 이란 말을 쓰는 걸 보니 경찰 용어를 꽤 아시는군요."
"경찰에 친구가 있습니다."
나는 소매에 기어오른 통통한 벌레를 손가락으로 툭 쳐냈다.
"토미, 당신과 베스에 대한 얘기를 좀 해 줘요. 신문에 안 난 얘기들 말입니다. 좀 좋은 얘기로요."
"이건 당신에게 개인적인 일입니까? 일종의 복수극인가요?"
"그 이상입니다."

"내 경찰 친구는 자신의 업무를 개인적으로 처리하는 경관은 꼭 문제를 일으킨다고 하던데."

나는 내 구두 근처에서 얼쩡대는 바퀴벌레를 밟아 죽였다.

"난 그 개새끼를 꼭 잡고 싶습니다."

"그렇다고 고함을 치지는 마세요. 귀까지 먹은 건 아니니까. 그리고 베스의 잘못에 대해서도 눈이 멀어 있지 않아요."

"좀 더 구체적으로 말씀해 주시죠."

토미는 의자 옆에 있던 지팡이를 더듬었다.

"그 애긴 별로 하고 싶지 않지만 어쨌거나 베스는 성관계가 문란했어요. 그건 신문에 난 것과 똑같아요. 난 그렇게 된 이유를 알고 있지만, 그녀의 추억을 더럽히고 싶지 않아서 입을 다물었어요. 게다가 그런 정보가 경찰이 살인범을 찾는 데 도움이 될 것 같지도 않고."

맹인은 말할까 말까 망설이고 있는 것 같았다.

"그건 내 판단에 맡기십시오. 나는 노련한 형사니까."

"당신 나이에? 목소리를 들어 보면 당신이 젊다는 걸 금방 알 수 있어요. 내 친구가 그러는데 유능한 형사가 되려면 최소한 경찰에 10년은 근무해야 한다더군요."

"젠장, 자꾸 빙빙 돌리지 말아요. 난 개인적인 문제로 여기까지 왔어요. 공적인 것이 아니라……."

나는 그가 겁을 먹고 한 손을 전화기로 뻗는 걸 보고 말을 멈추었다.

"이봐요, 소릴 질러 미안합니다. 너무나 지루한 하루였고 또 고향을 떠나 이렇게 멀리 오다 보니……."

"미안하기는 나도 마찬가집니다. 당신과 오래 얘기하고 싶어서 일부러 질질 끈 거예요. 그건 내가 무례를 범한 거죠. 좋아요, 당신에게 베스의 약점은 물론이고 내가 알고 있는 모든 사실을 말씀드리지요.

그녀가 영화배우를 지망했다는 건 알고 있을 겁니다. 그건 사실이었어요. 그러나 배우가 될 소질이 별로 없었다는 것도 짐작할 겁니다. 베스는 내게 많은 희곡을 읽어 주었어요. 그 희곡에 나오는 각종 역할을 그때그때 맡아 가며 열심히 읽어 주었는데, 재주가 별로 신통찮았어요. 나는 대사는 잘 이해하기 때문에 그 정도는 판단할 수 있었지요.

베스가 잘한 건 오히려 작문 쪽이었어요. 나는 가끔 마제스틱 영화관에 나갔는데 베스는 내게 영화 장면을 묘사해 주어서 영화 속의 대화를 이해하는 데 도움을 주었어요. 그녀는 묘사력이 뛰어났어요. 그래서 영화 대본을 한번 써 보라고 했죠. 그러나 메드포드에서 도망치는 바람난 보통 여자 애들처럼 베스도 영화배우가 되고 싶어 했어요."

나는 메드포드를 한번 둘러보고 나서 그곳을 벗어날 수만 있다면 대량 살인을 할 것 같은 기분을 느꼈다.

"토미, 베스가 성관계가 난잡했던 이유를 알고 있다고 했죠?"

토미는 한숨을 내쉬었다.

"베스가 열여섯인가 열여덟쯤 되었을 때, 보스턴 근처에서 깡패 두 명이 그녀를 덮쳤어요. 한 놈에게 이미 당했고 다른 한 놈이 막 강간을 하려고 하는데 해군 사병과 해병대원이 나타나 그 두 놈을 쫓아 버렸어요.

베스는 강간을 당했으니 임신을 했을지도 모르다면서, 의사를 찾아가 검진을 받았어요. 그런데 그녀의 난소에 작은 낭포가 있어서 임신을 할 수 없다는 거예요. 늘 아이를 많이 낳는 게 소망이었던 베스는 커다란 절망에 빠졌어요. 그녀는 자기를 구해 준 해군 사병과 해병대원을 찾아가 아이를 갖게 해 달라고 애원했대요. 해병대원은 그녀의 부탁을 거절했지만 해군 사병은…… 해외로 전근을 나갈 때까지 베스를 노리개로 이용했답니다."

그 말을 듣고 나니 달리아가 임신에 대해서 헛소리를 해서 가짜 의사에게 데려갔다는 프랑스인 조 듈레인지의 말이 생각났다. 조 듈레인지의 말은, 당초 러스 밀라드와 내가 생각했던 것처럼 술에 취해 막 지껄이는 헛소리가 아니었던 것이다. 이제 그 얘기는 베티가 실종되던 날의 결정적인 단서가 되었다. 그 '가짜 의사'는 중요한 증인 내지는 중요한 용의자로 떠오르게 되었다.

"토미, 그 해군 사병이나 해병대원의 이름을 아나요? 혹시 그 의사 이름이라도?"

토미는 고개를 가로저었다.

"아니요. 내가 그 얘기를 알게 됐을 때 베스는 이미 군인들과 놀아나고 있었어요. 그녀는 군인이 자기의 구세주이고 아이를 낳게 해 주리라고 믿고 있었어요. 만약 자기가 배우가 되지 못한다면 예쁜 딸을 낳아 그 애를 배우로 만들 생각이었지요. 참 슬픈 일이지요. 그리고 베스가 명배우가 될 기질을 보인 유일한 곳은 침대였다고 하더군요."

나는 일어섰다.

"그럼 당신과 베스는 그 뒤에 어떻게 되었습니까?"

"우린 연락이 끊어졌지요. 그녀가 메드포드를 떠났으니까."
"토미, 당신은 내게 좋은 단서를 제공해 주었어요. 정말 고맙습니다."
맹인은 내 말에 지팡이를 가볍게 두드렸다.
"그렇다면 범인을 꼭 잡아 주시오. 그리고 더 이상 베스가 다치지 않게 해 주시오."
"꼭 그렇게 하겠습니다."

쇼트 사건은 아연 활기를 띠었다. 물론 후끈 달아오른 사람은 나뿐이었지만.
여러 시간에 걸쳐 메드포드 술집을 탐방한 결과 베티가 난잡한 성생활을 즐겼다는 것을 다시 한 번 확인할 수 있었다. 그러나 토미 길포일의 얘기를 듣고 나자 나머지 얘기들은 전부 시시하게 들렸다. 나는 자정 비행기를 잡아타고 LA로 돌아와 공항에서 러스 밀라드에게 전화를 했다.
프랑스인 조가 말한 '가짜 의사'는 듈레인지의 섬망 증세와 관계없이 사실일지도 모른다는 나의 의견에 밀라드도 동의했다. 그는 그 제대한 정신병자에 대해서 더 자세한 정보를 얻기 위해 포트딕스의 군 수사대로 전화를 해 보라고 말했다. 그리고 사람을 세 명 정도 풀어 시내의 의원들을 샅샅이 수색하겠다고 했다. 듈레인지와 베티가 묵은 하바나 호텔 주위를 특히 신경 써서 살펴보겠다고 덧붙였다.
나는 그 '의사'가 술꾼에다 돌팔이 그리고 불법 낙태를 일삼는 놈일지 모른다는 의견을 제시했고, 러스도 가능성 있는 얘기라고 동의했다. 러스는 연구조사부와 끄나풀들에게 말을 해 둘 것이고, 한 시간 이내에 해리 시어즈와 함께 해당 의사들을 찾아가 보겠다고 했다. 우리는 담당 지역을 서로 나누었다. 내가 피게로아에서 힐 그리고 6번가에서 9번가를 맡고, 밀라드 일행은 피게로아에서 힐까지 이르는 1번가부터 5번가를 맡기로 했다. 나는 수화기를 내려놓기가 무섭게 바로 시내로 들어갔다.

나는 상가 안내 책자를 하나 얻어 의사, 척추 지압사, 약초상, 신비주의자 리스트를 만들었다. 신비주의자들은 '닥터'라는 허울 좋은 이름으로 종교와 신비한 약재를 같이 끼워 파는 사기꾼들이었다. 그 책자에는 산부인과 의사나 부인과 의사에 대한 정보도 약간 나와 있었다. 그러나 듈레인지가 만난 가짜 의사는 우연히 찾아낸 의사일 거라는 육감이 들었다. 베티의 불안한 마음을 진정시키기 위해서 공들여 찾은 전문의는 아닐 게 분명했다. 나는 흥분으로 팔딱거리는 자신을 주체하지 못한 채 일에 착수했다.

나는 막 사무실 문을 열고 있는 의사들을 서둘러 찾아갔지만, 의사들은 대부분 부정적인 반응을 보였다. 거부하는 표정이 그렇게 각양각색으로 나타나는 것을 보기는 처음이었다. 면허가 있는 정식 의사들은, 듈레인지가 말한 그 의사가 뭔가 수상쩍다는 데 의견이 일치했다. 나는 샌드위치로 간단히 점심을 때우고 의료 시술사들을 찾아갔다.

약초상은 모두 중국인이었다. 신비주의자들 중 반은 여자였고, 반은 보수적이고 단정해 보이는 남자였다. 나는 그들이 펄쩍 뛰면서 아니라고 말하는 것을 그대로 믿어 주었다. 만약 그 사람들이 프랑스인 듈레인지를 만났다면 너무 놀라 검진을 거부했을 게 틀림없어 보였으니까.

나는 술집을 돌아다니면서 주정뱅이 의사에 대한 정보를 탐문해야겠다고 마음먹었지만, 갑자기 피로가 몰려왔다. 그래서 엘 니도로 차를 몰고 가 잠시 눈을 붙였으나 20분 만에 다시 잠에서 깨어났다.

그다음에는 너무 흥분해서 도저히 잠들 수가 없었다. 나는 논리적으로 생각해 보려고 애를 썼다. 오후 6시가 되었으니 의원은 문을 닫을 것이다. 그리고 술집을 순방하려면 앞으로 세 시간 정도는 기다려야 했다. 러스와 해리는 뭔가 좋은 정보를 얻으면 내게 전화를 해 줄 것이다. 나는 데이터 파일을 꺼내 읽기 시작했다.

시간이 흘러갔다. 경찰 용어로 쓰인 이름, 날짜, 위치 등이 계속 내 정신을 날카롭게 했다. 그러다가 나는 전에 열 번은 넘게 읽었을 부분을 다시 보았다. 그러나 이번에는 그 부분이 색다른 의미로 눈에 들어왔다.

1947. 1. 18:(해리에게) 휴즈 항공사의 버즈 믹스에게 전화해서, 내가 엘리자베스 건과 관련된 영화계 인사에 대해서 물어볼 게 있으니 전화해 달라고 부탁해 줘. 블라이처트 말로는 그 여자가 영화에 미쳐 있었다고 하니까. 이 건은 로 몰래 은밀히 알아봐.(러스)

1947. 1. 22:(러스에게) 믹스 말로는 유감스럽게도 관련된 사람이 아무도 없다고 합니다. 돕고 싶지만 어쩔 수 없다는군요.(해리)

베티가 영화에 미쳐 있었다는 것을 생생하게 알고 있는 나는 그 메모에서 뭔가 수상한 구석을 발견했다. 러스는 미크스에게 물어 봐야겠다고 내게 분명히 말했다. 미크스는 휴즈 항공사의 경비 책임자인데 할리우드 영화업계에 대한 정보를 LA 경찰 본부에다 물어다 주는 '비공식 연락책'이었다. 미크스 얘기가 나온 것은 엘리스 로가 기소 사건의 품위를 생각해서 베티가 몸이 헤픈 여자였다는 정보를 억누르고 있을 당시였다. 그리고 베티의 검은 주소 수첩에는 영화계 관련 하급 인사들의 이름이 나와 있었다. 그리고 그 이름들은 1947년 검은 주소 수첩 심문 때 일일이 체크가 되었다.

그렇다면 이런 중대한 질문이 제기될 수 있다.

만약 미크스가 관련 영화계 인사들을 진짜로 체크해 보았다면 검은 주소 수첩에 나온 이름을 하다못해 몇 개라도 알아냈을 것이다. 그랬다면 분명 러스나 해리에게 그 이름을 전달했을 것이다. 그런데 미크스는 관련자가 하나도 없다고 회신해 왔다.

왜 그랬을까?

나는 복도로 나와 기업 안내 책자에서 휴즈 경비실 전화번호를 알아낸 뒤 다이얼을 돌렸다. 노래를 부르는 듯 경쾌한 여자 목소리가 나왔다.

"경비실입니다. 뭘 도와드릴까요?"

"버즈 미크스 씨 부탁합니다."

"미크스 씨는 지금 안 계십니다. 실례지만 누구시죠?"

"LA 경찰 본부의 블라이처트 형삽니다. 언제쯤 돌아올까요?"

"예산 회의가 끝나면 돌아오실 겁니다. 무슨 용건이신데요?"

"경찰 관련 일입니다. 30분 안에 사무실에 들르겠다고 좀 말해 주십시오."

나는 전화기를 내려놓고 25분 만에 샌타모니카로 달려갔다. 정문 경비는 내게 공장 내의 주차장을 안내하면서 경비 사무실을 가리켰다. 쭉 늘어선 비행기 격납고 끝에 있는 퀸셴 건물이었다. 나는 차를 주차시키고 경비 사무실 문을 노크했다. 노래 부르는 듯한 목소리의 그 여자가 문을 열었다.

"미크스 씨가 사무실에서 좀 기다려 달라고 전갈을 보내 왔어요. 금방 오실 테니까 좀 기다리세요."

나는 사무실 안으로 들어갔다. 여자는 하루 일과를 끝내 기쁘다는 듯이 그 사무실을 빠져나갔다. 벽마다 휴즈 항공기를 그린 그림들이 발라져 있었는데 과자 봉지에 그려져 있는 그림 수준밖에 되지 않는 것들이었다. 그러나 미크스의 사무실은 잘 꾸며져 있었다. 건장한 체구에 군인 머리를 한 남자가 할리우드 스타들(내가 이름을 알 수 없는 여배우들과 조지 라프트와 미키 루니)과 같이 찍은 사진이 걸려 있었다.

나는 자리에 앉았다. 몇 분 뒤 건장한 사나이가 나타나 스스럼없이 손을 내밀었다. 그의 업무는 95퍼센트 이상이 사람들을 만나는 홍보 일일 것 같았다.

"안녕하십니까, 블라이웰 형사님이죠?"

나는 의자에서 일어서서 악수를 했다. 나는 미크스가 이틀 된 내 옷과 사흘이나 안 깎은 내 수염을 보고 눈살을 찌푸리고 있음을 눈치 챘다.

"블라이웰이 아니고 블라이처트입니다."

"아, 죄송합니다. 제가 뭐 도와드릴 일이라도 있나요?"

"당신이 살인국에 도움을 주었던 옛날 사건에 대해서 몇 가지 물어볼 것이 있어서 찾아왔습니다."
"알았습니다. 그럼 본부에서 근무하고 계시군요. 그렇죠?"
"뉴턴 지서에서 근무하고 있습니다."
미크스는 자기 책상 앞에 앉았다.
"그렇다면 당신 관할이 아닌 것 같은데요. 그리고 내 비서 말로는 당신이 형사라고 했는데?"
나는 문을 닫고서 그 문에 기대어 섰다.
"이건 내가 개인적으로 조사하고 있는 겁니다."
"그렇다면 차라리 노상 방뇨나 하는 흑인들을 잡으면서 20년 근속을 채우는 게 좋지 않아요? 그리고 공적인 문제를 개인적으로 처리하는 경관은 꼭 문제가 생긴다는 사실을 모르나요?"
"그렇게 말하는 사람이 많더군요. 그러면 내 일이니 신경 쓰지 말라고 대답해 주곤 했죠. 미크스, 당신은 영화배우 지망생들과 많이 잤겠죠?"
"나는 캐럴 롬바드랑 잤소. 그 여자 전화번호를 가르쳐 주고 싶지만 아깝게도 오래전에 죽어 버렸소."
"당신, 엘리자베스 쇼트랑은 자지 않았소?"
미크스는 그 질문에 얼굴을 붉히면서 압지로 눌러 놓은 서류를 만지작거렸다. 그러더니 휴 하고 한숨을 내뱉었다.
빙고, 빙고, 맞혔다!
거짓말 탐지기를 들이대도 그 이상의 효과를 낼 수는 없었을 것이다.
"당신 블랜처드와 시합하다 너무 많이 얻어맞아 맛이 간 거 아니오? 쇼트라는 창녀는 이미 죽었소."

나는 상의를 살짝 열어 내 45구경을 미크스에게 보여 주었다.

"그 여자를 다시는 그런 식으로 부르지 마."

"알겠소, 터프 가이. 자, 이제 당신의 용건을 말해 보시오. 그래야 더 우스꽝스러워지기 전에 이 연극을 끝낼 거 아니오. 콤프렌데(내 말 알아듣겠소)?"

"1947년에 해리 시어즈는 당신에게 베티 쇼트와 관련된 영화계 인사를 좀 알아봐 달라고 부탁을 했소. 당신은 그런 사람이 없다고 거짓말을 했고. 왜 그랬지요?"

미크스는 편지 따는 칼을 집어 들었다. 그는 무의식적으로 그 칼날에 손가락을 한번 대어 보더니 자기가 뭘 하는지 깨닫고는 얼른 칼을 내려놓았다.

"나는 그녀를 죽이지 않았고 또 누가 그랬는지도 모르오."

"왜 모르는지 설명해 보시오. 그러지 않으면 헤더 호퍼 기자에게 전화를 걸어 내일 신문에 날 기사를 제공하겠소. 가령 이런 머리기사는 어떻소? 「할리우드 영화계 인사가 달리아 관련 증거를 은닉하다. 그 이유는 모르고, 모르고, 또 모르기 때문이라는데.」 자, 당신이 모른다는 그 공백을 메워 주시오. 그러지 않으면 헤더에게 내 멋대로 당신이 '모른다' 는 걸 나발 불어 버릴 테니까. 콤프렌데?"

미크스는 또 다른 허세를 부렸다.

"블라이처트, 당신은 허튼 데서 헛물을 켜고 있는 거요."

나는 45구경을 꺼내 소음 장치가 꽉 죄어 있는지 살핀 다음, 약실을 한 바퀴 빙 돌리면서 격발 장치를 확인했다.

"아니. 취소하겠소. 당신은 허튼 사람이 아니오."

미크스는 책상 옆에 있는 탁자에서 물병을 들어 물을 한 잔 가득 따라 꿀꺽거리며 마셨다.

"내가 얻어 낸 건 별 볼일 없는 단서였소. 당신이 그걸 그토록 원한다면 말하리다."

나는 방아쇠를 손가락에 끼면서 총을 바닥 쪽으로 반 바퀴 빙그르르 돌렸다.

"이봐, 나도 굶주려서 그래. 자, 그 단서를 얘기해 보시지."

미크스는 책상 안에 설치되어 있는 비밀 금고를 열고 서류를 한 묶음 꺼냈다. 그는 서류를 들여다보더니 회전의자를 빙그르르 돌려 벽을 바라보며 말했다.

"나는 유니버설 영화사에서 제작자로 일하는 버트 린드스콧에 대한 정보를 알아냈소. 그 정보는 린드스콧의 친구인 스코티 베넷을 싫어하는 사람에게서 얻은 거요. 스코티는 뚱쟁이에다가 노름 거래꾼이었소. 이자는 유니버설 배역 사무소에 신청서를 낸 반반한 여자 애들에게 말리부에 있는 린드스콧의 집 전화번호를 알려 주었소. 쇼트라는 여자는 스코티의 명함을 한 장 달랑 얻고서 곧바로 린드스콧에게 전화를 걸었소.

그 나머지, 날짜라든가 기타 자세한 사항은 린드스콧에게서 직접 들은 거요. 1월 10일 밤 쇼트는 시내의 빌트모어 호텔에서 전화를 했소. 린드스콧은 쇼트에게 자기 소개를 해 보라고 했고 그녀의 얘기를 듣고는 마음에 들어 했소. 그래서 린드스콧은 저녁에 클럽에서 포커 게임이 벌어질 건데 게임이 끝나는 다음 날 아침에 스크린 테스트를 해 주겠다고 했소. 그런데 그 여자 애가 그때까지 있을 데가 없다고 했다더군요. 그래서 린드스콧은 자기 집에 와서 하룻밤 묵으라고 했소. 그녀는 말리부로 가는 버스를 타고 가 그 집에서 하룻밤을 묵었는데, 그 집 하인이 그 여자의 말동무가 돼 주었다더군요. 그 하인은 원래 괴상한 데가 있거든요. 그리고 다음 날 정오쯤에 린드스콧과 그의 친구 세 명은 술에 잔뜩 취해서 집으로 돌아왔소.

그 친구들은 쇼트가 와 있는 걸 보고, 이것 참 재미있는 상황이군 하면서, 린드스콧의 집에서 스크린 테스트를 했소. 마침 그 집에 있던 대본을 건네주면서 그걸 읽어 보라고 했다는군요. 그녀는 테스트 결과가 신통치 않았대요. 그래서 그들은 웃음을 터트리며 없던 걸로 하자고 했대요. 그랬는데 린드스콧이 그녀에게 한 가지 제의를 했소. 그들 넷과 놀아 주면 다음 영화에서 단역을 주겠다고 말이오.

그 여자 애는 그들이 스크린 테스트를 하고 나서 자기를 비웃는 걸 보고 몹시 화를 내며 신경질을 부렸대요. 병역 기피자, 반역자 어쩌고 하더니 군인 될 자격도 없는 놈들이라고 말하더래요. 그래서 린드스콧은 그날 오후 2시 30분쯤 그녀를 쫓아냈소. 그게 1월 11일 토요일이었소. 하인 말로는 그녀가 무일푼이었기 때문에 걸어서 시내로 돌아가야 할 형편이었대요."

그래서 베티는 걷거나 혹은 남의 차를 얻어 타 가면서 40킬로미터를 되돌아와 여섯 시간쯤 뒤에 빌트모어 로비에서 샐리 스틴슨과 조니 보겔을 만난 것이었다.

"미크스, 왜 이걸 보고하지 않았죠?"

미크스는 회전의자를 돌렸다. 그의 얼굴은 부끄러움으로 붉게 물들었다.

"나는 러스와 해리에게 이 사실을 보고하려고 했소. 그렇지만 그들이 현장에 나가 있어서 계속 연락이 안 되었소. 그래서 대신 엘리스 로에게 전화를 했소. 그는 내가 알아낸 사실을 발설하지 말라고 하더군요. 만약 자기 지시를 어기면 내 신원 조회를 취소시켜 버리겠다고 했소. 나중에 알아보니까 공화당 내의 거물인 린드스콧이 로가 지방 검사로 출마하면 돈을 내놓겠다고 약속했다는 거요. 그래서 로는 린드스콧이 달리아 사건과 연루되는 것을 막으려 했던 거죠."

나는 미크스를 쳐다보지 않으려고 눈을 감았다. 미크스가 자백하는 동안 내 눈앞에서 모멸당하고 성적인 추근거림을 당하다가 쫓겨나고 죽임을 당한 베티의 모습이 클로즈업되었다.

"블라이처트, 나는 린드스콧과 그의 친구들 그리고 하인까지도 모두 체크해 봤소. 다소 복잡한 얘기지만 그들이 하는 말은 다 사실이었소. 그리고 그들 중에 그녀를 죽인 사람은 없소. 그들은 1월 12일부터 금요일인 17일까지 집이나 직장에 있었소. 그러니 아무도 그녀를 죽이지 않았소. 만약 그들이 범인이었다면 내가 그들과 관련된 정보를 그렇게 깔아뭉갤 수 없었을 거요. 여기 진술서를 받아 두었소. 필요하다면 보여 주겠소."

나는 눈을 떴다. 미크스는 벽에 설치된 금고의 다이얼을 돌리고 있었다.

"로가 당신에게 입 다물라면서 얼마를 내놓았소?"

"1,000달러."

미크스가 재빨리 말했다. 그러면서 내게서 주먹이 날아올까 두려운지 몸을 뒤로 뺐다. 나는 그자가 너무 혐오스러워 주먹을 내두를 기분도 아니었다. 나는 내 얼굴에 "그래, 네놈은 1,000달러밖에 안 되는 놈이구나." 하는 혐오와 경멸의 표정을 노골적으로 드러내며 사무실을 나왔다.

나는 이제 엘리자베스 쇼트가 실종되었던 날들을 반쯤은 복원해 냈다.

레드 맨리는 1월 10일 금요일 황혼녘에 그녀를 빌트모어 앞에 떨어트렸다. 그녀는 거기서 버트 린드스콧에게 전화를 걸었고 말리부 모험이 다음 날(1월 11일) 오후 2시 30분까지 계속되었다. 그녀는 11일 저녁 빌트모어로 되돌아와 로비에서 샐리 스틴슨과 조니 보겔을 만나, 그날 자정 혹은 그 직후까지 조니 보겔의 섹스 파트너가 돼 주었다. 그다음 1월 12일 새벽 혹은 아침에 빌트모어에서 두 블록 떨어진 6번가 힐 로의 나이트아울 바에서 조지프 듈레인지 하사를 만났다. 그녀는 듈레인지와 함께 하바나 호텔에 들렀고 1월 12일(일요일) 오후 혹은 저녁까지 듈레인지와 지냈다. 그리고 1월 12일 오후에 듈레인지는 그녀를 가짜 의사에게 데려갔을 것이다.

엘 니도로 차를 몰고 가면서 나는 물에 젖은 솜처럼 피곤함을 느꼈다. 베티의 실종된 날들 중 메워지지 않는 부분이 나를 짜증나게 했던 것이다. 공중전화 부스 앞을 지나가는데 갑자기 좋은 생각이 떠올랐다.

만약 베티가 말리부에서 린드스콧에게 전화를 걸었다면 그건 시외 전화니까 퍼시픽 코스트 전화 회사에 기록이 남아 있을 것이다. 만약 그녀가 1월 10일 혹은 그다음 날인 11일, 즉 조니 보겔을 만나기 직전이나 직후에 다른 시외 전화를 했다면 그 기록 역시 퍼시픽 코스트에 남아 있을 것이다. 전화 회사는 시외 전화의 이용 빈도와 가격 산출을 위해 공중전화의 기록을 보관하니까.

나의 피로는 씻은 듯이 사라져 버렸다. 나는 이면 도로로 들어가 정지 신호와 빨간 불을 무시한 채 마구 달렸다. 나는 소화전 앞에다 차를 세우고 엘 니도의 방으로 뛰어올라가 수첩을 집어 들었다. 복도에 있는 전화기를 향해 걸어가려는 찰나에 방 안에서 전화벨이 울렸다.

"예?"

"버키? 당신이에요?"

매들린이었다.

"이봐, 난 지금 당신과 얘기할 시간이 없어."

"어제 데이트하기로 되어 있었는데, 기억나요?"

"일 때문에 시외로 출장을 갔더랬어."

"그럼 전화라도 해 주었어야죠. 당신에게 비밀스러운 은신처가 있다는 걸 몰랐다면 당신이 죽은 줄 알았겠어요."

"매들린, 젠장……."

"당신을 만나고 싶어요. 내일 할리우드랜드에서 랜드 자를 떼어 낸대요. 그리고 거기 있는 아빠의 방갈로도 해체하나 봐요. 버키, 그 부동산은 시청으로 소유권이 넘어가긴 했어요. 하지만 그 땅은 아빠가 사들여서 아빠 이름으로 그 집들을 지은 거란 말예요. 아빠가 거기다 아주 나쁜 자재를 썼기 때문에 시의회에서 나온 조사관이 아빠의 세금 담당 변호사 사무실을 기웃거린대요. 게

다가 말예요……."

그건 내가 들을 땐 쓸데없는 수다에 지나지 않았다. 터프 가이인 아버지가 난관에 봉착하니까 차선책으로 터프 보이인 버키에게 전화를 걸어 위로를 받아 보자는 뻔한 수작이었다.

"이봐, 난 지금 당신하고 한가하게 노닥거릴 시간이 없어."

나는 그렇게 말하고 수화기를 내려놓았다.

이제 정말 형사다운 추적을 해 나갈 시간이 되었다. 나는 공중전화 옆의 선반에다 수첩과 펜을 놓고 나흘 동안 모은 동전을 주머니에서 털어 냈다. 2달러는 족히 되었는데 그 돈이면 40회는 걸 수 있었다. 먼저 퍼시픽 코스트 전화 회사의 야간 당직에게 전화를 걸어, 1947년 1월 10일, 11일, 12일 저녁에 빌트모어 호텔 공중전화에서 건 시외 전화와 수신자 부담 전화 리스트를 요청했다. 아울러 그 시외 전화를 받은 사람의 이름 및 주소 그리고 전화 건 시간까지 부탁했다.

나는 야간 당직자가 자료를 뽑을 동안 수화기를 꼭 들고 있었다. 그리고 내 주위에서 어정거리면서 전화를 쓰려고 하는 사람들을 험악한 눈초리로 쫓아 보냈다. 그렇게 30분 정도가 지나가자 야간 당직은 전화로 리스트를 불러 주기 시작했다.

린드스콧의 번호와 주소는 1월 10일자 리스트에 있었으나 그 외의 전화번호들은 수상한 구석이 없어 보였다. 아무튼 나는 그 정보를 모두 적어 내려갔다. 그러다가 1월 11일 저녁(베티가 빌트모어 호텔 로비에서 샐리 스틴슨과 조니 보겔을 만난 그 시점) 무렵의 리스트에서 드디어 행운의 단서를 잡아냈다.

베벌리힐스에 있는 여러 산부인과로 건 전화가 네 통 있었다.

나는 산부인과의 이름과 번호 그리고 담당 의사의 야간 전화번호까지 적었다. 그 밖에도 야간 당직은 전화번호를 몇 개 더 불러 주었으나 별 의미가 없어 보이는 것들이었다. 그렇지만 일단 받아 적었다. 그다음 10센트 동전을 한 움큼 집어들고 베벌리힐스에 있는 산부인과에 전화를 걸기 시작했다.

나는 한 움큼이나 있던 동전을 다 쓰고 나서야 원하는 정보를 얻어 낼 수 있었다. 안내원에게 경찰임을 밝히고, 급한 일이니 의사들의 집으로 전화 좀 연결시켜 달라고 부탁했다. 의사들은 비서를 급히 병원으로 보내 전화가 걸려 왔던 당일의 의무 기록을 검토시킨 뒤 엘 니도에 있는 내게로 회신을 해 왔다. 두 시간에 걸친 확인 과정 끝에 나는 다음과 같은 사실을 알아냈다.

1947년 1월 11일 초저녁, 피클링 부인 또는 고든 부인이라고 하는 여자가 산부인과 네 곳에 전화를 걸어 임신 여부를 검사받기 위해 의사와 진료 시간을 약속하려 했다는 것이다. 그래서 퇴근 이후의 비상 교환원이 1월 14일 혹은 15일 아침에 오라고 시간 약속을 해 주었다. 조지프 피클링 중위와 매트 고든 소령은 베티가 데이트를 했고 또 결혼한 것처럼 꾸민 전쟁 영웅들이었다. 그러나 그녀는 1월 14일에 고문을 당해 죽었으므로 그 약속을 지킬 수가 없었다. 그리고 1월 15일에는 절단 난 살덩이가 되어 39번가 노턴로에 버려져 있었다.

나는 경찰 본부의 러스 밀라드에게 전화를 했다. 귀에 좀 익은 목소리가 전화를 받았다.

"살인국입니다."

"밀라드 차장을 부탁합니다."

"교도소에서 죄수를 인수하기 위해 터스콘에 내려가 있어요."
"해리 시어즈도요?"
"야, 이거 버키 아냐? 버키, 지내기가 어때? 나 딕 카바노요."
"내 목소리를 알아듣다니 정말 놀랍습니다."
"해리 시어즈가 당신한테서 전화가 올 거라고 하더군. 당신한테 주라면서 의사들 리스트를 주고 갔는데 이거 어디다 두었는지 모르겠는걸. 그래 용건이 뭐요?"
"러스에게 드릴 말씀이 좀 있어서요. 언제 돌아옵니까?"
"내일 늦게 올 거요. 내가 리스트를 찾는 대로 당신한테 전화해 줄 테니 번호 좀 가르쳐 주겠소?"
"난 지금 어디 가 봐야 돼요. 다시 전화드리죠."

야간 당직이 가르쳐 준 다른 전화번호도 확인을 해 봐야 했다. 그렇지만 산부인과 단서는 너무도 중요한 것이라 그냥 끼고 앉아 있을 수가 없었다. 나는 시내로 들어가서 듈레인지가 말한 가짜 의사를 찾아보기로 했다. 이제 피로는 담배 연기처럼 흩어져 사라지고 말았다.

나는 6번가 힐 로 주변의 바를 돌아다니면서 자정까지 탐문을 했다. 술꾼들과 술을 주거니 받거니 하면서, 취중 발설을 유도해 불법 낙태 시술소에 대한 그럴듯한 정보를 캐냈다.

또 다른 불면의 하루가 끝났다. 나는 이 바에서 저 바로 차를 몰고 갈 때마다 몰려오는 졸음을 쫓기 위해 라디오를 크게 틀어 놓았다. 뉴스는 계속해서 할리우드랜드 간판 중에서 '랜드' 자를 떼내는 것이 예수 부활 이후의 가장 큰 사건인 양 떠들어 댔다. 맥 세넷과 그의 소유인 할리우드랜드 부지는 방송을 많이 탔다. 그리고 할리우드에 있는 한 극장에서는 세넷이 제작한 여러 편의 키스턴 캅스 영화(1914~20년대 초에 우스꽝스러운 경관을 출연시켜 인기를 모았던 무성영화. 혹은 그 주인공—옮긴이)를 재상영하고 있었다.

바가 문을 닫을 즈음엔 나 자신이 키스턴 캅스가 된 기분이었다. 텁수룩하게 자란 수염, 지저분한 옷, 이 바 저 바를 기웃거리며 돌아다니는 광적인 열기 따위를 볼 때, 영락없는 부랑자의 몰골 그 자체였다. 술에 잔뜩 취해 한잔 더 하고 싶어 하는 주정뱅이조차 내게서 등을 돌리는 걸 보는 순간 나는 내 몰골이 어떻다는 것을 깨달았다. 그래서 텅 빈 주차장으로 차를 몰고 가 주차를 시킨 뒤 그대로 잠에 곯아떨어졌다.

나는 새벽녘에 다리가 저려 잠에서 깨어났다. 그리고 바로 차에서 튀어나와 전화통을 찾아 두리번거렸다. 경찰 백차를 몰고 가던 운전수는 수상하다는 듯 눈알을 굴리며 나를 쳐다보았다. 나는 모퉁이에서 전화 부스를 발견하고 파드레의 전화번호를 돌렸다.

"살인국, 카바노 반장입니다."

"딕, 버키 블라이처트예요."

"아, 마침 당신에게 전화하려고 했지. 그 의사 리스트를 찾았네. 연필 있나?"

나는 주머니에서 수첩을 꺼냈다.

"말해 보세요."

"오케이, 이자들은 면허가 취소된 의사들이야. 해리가 그러는데 1947년에 시내에서 의료 활동을 한 자들이라는구먼. 첫 번째는 제럴드 콘스탄조인데, 주소는 롱비치 브레이크워터 18411-2번지

엘리자베스 209

야. 두 번째는 멜빈 프라거이고 주소는 글렌데일 노스 버두고 9661번지야. 세 번째는 윌리스 로치야. 로치의 스펠은 바퀴벌레(코크로치)의 그 로치야. 이 친구는 말이야, 모르핀을 팔다가 체포되어 지금 웨이사이드 아너 란초에서 형을 살고 있구먼."

듈레인지.

섬망 증세.

"그래서 나는 그녀를 바퀴벌레 같은 의사에게 데려갔어요. 그자에게 10달러를 찔러 주면서 가짜 검사를 좀 해 달라고 했지요······."

나는 천천히 숨을 내쉬면서 이렇게 물었다.

"딕, 로치가 의원 일을 하던 곳의 주소를 해리가 적어 놓았나요?"

"응. 사우스올리브 614번지로군."

하바나 호텔은 거기에서 두 블록 정도 떨어져 있었다.

"딕, 웨이사이드 구치소에 전화를 걸어 간수에게 말 좀 해 줘요. 내가 지금 즉시 그곳으로 가서 엘리자베스 쇼트 살인 건에 대해 로치를 심문할 거라고 말이에요. 알았죠?"

"자네, 똥 본 개처럼 바쁘구먼."

"내가 얼굴에 똥칠한 게 어디 한두 번입니까."

엘 니도 호텔로 돌아가서 샤워를 하고 면도를 한 다음 깨끗한 옷으로 갈아입으니 살인국 소속 형사처럼 보였다. 딕 카바노가 웨이사이드 구치소에다 이미 전화를 해 놓았을 테니 이제 나는 가서 심문만 잘하면 되는 것이다. 나는 로스앤젤레스 크레스트 하이웨이를 타고 북쪽으로 가면서 닥터 윌리스 로치가 엘리자베스 쇼트의 살인범일 확률이 반반이라고 생각했다.

구치소까지 가는 데에는 한 시간이 넘게 걸렸다. 할리우드랜드 간판에서 랜드를 떼 낸다는 소식이 라디오에서 지겹게 흘러나왔다. 구치소 정문 앞에 있는 보안관은 내 배지와 신분증을 보더니 본관으로 전화를 걸어 내 신원을 확인했다. 그는 내 신원이 확인되자 차려 자세를 취하면서 경례를 했고 곧 가시 철망 울타리가 열렸다. 나는 죄수 동(棟)을 지나 포르티코 스타일(기둥으로 받친 지붕이 있는 현관—옮긴이)로 단장한 스페인풍의 건물 앞에 멈춰 섰다. 내가 차를 주차시키자 교도관 제복을 입은 한 간수가 걸어 나와 어색한 미소를 지으며 손을 내밀었다.

"블라이처트 형사, 나는 파체트 간수입니다."

나는 차에서 내려 간수에게 리 블랜처드처럼 단도직입적으로 물었다.

"만나서 반갑습니다, 간수님. 로치가 뭐 자백한 거 있습니까?"

"아니요. 그는 취조실에서 당신을 기다리고 있습니다. 그자가 달리아를 죽인 건가요?"

나는 앞쪽으로 걸어갔다. 파체트가 뒤에서 올바른 방향을 안내해 주었다.

"아직은 잘 모르겠습니다. 혹시 그에 대해서 알고 있는 정보가 있습니까?"

"나이는 마흔여덟 살이고 마취 전문의입니다. 모르핀을 팔다가 체포되어 10년 형을 언도받았는데 퀀틴 교도소에서 1년을 복역했어요. 그런데 그곳의 양호 시설이 취약해서 이리로 데려오게 된 겁니다. 전과가 없는 데다 모범수거든요."

우리는 지붕이 낮은 갈색 벽돌 건물 안으로 들어섰다. 그것은 전형적인 공공시설 건물이었다. 긴 복도에 쑥 들어간 철문이 늘어서 있었고 그 문에 이름은 없이 번호만 씌어 있었다. 원웨이 유리창을 몇 개 지나치더니 파체트가 내 팔을 잡았다.
"저기 있습니다. 저게 로치예요."
나는 안을 들여다보았다. 죄수복을 입은 삐삐 마른 중년 남자가 카드 탁자에 앉아 잡지를 들여다보고 있었다. 그는 똑똑해 보이는 죄수였다. 훤한 이마에는 몇 올의 센 머리가 내려와 있었고, 커다란 눈은 밝게 빛나고 있었다. 그리고 여느 의사들처럼 핏줄이 툭툭 튀어나온 큰 손을 갖고 있었다.
"간수님, 같이 들어가 보시겠습니까?"
내가 간수에게 물었다.
"정말 뭐라고 하는지 들어 보고 싶군요."
파체트는 그렇게 말하면서 문을 열었다.
"닥터, 이분은 블라이처트 형사요. LA 경찰에 근무하고 있는데 몇 가지 질문이 있어서 당신을 찾아왔소."
로치는 읽고 있던 《미국의 마취 전문의》라는 잡지를 내려놓았다. 파체트와 나는 그의 맞은편에 자리를 잡았다.
"제가 좀 도움이 될 수 있을 겁니다."
의사 겸 마약 밀매꾼이 말했다.
그 목소리에는 동부 억양이 배어 있었고 배운 사람다운 분위기가 느껴졌다.
나는 단도직입적으로 물었다.
"닥터 로치, 왜 엘리자베스 쇼트를 죽였습니까?"

로치는 천천히 미소를 지었다. 그의 입은 양 귀까지 찢어졌다.
"나는 1947년에 당신이 찾아오길 기다리고 있었어요. 듈레인지 하사가 그 서글픈 자백을 한 다음 나는 형사가 언제 내 병원에 들이닥칠지 모른다고 생각했지요. 그렇지만 이렇게 2년 반이 흐른 뒤에 찾아와도 역시 놀랍기는 마찬가지군요."
나는 얼굴이 팽팽해졌다. 마치 벌레가 얼굴 위로 스멀거리며 지나가는 것처럼 불쾌한 기분이었다.
"살인 사건에는 시간 제한이 없는 법이죠."
로치는 미소를 싹 지우더니 심각한 얼굴이 되었다. 그 날라리 의사는 이제 뭔가 나쁜 뉴스를 전하려는 게 틀림없었다.
"나는 1947년 1월 13일 월요일에는 샌프란시스코로 날아가 세인트 프랜시스 호텔에 투숙했습니다. 그리고 그다음 날인 화요일, 같은 호텔에서 있을 연간 '미국 마취의 회의'에서 주제 발표 연설을 할 준비를 했습니다. 나는 화요일 밤에는 예정대로 연설을 했고 1월 15일 수요일 아침에 벌어진 환송 조찬회에는 특별 연사로 간단한 연설을 했습니다. 그리고 1월 15일 오후 내내 동료들과 함께 있었고 그 전 월요일과 화요일 밤에는 전처와 동침을 했습니다. 확인해 보고 싶으면 미국 마취의 회의 LA 지부와 샌프란시스코 CR1786에 살고 있는 내 전처 앨리스 카스테어즈 로치에게 연락해 보세요."
"간수님, 나를 위해 그걸 좀 확인해 주시겠습니까?"
파체트는 바깥으로 나갔다.
"당신, 좀 실망한 것 같군요."
마취의가 말했다.

"잘 알았소, 윌리스. 그럼 당신과 듈레인지와 엘리자베스 쇼트와의 관계에 대해 말해 주시오."

"가석방 위원회에다 내가 협조한 사실을 얘기할 거죠?"

"아니요. 하지만 엘리자베스 쇼트와 있었던 일을 말해 주지 않으면 LA 지방 검사를 동원하여 공무 집행 방해죄로 당신을 기소하겠소."

로치는 빙그레 웃으며 장군멍군이라는 표시를 했다.

"멋지군요, 블라이처트 형사님. 내가 1월 10일 근처의 일을 그토록 잘 기억하고 있는 것은 쇼트 사건이 세인의 관심을 너무 많이 끌었기 때문입니다. 그러니 내 기억을 믿으십시오."

나는 연필과 노트를 꺼내 들었다.

"자, 윌리스. 말해 보시오."

"1947년에 나는 의약품을 몰래 팔면서 상당한 이익을 챙기고 있었어요. 주로 칵테일 라운지에서 군인들에게 약품을 팔았어요. 그들은 해외 근무를 할 때 이 약품에 맛들인 자들이에요. 또 그 때문에 듈레인지 하사와도 접촉하게 된 겁니다. 그런데 그자는 오로지 조니 워커 레드 레이블만 좋아한다고 대답하더군요."

"그를 만난 것은 어디서였습니까?"

"내 사무실 근처에 있는 6번가 올리버 스트리트의 요크셔하우스 바에서였습니다."

"계속 말해 보시오."

"그게 아마도 쇼트 양이 죽기 전 목요일 혹은 금요일이었을 겁니다. 나는 듈레인지 하사에게 명함을 주었어요. 참 어리석은 짓이었죠. 그때는 그를 다시 만날 일이 없을 거로 확신하고 있었거든요. 그러나 내 생각이 잘못된 거지요.

나는 당시 경마로 거금을 날려 재정 형편이 말이 아니었습니다. 그래서 숙식도 사무실에서 하고 있는 형편이었습니다. 일요일인 1월 12일 초저녁에 듈레인지 하사가 젊고 아름다운 여인을 데리고 내 사무실 문 앞에 나타났습니다. 그는 술에 많이 취해 있었는데 나를 한쪽으로 데리고 가더니 10달러를 찔러 주면서 사랑스러운 베스가 상상 임신을 한 것 같다고 하더군요. 그러면서 간단히 검진한 후에 임신이 확실하다고 말해 달라는 것이었어요.

나는 그의 부탁대로 했습니다. 듈레인지 하사는 바깥 대기실에서 기다리고 있었고 나는 진찰실에서 아름다운 베스의 맥박과 혈압을 재 본 뒤 정말 임신했다고 말해 주었지요. 그런데 그녀의 반응이 참 이상하더군요. 그 소식을 듣더니 슬퍼하는 것도 같고 안도하는 것도 같고, 참으로 착잡한 표정이었어요. 아마도 그녀는 자신의 문란한 성생활을 합리화시켜 줄 어떤 핑계를 찾고 있는 것 같았어요. 그리고 임신이 구실이 된 것이 아닌가 하는 생각이 들더군요."

"그녀의 죽음이 신문에 났을 때 당신은 마약을 판 게 드러날까 봐 두려워서 경찰에 신고하지 못한 겁니까?"

내가 한숨을 내쉬며 말했다.

"예, 그렇습니다. 그렇지만 한 가지 더 있어요. 베스는 내 전화를 한 통 쓰겠다고 하더군요. 그래서 좋다고 했는데 웹스터 지역 번호가 달린 전화번호를 돌리더군요. 그리고 마시를 바꿔 달라고 했어요. '나, 베티야.' 하고 말하더니 한참 동안 듣더군요. 그러더니 '정말? 의학 교육을 받은 사람이야?' 하고 되묻더군요.

나는 전화 통화의 나머지 부분은 듣지 못했어요. 베스는 통화를 다 하고 수화기를 내려놓으며 '난 약속이 있어요.' 하더군요. 그녀는 대기실에서 기다리고 있는 듈레인지 하사와 함께 병원에서 나갔어요. 나는 창문으로 그들이 어떻게 하고 있나 내다보았는데, 베스가 듈레인지를 따돌리고 있더군요. 그래서 듈레인지는 화가 나서 혼자 가 버렸어요. 베스는 6번가를 건너가더니 서쪽으로 가는 윌셔 블러바드 버스 정류장에 쭈그리고 앉더군요. 그게 내가 알고 있는 전부예요. 당신도 이 부분은 몰랐지요?"

나는 받아쓰기를 끝냈다.

"그래요. 나도 몰랐어요."

"가석방 위원회에다 내가 귀중한 단서를 제공했다고 말 좀 해주시겠습니까?"

그때 파체트가 문을 열고 안으로 들어왔다.

"블라이처트, 로치 의사의 말이 맞는군요."

"그럴 줄 알았소."

베티가 실종되던 마지막 날들의 한 조각이 또 다시 밝혀졌다. 나는 다시 엘 니도로 가서 웹스터 지역 번호를 찾아내기 위해 데이터 파일을 샅샅이 훑었다. 서류를 넘기면서 나는 스프레이그 가가 웹스터 지역이고 윌셔 버스가 스프레이그 저택에서 두 블록 아래쪽으로 지나간다는 사실을 계속 생각했다. 그리고 '마시'는 혹시 '매디'나 '마사'를 잘못 들은 게 아닐까 하는 생각이 수없이 떠올랐다. 그러나 아무리 생각해도 논리적으로 연결이 되지 않았다. 스프레이그 가는 베티가 실종되던 그 주에 가족 전체가 라구나 별장에 내려가 있었고 로치는 분명 마시라고 말했다고 했다. 그리고 나도 매들린으로부터 달리아에 대한 얘기는 모두 다 쥐어짜 낸 상태였다.

그러나 그 생각은 사라지지 않았다. 내가 그 집의 걸레 같은 딸과 놀아나고, 그렇게 해서 그들의 돈에 눌려 버린 과거에 대해 반드시 앙갚음을 하고 말겠다는 은밀한 욕망이 자꾸만 발동하는 것이었다. 나는 계속 스프레이그 가를 상대로 갈고리를 내던졌다. 그러나 엄연한 논리의 힘 앞에 내 갈고리는 맥없이 땅바닥에 떨어지고 말았다.

리 블랜처드가 사라졌을 때 'R', 'S', 'T' 파일도 함께 사라졌다. 그렇다면 스프레이그 파일도 그 안에 들어 있을지 모른다.

그러나 스프레이그 파일이란 있을 수 없었다.

리는 스프레이그 가문이 존재하는지도 몰랐고, 나는 또 매들린의 레즈비언 바 행각을 감춰 주기 위해 스프레이그 가족에 대한 모든 정보를 비밀로 했기 때문이다.

나는 무덥고 바람도 안 통하는 방에서 땀을 뻘뻘 흘리며 파일을 계속 뒤졌다. 더 이상 웹스터 지역 번호가 나오지 않자 그 악몽 같은 플래시백이 되돌아오기 시작했다.

1947년 1월 12일 오후 7시 30분, 서쪽으로 가는 윌셔 버스 정류장에 쭈그리고 앉은 베티는 '바이바이, 버키' 하고 소리치면서 영원 속으로 사라지려 하고 있었다.

나는 버스 회사를 탐문하고 그 노선을 돌았던 운전사들을 모조리 심문해 볼까 하는 생각도 했다. 그러나 그건 무모한 노릇이었다. 만약 베티가 버스에 올라타는 것을 기억하는 운전사가 있었다

엘리자베스 217

면 1947년 베티 사건으로 LA가 발칵 뒤집어졌을 때 분명 제보를 해 왔을 것이다.

퍼시픽 전화 회사에서 얻은 전화번호를 체크해 볼까도 생각했다. 그러나 1월 11일 이후의 전화번호는 시기적으로 아무런 관련이 없는 것이므로 쓸데없는 짓이라고 판단되어 그만두었다. 이미 베티는 1월 12일에 어디론가 가고 있었기 때문에 빌트모어에서 전화를 건 내용과는 무관할 것이기 때문이다.

경찰 본부로 전화를 걸었으나 러스는 아직도 터스콘에서 돌아오지 않았다. 그리고 해리는 할리우드랜드 간판에서 글자를 떼어내는 현장에 나가 구경꾼들을 단속하는 일에 동원되고 있었다.

나는 웹스터 지역 번호와 관련해서 아무런 실마리도 얻지 못한 채 데이터 파일 뒤적거리는 일을 끝냈다. 로치의 통화 기록을 퍼시픽 전화 회사에서 뒤져 볼까 하다가 그것도 부질없는 일임을 곧 깨달았다. LA 시내에서 매디슨이나 웹스터로 거는 것은 시외 전화가 아니었기 때문이다. 그러니 전화 회사에 로치의 기록이 남아 있을 리도 없었다. 그리고 빌트모어에서 웹스터 쪽으로 건 전화도 마찬가지였다.

이제 사태는 아주 지저분하고 추잡하게 돼 가고 있었다. 베티가 버스 정류장에 쭈그리고 앉은 채 나를 향해 "잘 가세요, 잘 가세요, 그 한 마디였네."라고 속삭이는 모습이 자꾸만 나의 의식을 강타했다.

그녀가 "이 별 볼일 없는 경관, 한물간 경관, 한 번도 제대로 해본 적이 없는 경관." 하고 놀리는 것 같았다.

블라이처트, 당신은 말이야, 선량한 여자를 고약한 냄새나 풍기고 다니는 화냥년으로 몰아붙였어. 당신은 말이야, 당신에게 주어진 좋은 단서들을 전부 물거품으로 만들어 버리고 말았어. 당신은 말이야, 뭐든지 열심히 해 보겠다고 했지만 결과는 뭐지? 경찰대학 체육관에서 벌어진 블랜처드와의 시합에서 깝죽거리고 까불다가 블랜처드의 라이트 훅을 맞고 캔버스에 벌렁 나자빠져 곤죽이 되고 말았잖아? 그때나 지금이나 다를 게 뭐가 있어? 당신은 말이야, 겉은 번드레하지만 따지고 보면 호랑말코 같은 놈이야. 빛 좋은 개살구라고.

바이바이 베티, 베스, 베시, 리즈. 우린 한 쌍의 어울리는 부랑배였지. 39번가 노턴 로 이전에 서로 만나지 못한 게 유감이군. 우린 어울리는 한 쌍이 되었을 텐데. 그랬더라면 서로 의지할 수도 있었을 테고, 구제받지 못할 정도로 우리의 인생을 망쳐 놓지는 않았을 텐데…….

나는 아래층으로 헐레벌떡 달려가 차를 집어타고 기어를 계속 바꿔 넣으며 무모할 정도로 빨리 달렸다. 차라리 사이렌을 울리며 쫓아오는 경찰 백차라도 있어서 더 빨리 내달릴 수 있었으면 하는 심정이었다. 선셋과 바인을 지나니 차량의 흐름은 병목 현상에 접어들었다. 고워와 비치우드 쪽에서 수도 없이 많은 차가 북쪽을 향해 가고 있었다. 수 마일 떨어진 곳에서도 나는 할리우드랜드 표시에 비계가 쳐져 있는 것을 볼 수 있었고 수십 명의 사람들이 리 산(山)의 정면을 개미 떼처럼 기어 올라가고 있었다. 차량의 느린 움직임이 오히려 나를 진정시켰고 또 어디로 가 봐야겠다는 방향 의식을 주었다.

나는 아직 끝나지 않았다고 혼잣말을 했다. 경찰 본부로 들어가 러스를 만나서 둘이 힘을 합쳐 뭔가 해내야 할 것만 같았다. 그래서 시내로 되돌아가기로 마음먹었다.

교통 혼잡은 더욱 심해졌다. 촬영 차들이 북쪽으로 우르르 몰려가고 있었고, 모터사이클을 탄 경관들은 동쪽이나 서쪽으로 가는 차량들의 흐름을 단속하고 있었다. 차선 사이로 행상인들이 걸어다니면서 플라스틱으로 된 할리우드 표시 기념품을 팔거나 전단을 나눠 주고 있었다.

"애드머럴 영화관에서 키스턴 캅스 영화를 합니다! 냉방 완비! 이 멋진 리바이벌 영화를 꼭 보세요!"

내 얼굴에도 전단이 몇 장 들이밀어졌다. 그 전단에는 '키스턴 캅', '맥 세넷', '초강력 냉방을 갖춘 애드머럴 영화관' 이라는 작은 문구가 보였다. 전단 밑에는 커다란 사진이 있어서 금방 눈에 들어왔다.

그것은 키스턴 캅스 세 명이 꼬리를 서로 물고 있는 뱀같이 생긴 기둥 사이에 서 있는 사진이었다. 이집트의 상형문자가 새겨져 있는 벽이 기둥 뒤에 떡 버티고 서 있었다. 그리고 그림의 오른쪽에는 한 말괄량이 여자가 장식 술이 달린 소파에 누워 있었다. 그것은 의심할 나위 없는 린다와 베티 쇼트의 외설 영화에 나오는 바로 그 배경이었다.

나는 운전석에서 몸을 곧추세웠다. 에멧 스프레이그가 맥 세넷의 촬영장 세트를 만드는 일을 도와주었다고 해서 스프레이그가 외설 영화와 관련되었다고 할 수는 없었다. 린다 마틴은 그 영화를 티화나에서 찍었다고 말했다. 그리고 아직 검거되지 않은 듀크 웰링턴은 그 영화를 제작한 사실을 시인했다.

차량이 움직이기 시작하자 나는 블러바드 쪽으로 급히 좌회전을 하여 영화관 앞에 차를 세우고 내렸다. 내가 애드머럴 영화관의 매표소에서 표를 요구할 때 매표소 여자는 흠칫하며 뒤로 물러섰다. 나는 그제야 내가 지나치게 흥분하고 있고 또 땀 냄새를 푹푹 풍기고 있다는 것을 알았다.

영화관 안으로 들어가니 냉방이 잘 되어 있어서 땀은 서서히 가라앉았다. 그러나 옷은 축축이 젖어서 금방 빤 옷을 입고 있는 것 같았다. 제작 관련자 이름이 스크린 위에 퍼져 나가고 종이로 만든 피라미드 위에 또 다른 관련자 이름이 펼쳐졌다. 나는 "조감독 에멧 스프레이그"라는 문구를 보면서 주먹을 꼭 쥐었다. 그러다가 영화의 제작 장소를 알리는 자막을 보면서 숨을 멈추었다. 이어 문자로 된 프롤로그가 나오자 의자 등받이에 기대어 감상할 채비를 차렸다.

영화의 내용은 키스턴 캅스가 성경 시대로 거슬러 올라가 활약하는 것이었다. 액션은 대부분 우스꽝스럽게 쫓아가거나 파이를 던지거나 엉덩이를 걷어차는 것이었다. 베티가 나온 외설 영화의 세트가 영화 속에서 자꾸만 나왔다. 그리고 신경 써서 볼 때마다 세트의 구체적인 모습이 더욱 일치했다. 외부 풍경은 할리우드 힐스라는 걸 알 수 있었지만, 그 세트가 스튜디오인지 아니면 개인 주택인지 정확하게 파악할 만큼 안팎이 잘 구분되지는 않았다. 나는 이제 어떻게 수사를 해 나가야겠다는 방향을 잡았지만, 마음속에서 솟구치는 '만약'이라는 의심을 좀 더 튼튼하게 받쳐 줄 구체적인 사실이 필요했다.

영화는 지루하게 계속되었다. 차갑게 식어 버린 땀 때문에 온몸이 으스스 떨려 왔다. 이어 엔드 타이틀이 화면 위를 흘렀다.

"미국, 할리우드 제작."

그 순간 마음속에 꿋꿋이 서 있던 '만약'이라는 단어는 스트라이크를 맞은 볼링 핀처럼 와르르 쓰러지고 말았다.

극장에서 나오면서 바깥의 찜통 같은 더위에 또 한 번 몸을 떨었다. 나는 경찰 리볼버나 비공식 45구경을 엘 니도에 두고 나왔다는 것을 깨닫고, 이면 도로를 타고 엘 니도로 돌아갔다. 권총을 꺼내서 나오는데 누군가가 나를 불렀다.

"여보세요, 당신이 블라이처트 경관인가요?"

옆방에 사는 사람이 수화기를 든 채로 복도에 서서 나를 부르고 있었다.

나는 황급히 수화기를 건네받았다.

"러스?"

"나 해리야. 난 여기 비, 비, 비, 비치우드 드라이브 끝에 와 있어. 여기서 바, 바, 바, 방갈로를 해체하고 있는 중이야. 그, 그, 그런데 여기 순찰 경관이 피, 피, 피, 피가 묻어 있는 방갈로를 발견했어. 1월 12일자와 13일자의 현장 조사 카드가 여기 잔뜩 있어. 그래서 나, 나, 나, 나는……"

에멧 스프레이그는 거기에도 부동산을 갖고 있었다. 그리고 그날 오후 처음으로 나는 해리가 평소보다 더 심하게 더듬는다는 것을 알았다.

"증거 채취 장비를 가지고 20분 내로 가겠습니다."

나는 전화를 끊고 파일에서 베티 쇼트 지문 사본을 꺼내 들고 차까지 달려갔다. 교통 혼잡은 많이 완화되어 있었다. 멀리서 보니 할리우드랜드 중 '드' 자가 없어진 것이 보였다. 나는 방향을 동쪽으로 잡아 가다가 다시 북쪽으로 틀어 비치우드 드라이브로 향했다. 리 산 가까이에 있는 주차 지역에 이르자 푸른 제복을 입은 경관들이 로프처럼 둘러서서 흥분한 사람들의 출입을 제지하고 있었다. 나는 차를 아무렇게나 세우고 해리 시어즈가 상의 앞부분에 배지를 단 채 걸어오는 것을 보았다.

그의 입에서는 술 냄새가 심하게 났다. 그래서 말더듬 현상은 사라져 버렸다.

"야, 이거 웬 호박이 넝쿨째 굴러 들어온 건지 모르겠어. 정말 운수 대통이야. 건물을 해체하기 전에 어슬렁거리는 배회자들을 쫓아내기 위해 임시 고용한 인부가 어떤 방갈로에 들어가더니 비명을 지르며 내게 왔어. 1947년 이래 부랑배들이 그 방갈로에 뻔질나게 들락날락했던 것 같아. 그렇지만 증거 채취에는 문제가 없을 걸세."

나는 증거 채취 도구를 꼭 쥐었다. 해리와 나는 언덕 위로 걸어 올라갔다. 해체 인부들이 비치우드와 나란히 있는 거리에 들어선 방갈로들을 뜯어 내고 있었다. 인부들은 파이프에서 가스가 샌다고 소리를 질러 댔다. 소방차가 옆에 대기하고 있었고 소방관이 거대한 쓰레기 더미를 향해 호스를 길게 늘이고 서 있었다. 보도에는 불도저와 지게차가 나란히 서 있었다. 순찰 경관들은 구경꾼들에게 위험하니까 멀찍이 비켜서라고 소리쳤다.

우리들 앞에는 재미있는 쇼가 벌어지고 있었다.

리 산 전면에 도르래가 여러 벌 장치되어 있었고 높이가 우람한 비계가 산기슭에서부터 위쪽으로 받쳐져 있었다. 할리우드랜드

중의 '랜' 자가 두꺼운 쇠줄에 실려 내려오는 동안 촬영기는 촬영을 해 댔고 카메라는 플래시를 번쩍거렸고, 인부들은 껄껄 웃고 정치가들은 샴페인을 마셨다. 뿌리 뽑힌 관목에서 풀썩거리며 일어난 먼지가 공기 중에 가득했다. 도르래의 쇠줄 발착점에서 얼마 떨어지지 않은 곳에 급조된 스탠드의 접은 의자에는 할리우드 고등학교 밴드대가 앉아 있었다. 드디어 '랜' 자가 바닥에 털썩 떨어지자 밴드는 「할리우드 만세」를 연주했다.

"이리로 가세."

해리가 나를 이끌었다.

우리는 산기슭을 빙 도는, 먼지 풀썩이는 길을 따라갔다. 사방에서 무성한 잎사귀들이 길을 방해했다. 해리는 앞장서서 나무 잎새들을 헤치며 언덕으로 올라가서 직선 코스를 타고 갔다. 나는 그의 뒤를 열심히 따라갔다. 나뭇가지가 옷을 찢고 잎새들이 얼굴에 스쳤다. 오르막길을 50미터쯤 걸어 올라가니 길이 평평해지면서 앞쪽에 얕은 개울이 흐르는 개활지(開豁地)가 나타났다. 그리고 거기에 필복스 스타일(테가 없고 둥글납작한 여자 모자—옮긴이)의 조그마한 신더블록 오두막이 있었는데, 문은 활짝 열려 있었다.

나는 안으로 걸어 들어갔다.

양옆의 벽에는 불구이거나 얼굴이 기형인 여자들을 찍은 외설 사진들이 잔뜩 붙어 있었다. 딜도를 빨고 있는 몽골계 얼굴, 걸쇠에 받쳐진 쭈글쭈글한 다리를 짝 벌리고 있는 알몸의 여자들, 팔다리가 없는 기괴한 동체를 확대한 사진 등이었다. 바닥엔 매트리스가 놓여 있었는데 응고된 피가 켜를 이루며 덕지덕지 묻어 있었다. 응고된 피의 켜 사이로 벌레와 파리들이 우글거리고 있었고 일부 파리 떼들은 죽어 나자빠져 있었다.

뒷벽에는 해부학 교재에서 찢어 낸 것 같은 컬러 사진이 붙어 있었다. 피와 고름이 줄줄 흐르는 병든 기관의 모습을 확대한 사진이었다. 바닥에는 피를 뿌린 자국이 선명했다. 삼각대에 부착된 소형 스포트라이트가 매트리스 옆에 놓여 있었는데, 스포트라이트는 매트리스의 정중앙을 향하고 있었다. 전원이 어디 있을까 궁금해하면서 스포트라이트의 바닥을 살펴보았더니 배터리가 연결되어 있었다. 한쪽 구석에는 피로 칠갑이 된 책들이 쌓여 있었는데 과학 소설 몇 권과 『그레이 고급 해부학』, 빅토르 위고의 『웃는 남자』 등이 눈에 띄었다.

"버키?"

나는 고개를 돌려 해리를 쳐다보았다.

"가서 러스를 찾아보세요. 그리고 우리가 발견한 내용을 보고하세요. 난 그동안 여기서 증거 수집을 할 테니까요."

내가 해리에게 말했다.

"러스는 내일까지 터스콘에서 돌아오지 않을 거야. 그리고 자네는 지금 안색이 아주 좋지 않은데. 혼자서 할 수……."

"젠장, 여기서 좀 나가 주세요. 나 혼자서도 충분히 할 수 있어요."

해리는 자존심이 상한다는 듯 툴툴거리며 밖으로 나갔다. 나는 이 오두막이 스프레이그가 소유한 땅과 가깝다는 사실을 생각해 냈다. 그리고 유명한 스코틀랜드 해부 의사의 아들이며 형편없는 집에 살았다는 몽상가 조지 틸덴 생각을 했다.

"정말? 의학 교육을 받은 사람이야?"

베티의 전화 통화도 생각났다.

나는 증거 채취 도구 통을 열고 그 끔찍한 오두막에서 증거를 채취하기 시작했다. 나는 먼저 위에서 아래로 오두막을 검사해 나갔다. 최근에 생긴 듯한 진흙 자국은 해리가 말한 부랑자들의 소행일 것이므로 무시해 버렸다. 나는 매트리스 밑에서 가느다란 밧줄을 발견했다. 그리고 밧줄에서 사람들의 살점인 듯한 것을 긁어 내어 채취했다. 또 매트리스의 응고된 피에 달라붙어 있는 머리카락 몇 올도 떼어 내 다른 테스트 튜브에다 담았다. 응고된 피가 여러 가지 색깔인가 살폈으나 모두 밤색이었다. 나는 피의 샘플을 열 개 이상 채취했다. 그리고 밧줄을 걷어 내고 나서 해부학 교재 사진과 외설 사진을 떼 냈다. 그러자 바닥에 피가 말라붙은 남자의 구두 발자국이 나왔다. 그 발자국을 측정한 다음 그것을 투명한 종이에다 복사했다.

다음은 지문이었다.

방 안에서 손이 갈 만한 곳, 문의 손잡이, 서랍, 책, 물건 등을 샅샅이 뒤졌다. 나는 바닥에 놓여 있는 책들의 부드러운 책등과 매끈한 표지를 살펴보았다. 책에서는 지문이 될 만한 것들이 나오지 않았고, 다른 것들의 표면에서는 얼룩, 장갑 자국 그리고 두 개의 뚜렷한 지문이 나왔다. 그 과정을 끝낸 뒤 소형등을 꺼내 들고 문, 문설주, 매트리스 머리판 위의 벽 몰딩 따위에 나 있는 조그만 손가락 자국을 비춰 보았다. 그런 다음 베티 쇼트의 지문과 확대경을 동시에 꺼내 두 가지를 서로 비교해 보았다.

같은 지문이 하나 나왔다.

그리고 둘.

마지막으로 셋.

그 정도면 법정에서도 증거로 인정받을 수 있었다.

그다음에 연속해서 넷, 다섯, 여섯 개를 발견하자 나는 손이 떨렸다. 그곳은 틀림없이 블랙 달리아가 난도질당한 곳이었다. 너무 손이 떨려 지문을 증거판 위로 옮길 수가 없었다. 나는 문에서 네 손가락 지문을 떼어 내 티슈에다 잘 쌌다. 그날 저녁은 증거 채취를 교범대로 완벽하게 실시했다. 증거 채취 도구를 집어 들고 후들후들 떨리는 다리로 오두막 밖으로 나왔다. 앞에 흐르는 냇물을 보자 살인범이 저기서 시체의 피를 다 빨아냈겠군 하는 생각이 들었다. 그때 시냇가의 바위 옆에서 한 물체가 섬광처럼 눈을 파고 들었다.

야구 방망이였다. 끝부분이 갈색 피로 얼룩진.

나는 차까지 걸어가면서, 살아 있었다면 그녀를 속이지 않을 남자와 행복하게 지냈을 베티를 생각해 보았다. 공원을 지나가면서 리 산을 쳐다보았다. 그 산에는 이제 '랜드' 가 완전히 떨어져 나간 '할리우드' 표시만이 남아 있었다. 밴드는 「쇼 비즈니스 같은 비즈니스는 없다」라는 곡을 연주하고 있었다.

나는 차를 몰고 시내로 들어갔다. LA 시청의 인사국과 이민 귀화 서비스국은 이미 문이 닫혀 있었다. 연구조사부로 전화를 걸어 보았지만, 스코틀랜드 출신의 조지 틸덴에 대해서는 아무것도 알아내지 못했다. 그렇지만 오늘 밤 안으로 지문을 확인하지 못하면 돌아 버리고 말 것 같았다. 이제 방법은 관계 고위 공무원의 집에다 전화를 걸거나, 무단 가택 침입을 하거나, 뇌물을 먹이는 수밖에 없었다.

나는 인사국 복도를 청소하는 청소부를 발견하고 뇌물을 쓰기로 작정했다. 청소부 노인은 내가 꾸며 낸 얘기를 침착하게 들은 뒤, 내가 내민 20달러를 받아 든 다음 인사국 문을 열고서 파일 캐비닛 있는 곳으로 안내했다. 나는 '시 부동산 관리인(임시직)'이라는 서류함을 열었다. 그리고 파우더를 묻힌 나뭇조각과 확대경을 꺼내 비교를 해 본 다음 숨을 멈추었다.

틸덴, 조지 레드먼드.
1896년 3월 4일 스코틀랜드 애버딘 출생.
키 180센티미터, 체중 84킬로그램, 갈색 머리, 초록색 눈.
주소 없음.
임시직: 일을 얻기 위해 WE4391에 사는 E. 스프레이그를 통해 접촉해 왔음.
캘리포니아 운전 면허 LA 68224.
차량: 1939년형 포드 픽업, 라이센스 6B119A.

그리고 그가 맡은 쓰레기 청소 지역은 맨체스터에서 제퍼슨, 라 브레아에서 후버였다. 39번가 노턴 로는 바로 그의 담당 지역 한 가운데였다!

인사 기록 페이지의 맨 밑에 지문이 나와 있었다. 손가락 아홉 개가 채취해 온 지문과 일치했다. 세 개가 일치하면 유죄를 입증할 수 있고 여섯 개가 일치하면 일방적으로 가스실로 보낼 수 있었다.

안녕, 엘리자베스. 오래 기다렸지?

나는 서류함을 닫고 청소원의 입을 확실히 틀어막기 위해 또 10달러를 건네주었다. 그리고 증거 채취 도구를 집어 들고 인사국 밖으로 나왔다. 시간을 보니 1949년 6월 29일 오후 8시 10분이었다. 아주 재수가 좋은 순찰 경관이 캘리포니아 역사상 가장 유명한 미제 사건을 해결하는 순간이었다.

나는 풀잎을 만져 보면서 이게 꿈인지 생시인지 확인해 보았다. 지나가는 사무실 근로자들에게 손을 흔들어 주면서, 사건 해결 소식을 파드레, 태드 그린, 호럴 청장 등에게 보고하는 내 모습을 상상해 보았다. 또 본부로 소환되어 1년도 안 돼 차장이 되는 모습을 꿈꾸어 보았다. 그리하여 마침내 얼음 씨가 불과 얼음의 야심 찬 기대를 달성하는 순간을 상상했다. 내 이름이 신문에 대문짝만 하게 날 것이고 케이는 당연히 내게로 되돌아올 것이다. 스프레이그가는 닦달을 당하는 것은 물론 살인 사건에 관련된 혐의로 불명예를 입을 것이며, 그들의 많은 돈도 이젠 아무 소용이 없을 것이다.

그 순간 나의 공상은 끝났다.

이들을 체포하려면 나는 1947년에 매들린과 린다 마틴에 대한 정보를 은닉했다는 사실을 시인해야 했다. 그러니 사건 해결은 훈공 없는 영광 아니면 공식적인 파멸을 의미하는 것이었다.

아니면 남몰래 응징을 해야 하리라.

나는 핸콕 파크로 차를 몰고 갔다. 라모나의 캐딜락과 마사의 링컨은 원형의 드라이브웨이에서 사라지고 없었다. 에멧의 크라

이슬러와 매들린의 패커드는 그대로 있었다. 나는 낡은 셰비를 반대편에다 주차시켰다. 내 차의 뒷바퀴는 정원사가 힘들게 가꾸어 놓은 장미 화단 한구석을 밟아 버렸다. 현관문은 닫혀 있었지만 옆 창문은 열려 있었다. 나는 그 창문을 통해 거실로 들어갔다.

박제된 개 발토가 벽난로 옆에 서서 바닥에 놓인 20여 개의 포장 상자를 지키고 있었다. 맨끝에 있는 마분지 상자에는 싸구려 칵테일 드레스가 넘쳐흘러 묘한 대조를 이루었다. 여자의 얼굴을 많이 그린 스케치북이 한쪽 구석에 구겨 넣어져 있었다. 나는 상업 디자인 아티스트인 마사 생각을 하다가 위층에서 들려오는 소리에 귀를 기울였다.

"……게다가 내 십장이 그러는데 지랄 같은 파이프에서 가스가 샌다는 거야. 그러니 얘야, 대소동이 벌어질 거다. 아무리 잘 무마가 된다고 해도 보건 위생법 저촉으로 걸려 들어갈 거야. 그러니 엄마를 위시해서 여자 셋은 스코틀랜드에 좀 가 있어. 그러면 우리 유태인 친구 미키 코언이 기막힌 홍보 기술로 깨끗이 무마할 테니까. 그는 늙은 맥이나 빨갱이에게 뒤집어씌우거나, 그러지 않으면 적당한 핑계 거리를 만들어 낼 거야. 사태가 정상화되면 그때 집으로 돌아오도록 해."

"그렇지만 아빠, 난 유럽에 가고 싶지 않아요. 게다가 스코틀랜드라니요. 그곳이 얼마나 후지고 끔찍한 곳인지 몰라서 그런 말씀을 하시는 거예요."

"너, 뻐드렁니 친구 때문에 가기 싫다는 거냐? 어때, 내가 제대로 맞혔지? 그렇지만 그 점에 대해서는 한 가지 널 안심시켜 주지. 애버딘에는 그 사내답지 않은 녀석과는 비교도 안 될 정도로 건장하고 잘생긴 청년이 많아. 게다가 남의 일을 꼬치꼬치 캐지 않는 제 분수를 아는 청년들이지. 그러니 사귈 만한 남자 친구는 얼마든지 있어. 블라이처트는 오래전에 효용 가치가 다 된 놈이야. 그리고 그놈을 다시 불러들인 건 너의 못된 모험심 때문이란 말이야. 그건 정말 현명하지 못한 일이었어."

"오, 아빠, 난 그저……."

나는 몸을 돌려 침실 안으로 들어갔다. 에멧과 매들린은 옷을 입은 채 커다란 휘장이 쳐진 침대 위에 누워 있었다. 그녀는 그의 무릎에 고개를 처박고 있었고 에멧은 목수처럼 거친 손으로 그녀의 어깨를 쓰다듬고 있었다. 아버지이면서 동시에 애인인 자가 나를 먼저 보았다. 매들린은 에멧이 애무의 손길을 멈추자 뾰로통하게 입을 내밀었다. 나의 그림자가 침대에 스치자 그녀는 비명을 내질렀다. 에멧은 보석 반지를 잔뜩 낀 손으로 재빨리 매들린의 입을 가렸다.

"이봐, 이건 불륜이 아니오. 이건 단지 애정 표시일 뿐이지. 우린 이렇게 해도 문제없는 사이요."

에멧의 날렵한 반사 신경과 디너 테이블 매너 같은 침착함은 정말 경지에 이르러 있었다. 나도 그의 침착함을 흉내 냈다.

"조지 틸덴이 엘리자베스 쇼트를 죽였어. 쇼트는 1월 12일 여기로 전화를 했고 네놈들 중 한 놈이 그녀와 틸덴을 연결시켜 주었어. 쇼트는 버스를 타고 여기로 와 틸덴을 만났어. 자, 그 나머지는 당신이 좀 설명해 주실까?"

매들린은 눈을 동그랗게 뜨고 아버지의 손 아래에서 벌벌 떨고 있었다. 에멧은 자기 앞에 디밀어진 분노의 총구를 침착하게 내려다보았다.
"그 얘기를 부정하진 않겠소. 또 당신의 때늦은 정의감에 대해서도 논박하지 않겠소. 조지가 있는 곳을 가르쳐 드릴까?"
"아니, 먼저 당신네 둘 사이를 설명해 봐. 어째서 이런 관계가 문제되지 않는지."
"이봐, 우린 혈연관계가 아니오. 당신이 훌륭한 형사답게 수사를 잘한 건 축하해 주지. 또 조지가 어디 있는지도 말해 주지. 그러나 이 문제는 이 정도로 해 두는 게 좋소. 우린 매디가 다치는 걸 원하지 않소. 그리고 가정 내의 괴로운 과거사를 자꾸 들추는 건 그녀에게 좋을 게 없소."
아버지다운 관심을 표시하려는 듯 에멧은 매들린의 어깨에서 손을 뗐다.
"아빠, 저 사람 좀 막아 줘요."
매들린은 뺨에 묻은 립스틱을 닦아 내며 중얼거렸다.
"그래, 아빠가 나하고 섹스를 하라고 시키던가? 아빠가 나를 저녁에 초대해서 알리바이를 체크하지 못하게 하라고 시키던가? 그래, 내게 저녁을 먹여 주고 그다음에 엉덩이를 대주면 사태가 너희 마음대로 해결될 줄 알았나? 네놈들은……"
"아빠, 저 사람 좀 막아 달라니까요."
에멧이 채찍 같은 손을 들어 올리자, 매들린은 그 손에다 얼굴을 파묻었다. 그 스코틀랜드 사람은 냉정하게 다음 단계로 넘어갔다.
"이봐, 본론을 얘기하지. 스프레이그 가문은 당신 머릿속에서 지워 버리시오. 원하는 게 뭐요?"
나는 침실 주위를 둘러보며 매들린이 고가품이라고 자랑해 대던 물품들을 점찍었다. 뒷벽에는 12만 달러짜리 피카소 그림이 걸려 있고 화장대 위에는 1만 7,000달러를 호가하는 명나라 도자기가 놓여 있었다. 침대 머리맡에 걸린 네덜란드 대가의 그림은 20만 달러를 호가했다. 침대 옆 스탠드에 놓인 콜럼버스 이전 시대의 못생긴 가고일(비를 받는 홈통 위에 얹는 장식—옮긴이)은 1만 2,500달러였다.

이제 에멧은 미소를 짓고 있었다.

"당신은 멋진 물건을 좋아하는군. 나도 멋진 물건을 좋아하지. 자, 그 멋진 물건들을 가져가도 좋소. 원하는 게 뭔지 말만 하시오."

나는 피카소 그림을 먼저 쏘았다. 소음 장치에서 피융 하는 소리가 났고 45구경의 탄환은 그림을 동강내 버렸다. 도자기 두 개가 그다음 목표물이었다. 깨어진 도자기의 사금파리들이 마룻바닥으로 튀어 흩어졌다. 나는 가고일을 쏘았지만 명중시키지 못했다. 그 대신 테두리에 황금을 두른 거울이 박살났다. 아빠와 귀여운 딸은 서로 꼭 껴안은 채 침대 위에 앉아 있었다. 나는 렘브란트인지 티치아노인지 잘 모를 그림에 총격을 가했다. 탄환은 그림에 커다란 구멍을 냈고 이어 벽에 박혔다. 그림은 건들건들하더니 에멧의 어깨 위로 툭 떨어졌다. 총열이 뜨거워져 손을 델 지경이었지만 나는 총을 꼭 쥐고 있었다. 약실에는 마지막 한 방이 남아 있으므로 내가 듣고 싶은 얘기를 끌어내기에는 충분했다.

무연 화약, 총구의 연기, 회반죽 먼지 따위로 실내 공기는 숨 쉬기가 어려울 지경이었다. 게다가 도합 40만 달러어치의 물건이 못 쓰게 되어 버렸다. 부녀는 넋 나간 듯 꼭 껴안고 있다가 에멧이 먼저 정신을 차리면서 매들린을 쓰다듬었다. 그러고는 자신의 눈을 비비더니 눈을 깜빡거렸다.

나는 소음 장치가 달린 권총을 그의 머리에다 갖다 댔다.

"너, 조지, 베티, 이렇게 세 사람 사이에 있었던 일을 솔직히 불어. 그렇지 않으면 이 집을 통째로 날려 버릴 테니까."

에멧은 기침을 하더니 비어져 나온 매들린의 머리카락을 쓸어 넘겨 주었다.

"그리고 너와 네 딸의 관계도 말해."

과거 나의 창녀였던 그 시건방진 여자는 얼굴을 쳐들었다. 눈물은 말라 있었고 먼지와 립스틱이 뒤범벅이 돼 얼굴은 엉망진창이었다.

"아빠는 내 진짜 아빠가 아니에요. 그리고 우리는 갈 데까지 간 사이는 아니니까…… 이건 잘못된 거라고 볼 수 없어요."

"그럼 누가 잘못된 거야?"

내가 되받아쳤다.

에멧은 고개를 돌리더니 점잖게 총구를 머리에서 떼어 냈다. 그는 상심하거나 화가 나 보이지는 않았다. 오히려 아주 어려운 계약을 성사시키려고 애쓰는 비즈니스맨 같았다.

"몽상가 조지가 매디의 아버지이고 라모나가 어머니요. 더 자세한 것을 알고 싶소? 아니면 이 정도로 충분하오?"

나는 침대에서 몇 발자국 떨어진 비단 의자에 앉았다.

"모든 걸 사실대로 말해. 그리고 거짓말하지 마. 결국에는 다 알게 될 테니까."

에멧은 침대에서 일어나더니 옷매무새를 매만지고 비싼 물건들이 박살난 현장을 차갑게 돌아다보았다. 매들린은 화장실로 들어갔다. 몇 초 후 물 트는 소리가 들려 왔다. 에멧은 무릎 위에 손을 올려놓고 침대 귀퉁이에 앉았다. 마치 맨투맨으로 고백을 하겠다는 태도였다. 그는 자기가 말하고 싶은 것만 말해도 충분하다고 생각하는 듯했다. 그러나 나는 어떤 내용이든 그가 모든 것을 불도록 할 작정이었다.

"라모나는 애를 갖고 싶어 했소. 하지만 나는 애가 싫었지. 아버지가 되어 아이의 시중을 들어야 한다는 게 정말 귀찮고 싫었던 거요. 그런데 어느 날 밤 술에 취해 이렇게 말했지. '엄마, 그렇게 아이를 원한다면 나 닮은 남자 애나 하나 낳아 주구려.' 그러고는 콘돔 없이 섹스를 했고 다음 날 아침엔 까마득히 잊어버렸소. 그러나 그녀는 이미 조지와 놀아나고 있었소. 그토록 원하던 새끼를 얻기 위해서였지. 아무튼 매들린이 태어났고 나는 딱 한 번의 실수로 그 애가 생겼다고 믿었소. 그리고 2년 뒤 나는 아이 하나만으로는 적적하겠다 싶어 하나를 더 낳았는데 그게 마사요.

이봐, 난 당신이 사람을 두 명이나 쏴 죽였다는 걸 알아. 그건 정말 자랑할 만한 일이지. 그러니 당신도 고통이 뭔지 알 거요. 매디가 열한 살쯤 되었을 때 난 그 애가 조지를 꼭 빼닮았다는 걸 알았소. 난 그를 찾아가서 잭나이프로 그의 얼굴을 마구 그어 버렸소. 반쯤 죽여 놨다고 생각됐을 때, 그를 병원으로 데리고 가 입원시킨 다음, 원무과 직원에게 뇌물을 먹여 병원 차트에다 '교통사고 환자'로 기록시켰지. 조지는 퇴원을 했지만 얼굴이 아주 보기 흉하게 일그러져 버렸소. 나는 그를 찾아가 용서해 달라고 빌었고 적당한 보상금도 주었소. 그런 다음 내 부동산 관리를 맡기고 시청의 쓰레기 수거 일도 하게 해 주었소."

나는 매들린이 부모를 닮지 않았다고 생각했던 게 기억났다. 또 조지가 당한 교통사고와 그 후의 전락에 대해서 제인 챔버스가 말해 주었던 것도 기억났다. 지금 나오는 에멧의 얘기는 사실 같았다.

"그럼 조지는 어떻게 된 거야? 그자가 미쳤다거나 위험하다고 생각하지는 않았나?"

에멧은 내게 무릎을 맞대고 내 무릎을 살짝 치면서 남자 대 남자의 이해를 구했다.

"조지의 아버지 레드먼드 틸덴은 스코틀랜드에서 아주 유명한 의사였소. 해부 전문의였지. 당시 애버딘에서는 스코틀랜드 교회가 강세여서 닥터 레드먼드는 처형된 죄수나 마을 사람들이 붙잡아 돌로 쳐 죽인 유아 강간범의 시체만 합법적으로 해부할 수 있었소. 조지는 아버지가 내다 버린 죽은 기관들을 만지며 노는 것을 좋아했소. 이건 어릴 때 들은 얘긴데 아마 사실일 거요. 닥터 레이먼드는 시체 도굴꾼으로부터 시체를 돈 주고 사들였던 것 같소. 그가 흉곽을 절개해 보니 아직 가슴이 펄떡펄떡 뛰고 있었다더군. 조지는 옆에서 그 심장을 보았는데 그게 그렇게 매력적일 수가 없었다고 하더군. 나는 지금도 그 말이 사실일 거라고 믿소. 대전에 참전해서 아르곤에 있을 때 조지는 죽은 독일 병사에게 총검을 쿡쿡 찔러 보는 게 취미였으니까. 확실한 건 아니지만, 여기 미국에서도 조지는 시체를 도굴했을 거요. 수술칼로 내장을 도려냈다더군. 참 끔찍한 일이지."

나는 어둠 속에서 칼을 휘둘러 적의 급소를 찌른 사람처럼 그 얘기에서 뭔가 결정적인 단서를 얻었다. 제인 챔버스는 조지와 라모나가 아이들에게 연극을 하게 한 다음 사진을 찍은 얘기를 해주었다. 그 연극은 1차 대전에 참가한 에멧의 모험을 다룬 것이라고 했다. 그리고 라모나는 2년 전 저녁 식사 때 '스프레이그 씨가 잊어버리고 싶어 하는 과거의 에피소드를 재현한 것'이라고 말했다.
나는 내 육감을 믿고 이렇게 찔러 보았다.
"그럼 그렇게 광적인 사람과 어떻게 친구가 되었소?"
"자넨 한때 사람들의 우상이었지. 그러니 약한 사람들에겐 자기를 돌보아 줄 우상 같은 존재가 필요하다는 걸 알 거요. 그건 특별한 유대 관계였소. 마치 귀여운 남동생을 둔 것과 비슷했지."
"나도 멋진 형이 있었어. 난 그를 존경했지."
에멧은 어딘지 사기성이 섞인 웃음을 터트렸다.
"난 한 번도 자네 같은 입장이 돼 보지 못했지."
"아, 그래? 그렇지만 엘드리지 챔버스는 다르게 얘기하던데. 그는 자살하기 전에 시의회 앞으로 간단한 메모를 남겼어. 그는 30년대에 조지와 라모나가 벌인 연극을 보았다더군. 그건 스코틀랜드 킬트 차림에다 장난감 총을 든 소녀들의 행렬이었지. 거기서는 조지가 독일 병사들을 물리쳤고 당신은 화들짝 놀란 병아리 새끼처럼 꽁지를 감추고 내뺀 것으로 나왔다던데? 그런 비겁자가 어떻게 대형(大兄)이 되는가?"
에멧은 얼굴을 붉히면서 썩은 미소를 지으려고 애썼다. 너무 애를 쓰는 바람에 그의 입이 간간이 씰룩거렸다.
"비겁자!"
나는 그렇게 소리치면서 있는 힘을 다해 에멧의 얼굴을 철썩 갈겼다. 겉으로는 강철같이 보이는 그 스코틀랜드 사내는 아이처럼 훌쩍거리며 울었다. 매들린은 화장을 고치고 깨끗한 옷으로 갈아입고 화장실에서 나왔다. 그녀는 침대로 가서 '아빠'를 꼭 껴안았다. 조금 전에 에멧이 매들린을 껴안아 준 것과 똑같은 포즈였다.

"에멧, 어서 말해."

내가 명령했다.

그는 가짜 딸의 어깨에 기대 흐느껴 울었다. 매들린은 내게 했던 것과는 비교도 안 될 만큼 아주 부드럽게 그를 쓰다듬어 주었다. 이윽고 그는 충격을 받은 듯 쉰 목소리로 말했다.

"조지가 내 목숨을 구해 주었기 때문에 난 그를 버릴 수가 없었소. 우리는 시체가 산처럼 쌓인 넓은 벌판에서 소속 중대와 고립된 채 있었소. 독일군 정찰병이 그 일대를 돌면서 영국 병사만 보이면 생사 확인도 없이 무조건 대검으로 쿡쿡 찌르는 판이었소. 그때 조지가 용감하게 독일군과 맞서 싸웠소. 그들에게 박격포 공격을 가해 모두 사살시켰지. 그리고 조지는 시체의 팔과 다리가 널브러진 밑으로 나를 기어가게 해 내 목숨을 구해 주었소. 그리고 전쟁이 끝나자 내 과거에 대해서는 일체 입을 다물고 내 사기를 북돋워 주면서 미국으로 가자고 말했소. 그래서 난 그를 어떻게 할 수가……"

에멧의 나지막한 목소리는 잦아들었다. 매들린은 그의 어깨를 쓰다듬고 머리칼을 만지작거렸다.

"난 베티와 린다 마틴이 나온 외설 필름이 티화나에서 촬영된 게 아니라는 걸 알아. 조지가 그 필름과 상관이 있나?"

매들린이 처음의 에멧처럼 침착한 목소리로 대답해 주었다.

"아니에요. 린다는 라번 하이드어웨이에서 나와 얘기를 나누다가 영화를 찍을 작은 장소가 필요하다고 했어요. 나는 그 애가 얘기하는 게 뭔지 알았어요. 그리고 난 베티와 다시 만나고 싶었기 때문에 아빠의 빈 집을 쓰게 했어요. 거실에 낡은 촬영 세트가 있는 집이었어요. 베티와 린다와 듀크 웰링턴이 영화를 찍었고 조지는 촬영장에 입회했어요. 조지는 아빠의 빈 집들을 돌아다니다가 우연히 거기 합류하게 된 거였죠. 조지는 베티를 아주 좋아했어요. 아마도…… 딸인 나와 비슷하게 생겼기 때문일 거예요."

나는 그녀가 어색해하지 않도록 고개를 돌려 주었다. 나머지 얘기를 순순히 불게 하기 위한 제스처였다.

"그런데 추수감사절 즈음에 조지가 아빠에게 와서 이렇게 말했어요. '베티를 내게 좀 주선해 줘.' 그는 그 여자를 데려다 주지 않으면 에멧이 내 아빠가 아니라는 사실과 우리 사이를 근친상간으로 온 세상에 나발 불어 버리겠다고 협박을 했어요. 나는 베티를 찾아보았지만 그녀는 온데간데없었어요. 나중에야 그녀가 샌디에이고에 가 있다는 걸 알았어요. 아빠는 조지가 점점 더 많은 것을 요구해 오자 조지를 차고에 묶게 했어요. 조지의 입을 막기 위해 돈도 주어 봤지만 그는 점점 더 지저분하고 야비하게 나오기 시작했어요.

그런데 일요일 밤에 베티가 느닷없이 전화를 한 거예요. 그녀는 술에 취해서 나를 메린가 뭔가로 부르더군요. 돈을 구하느라고 검은 주소 수첩에 이름이 적힌 사람한테 모두 전화를 거는 중이라고 했어요. 나는 아빠를 바꿔 주었지요. 그랬더니 아빠는 좋은 남자와 데이트를 해 주면 돈을 주겠다고 하더군요. 우린 조지가 그냥…… 섹스를 위해 베티를 원하는 줄로만 알았어요."
"조지를 그토록 오랫동안 겪고도 그런 말을 믿었단 말이야?"
"그는 죽은 것을 만지는 걸 좋아했어! 다분히 수동적인 사람이었다고! 그가 그처럼 잔악한 살인자일 줄은 몰랐단 말이야!"
에멧이 소리쳤다.
나는 그들을 안심시켰다.
"그리고 매들린, 너는 조지가 의학 교육을 받았다고 말했나?"
"베티가 의사를 존경한다는 걸 알기 때문에 그랬어요. 우린 그녀가 창녀 취급을 당하는 느낌이 들지 않도록 배려했던 거예요."
난 거의 웃음을 터트릴 뻔했다.
"그래서?"
"그다음은 당신도 다 알 텐데요."
"아무튼 얘기해 봐."
매들린은 증오가 철철 넘치는 눈빛으로 나를 쏘아보면서 말을 이어갔다.
"베티는 여기까지 버스를 타고 왔어요. 그러고는 홀가분하게 조지와 함께 떠나간 거지요. 우리는 그들이 어디 좋은 데 가서 묵으리라 생각했어요."
"레드애로 모텔 같은 데?"
"아니에요! 조지가 관리를 맡고 있는 아빠의 낡은 집으로 갈 거라고 생각했어요. 그리고 베티는 손지갑을 놓고 갔어요. 그래서 되돌아올 줄 알았어요. 그러나 베티는 돌아오지 않았고 조지도 나타나지 않았어요. 그러다가 신문에 달리아 기사가 나고 어떤 일이 벌어졌는지 알게 된 거예요."

매들린은 이제 다 얘기했다는 태도였으나 그건 오해였다.
"그런 다음 넌 뭘 했는지 말해 봐. 어떻게 알고 있는 걸 얼버무렸나?"
매들린은 대답을 하면서 에멧을 쓰다듬었다.
"나는 린다 마틴을 찾아 나섰어요. 그리고 밸리에 있는 한 모텔에 투숙한 그녀를 발견했어요. 나는 그녀에게 돈을 주면서 만약 경찰이 찾아와 그 영화에 대해 물어보면 멕시코 사람들과 함께 티화나에 가서 찍었다고 하라고 시켰어요. 그녀는 당신에게 잡혔을 때 나와의 약속을 지켰어요. 린다는 마침 그 필름을 갖고 있었기 때문에 어쩔 수 없이 영화 얘기를 한 거예요. 난 듀크 웰링턴을 만나려 했으나 만날 수가 없었어요. 그래서 좀 걱정이 되었죠. 그런데 그가 《헤럴드 익스프레스》에다 자신의 알리바이를 증명하는 자료를 보냈어요. 그렇지만 영화를 어디서 찍었는지는 언급하지 않았죠. 그래서 우리는 안전했어요. 그런데……."
"그런데 내가 나타났다 이 말이지? 그리고 내게 베티에 대한 정보를 약간 흘리면서 슬쩍 조지 얘기를 꺼냈다 이 말이지? 내가 조지를 의심하는지 안 하는지 떠보려고 말이야."
매들린은 제 아빠를 쓰다듬는 걸 멈추고 자신의 손톱을 내려다보았다.
"그래요."
"그럼 네가 말한 알리바이는 어떻게 된 거야? 라구나 비치의 별장 말이야. 의심나면 하인들을 체크해 보라고 했잖아."
"당신이 실제로 물어볼 경우에 대비해 하인들에게 돈을 집어주었죠. 게다가 그들은 영어를 잘 몰라요. 그리고 물론 당신은 내 말을 믿었죠."
 매들린은 이제 미소를 짓고 있었다.
 "베티의 사진과 검은 주소 수첩을 보낸 건 누구야? 봉투에 담아 보낸 거 말이야. 그리고 베티가 여기다 손지갑을 놓고 갔다고 했지?"
 매들린은 웃음을 터트렸다.
 "그건 천재 소녀 마사의 아이디어였어요. 동생은 내가 베티를 안다는 걸 알았어요. 하지만 베티와 조지가 여기 왔던 그날 밤, 마사는 집에 없었어요. 그 애는 조지가 아빠를 협박한 사실과 조지가 베티를 죽인 건 몰랐어요. 그녀는 검은 주소 수첩에서 우리 집 전화번호가 적힌 페이지는 찢어 버렸어요. 마사는 나름대로 '레즈비언을 찾아라.', 즉 나를 추적하라는 메시지를 던진 것이었지요. 그녀는 내 얼굴에 먹칠을 하고 나를 사건에 연루시키려고 했어요. 심지어 경찰에 전화해서 라번에 대해서도 제보했어요. 얼굴을 지워 버린 건 정말 '천재' 마사다운 짓이었지요. 그애는 화가 나면 남의 얼굴을 박박 지워 버리는 게 취미거든요."
 그녀의 말에는 좀 이상한 구석이 있었지만, 나는 그게 뭔지 꼬집어 말할 수가 없었다.
 "마사한테 들은 얘긴가?"
 매들린은 빨간 손톱을 부드럽게 매만졌다.
 "수첩 얘기가 신문에 났을 때, 난 그게 마사 짓이라는 걸 알았어요. 그래서 그 애에게 자백을 받아 냈지요."
 나는 에멧에게 고개를 돌렸다.
 "조지는 어디 있나?"

그 늙은이가 몸을 움찟했다.
"아마 비어 있는 내 집에 묵고 있을 거요. 내가 빈 집들의 주소 목록을 가져다주겠소."
"그리고 당신 가족의 여권도 모두 가지고 와."
에멧은 엉망진창이 된 침실에서 걸어 나갔다.
"버키, 난 정말 당신을 좋아했어요. 정말이에요."
매들린이 말했다.
"그런 입에 발린 말은 아빠에게나 해. 지금 팬티를 입고 있다면 슈가는 아빠를 위해 남겨 두도록 해."
"이젠 어떻게 할 작정인가요?"
"먼저 집에 가서 이 정보를 모두 보고서로 작성하여 너와 네 아빠에게 체포 영장을 발부할 수 있도록 할 생각이야. 아빠가 내 목을 떼 달라고 미키 코언에게 가서 부탁할지도 모르니까 이 자료는 다른 경찰 친구에게 넘겨줄 생각이야. 그런 다음 난 조지를 찾아 나설 거야."
에멧은 침실로 되돌아와 식구들 여권 네 개와 빈 집들의 주소 목록을 내게 넘겨주었다.
"만약 체포 영장이 떨어진다면 우린 당신을 법정에서 파멸시키고 말겠어요. 당신과 나 사이에 있었던 얘기가 다 나오게 될 테니까요."
나는 일어서서 그 시건방진 여자의 입술에다 키스를 했다.
"그럼 같이 망하면 되지."

나는 집으로 가지 않았다. 도대체 보고서를 작성할 기분이 아니었던 것이다. 그래서 스프레이그 저택에서 몇 블록 떨어진 곳에다 차를 세운 뒤 에멧이 가져다준 주소 목록을 들여다보았다. 나는 매들린이 보여 준 증오심에 정신이 번쩍 들면서 우리 둘 사이의 골이 얼마나 깊어졌는가를 뼈저리게 느꼈다.

목록에 나와 있는 집들은 두 군데로 나뉘어 있었다. 하나는 에코 파크와 실버레이크 지역이었고 다른 하나는 시외의 와츠 일대였는데, 이 일대는 쉰셋 먹은 백인 신사가 거주할 곳이 못 되었다. 실버레이크와 에코는 리 산에서 동쪽으로 몇 킬로미터 떨어진 곳이었다. 이 일대는 구릉이 많은 지역으로 길이 꼬불꼬불하고 숲이 우거져 은신하기에 알맞은 곳이었다. 죽은 것을 좋아하는 사람이 사랑할 만한 지대였다. 나는 일단 그리로 가서 에멧이 준 목록에 나온 다섯 개의 주소를 모두 확인해 보기로 했다.

처음 세 집은 모두 버려진 집이었다. 전기도 들어오지 않고 창문은 부서져 있었으며, 벽에는 멕시코 깡패들의 슬로건이 페인트로 마구 낙서되어 있었다. 39년형 포드 픽업 6B119A는 그 집들 가까이에서 보이지 않았다. 단지 할리우드 언덕에서 불어 내려오는 바람이 그 집들을 더욱 을씨년스럽게 만들고 있었다.

자정이 지나서 네 번째 집으로 향하는데 한 가지 생각이 번쩍 떠올랐다.

그를 죽이자.

그러면 공식적인 영광도 모욕도 없다. 단지 나 개인의 정의로운 보복이 있을 뿐이다. 조지에게 방아쇠를 당기기 전에 스프레이그 사람들을 시켜 조지에게 자백을 받아 내도록 하자. 자백을 문서로 남겨 놓고 그다음은 천천히 시간을 보아 가며 스프레이그 사람들을 괴롭힐 방법을 생각해 보자.

그를 죽여 버리자.

일단 죽이고 보는 거다.

그리고 나를 없애 버리기 위해 모종의 음모를 꾸미고 있을 에멧과의 대결을 모색해 나가도록 하자.

네 번째 집은 막다른 골목에 있었다. 나는 모든 생각을 머릿속에서 털어 버렸다. 그 집의 외관은 깨끗했고 잔디밭도 잘 다듬어져 있었다. 두 집 정도 떨어진 곳에다 차를 세우고 그 집까지 걸어 갔다. 포드 픽업이 주차되어 있지는 않았다. 그러나 그런 차를 주차할 공간은 충분했다.

나는 보도에서 집을 살펴보았다. 아담하고 네모반듯한 모양에 목제 지붕을 얹은 하얀 집이었다. 집 주위를 한 바퀴 돌았다. 드라이브웨이에서 자그마한 뒷마당까지 그리고 다시 판석(板石) 깔린 길을 돌아 현관 앞으로 나왔다. 불빛은 전혀 보이지 않았다. 창문이 두꺼운 커튼으로 가려져 있어 불빛이 밖으로 전혀 새어 나오지 않았다. 마치 절간처럼 조용했다.

나는 총을 꺼내 들고 초인종을 눌렀다. 20초가 지났는데도 아무런 대답이 없었다. 문과 문설주가 잇닿은 곳을 더듬어 보니 나무에 금이 간 곳이 있었다. 수갑을 꺼내 걸쇠 장치의 한구석에다 틀어박았다. 수갑의 한쪽이 나무에 박힌 것을 확인하고 힘을 주어 문고리 부근을 비틀었다. 그러자 문고리가 약간 느슨해졌다. 수갑을 옆으로 밀치면서 동시에 발로 걸어차 문을 열었다.

나는 외부의 불빛을 이용해 벽의 스위치를 찾아 불을 켰다. 벽에 거미줄이 잔뜩 끼어 있는 게 보였다. 나는 베란다 쪽으로 걸어가 문을 닫았다. 두꺼운 커튼은 바깥의 불빛을 완전히 차단하고 있었다. 나는 집 안으로 되돌아와 문을 닫고 현관의 문고리를 단단히 죄기 위해 빗장 장치 안쪽으로 흔들거리는 빈 공간에다 나뭇조각을 박아 넣었다.

현관 쪽의 접근로를 차단했으므로 안심하고 집 뒤쪽으로 갔다. 부엌 옆에 있는 방에서는 고약한 의약품 냄새가 풍겨 나오고 있었다. 발끝으로 그 문을 살짝 걷어차면서 안쪽 벽을 더듬어 전원 스위치 하나를 올렸다. 갑작스러운 불빛이 눈앞을 아찔하게 했다. 주위를 똑똑히 볼 수 있게 되자 방 안에 자욱한 냄새가 바로 포름알데히드라는 걸 알 수 있었다.

벽에 나란히 설치된 여러 개의 선반 위에는 내장을 담은 단지들이 놓여 있었다. 바닥에는 절반 이상이 군용 담요로 덮인 매트리스가 깔려 있었다. 매트리스 위에는 앞부분이 검붉게 물든 수술칼과 수첩 두 개가 놓여 있었다. 나는 숨을 크게 들이마신 뒤 그것들을 찬찬히 살펴보았다.

단지 속에는 뇌, 눈, 심장, 내장 등이 포름알데히드액 속에서 둥둥 떠다니고 있었다. 결혼 반지가 끼워져 있는 상태로 잘린 여자의 손이 담긴 단지, 난소 단지, 형태도 없는 내장 덩어리, 남자의 성기만 모아 놓은 단지, 금 이빨이 많이 박혀 있는 잇몸 단지 등 각양각색이었다.

나는 토악질이 올라오는 것을 억지로 참았다. 그리고 더 이상 그 끔직한 단지들을 쳐다보지 않으려고 매트리스 옆에 쪼그리고 앉았다. 수첩을 하나 집어 들고 그것을 대충 넘겨 보았다. 그 수첩에는 분묘 도굴 기록이 자세히 씌어 있었다. 공동묘지와 분묘 이름이 먼저 적혀 있고 그다음에 날짜가 적혀 있었다. 분묘 기록에는 돌아가신 내 어머니가 묻혀 있는 '이스트 로스앤젤레스 루테란' 공동묘지도 들어 있었다. 그 이름을 보는 순간 수첩을 떨어트렸고, 비틀거리는 내 몸을 부축하기 위해 담요를 꼭 잡았다. 그러나 담요 위아래에 정액이 잔뜩 말라붙어 있는 걸 보고는 얼른 담요를 문 쪽으로 집어던졌다. 다른 수첩을 집어 들고 중간쯤을 펴보았다. 그것은 단정한 남자 글씨로 씌어 있는 메모였는데 시점은 1947년 1월 14일이었다.

나는 그녀가 화요일 아침에 깨어났을 때 오래가지 못하리라는 것을 알았다. 그래서 이제 언덕에 머무를 수 있는 시간이 별로 없다고 생각했다. 부랑자나 아베크족들이 이 지역으로 언제 나올지 모르기 때문이다. 내가 어제 체스터필드 담뱃불로 유방을 막 지지는데도 그녀는 자기의 유방이 자랑스럽다는 태도를 보였다. 나는 그 유방을 천천히 도려내기로 마음먹었다.

그녀는 아직 혼수상태에 있다. 아마도 쇼크를 먹었는지도 모른다. 나는 일요일 밤부터 내게 커다란 만족을 주었던 조 디마지오 루이스빌 슬러거 야구 방망이를 그녀에게 보여 주었다. 그리고 그걸로 그녀를 쿡쿡 찔렀다. 그러자 그녀는 혼수상태에서 깨어났다. 내가 방망이로 그녀의 입을 찌르니까 그녀는 방망이를 거의 다 삼킬 지경이 되었다. 나는 방망이를 고정시킬 장치가 없는 게 아쉬웠다. 중세의 정조대나 아이언 메이든(여성의 형상을 한 상자로 안쪽에 못을 박아 놓은 고문 도구―옮긴이) 같은 장치가 얼핏 생각 났다.

나는 야구방망이를 그녀의 입에다 넣은 채 그녀의 왼쪽 유방에 난 담뱃불 자국을 칼로 찔러 절개했다. 그녀는 야구 방망이를 꽉 깨물었다. 너무 세게 깨물어 그녀의 입에서 피가 주르륵 흘러내렸다. 나는 유방을 찌른 칼을 좀 더 세게 안쪽으로 들이밀어 마구 휘저었다. 그녀는 비명을 지르려 했지만 야구 방망이는 목구멍 깊숙이 점점 더 미끄러져 들어갔다. 내가 1초 동안 방망이를 입에서 빼주자 그녀는 "엄마아!" 하면서 소리를 질러 댔다. 나는 다시 야구 방망이를 입 속에다 처넣고 이번에는 오른쪽 유방을 칼로 찌르기 시작했다.
　밧줄로 묶인 부분은 지금 곪고 있다. 밧줄은 그녀의 발목 속으로 박혀 들어갔고 그 부분에서 고름이 솟아올라 철벅거리고 있다…….

　나는 수첩을 내려놓고 일어섰다. 이미 엄청난 충격을 받아 다리가 후들거리는 데다 몇 페이지만 더 읽으면 진짜 돌아 버릴 것만 같았다. 내장 단지들이 내 시선을 잡아끌었다. 선반 위에 나란히 놓인 그 죽은 것들은 너무나 단정하고도 완벽했다.
　거기 서서 조지가 과연 사람을 산 채로 죽여 본 경험이 있었을까 의아해하는 순간 매트리스 위쪽 창문 선반에 혼자 덩그러니 놓인 단지가 눈에 띄었다. 문신이 새겨진 삼각형의 살집이었다. 문신은 하트 모양으로, 그 안에 육군 항공대 휘장이 그려져 있었다. 그리고 하트 밑에는 '베티와 매트 소령'이라고 씌어 있었다.
　나는 눈을 감고 온몸을 부들부들 떨었다. 팔짱을 끼고 그녀의 은밀한 부분을 몰래 훔쳐본 것 같아 미안하다고 베티에게 말하고 싶었다. 그녀의 비밀스러운 부분을 엿보려는 게 절대 아니고 단지 도와주고 싶을 뿐이라고 말하고 싶었다. 나는 그 말을 몇 번이나 되뇌었다. 그때 뭔가 부드러운 것이 내 어깨를 만졌다. 난 그 부드러움에 어떤 고마움마저 느꼈다.

고개를 돌리는 순간 한 사나이가 보였다. 그의 얼굴은 상처투성이였고 손에는 작은 절단용 수술칼을 쥐고 있었다. 그는 수술칼로 뺨을 슥슥 긁었다. 나는 그제야 내가 어디 있는가를 퍼뜩 깨닫고 권총을 꺼내려 했다. 그러나 두 줄의 쇠사슬이 내 손을 내리치는 바람에 내 45구경은 허리띠에서 풀려 나와 바닥에 툭 떨어졌다.

나는 옆걸음질쳤다. 수술칼은 내 상의를 찢고 빗장뼈 피부를 스쳤다. 나는 틸덴의 사타구니를 걷어찼다. 무덤 도굴꾼은 그 타격에 비틀거리며 몸의 균형을 잃더니 앞으로 고꾸라지면서 내게 달려들었다. 나도 그 충격에 벽의 선반에 쾅 하고 부딪쳤다. 단지들이 떨어져 깨졌고 포름알데히드가 질척거렸으며, 끔찍한 살점들이 단지에서 튀어나와 온 방에 넘쳐흘렀다.

틸덴은 내 위에 걸터앉아 수술칼로 내 얼굴을 내리찍으려 했다. 나는 그의 손목을 잡으면서 무릎으로 그의 사타구니를 가격했다. 그는 툴툴거렸을 뿐 물러서지 않았다. 상처투성이의 기괴한 얼굴이 점점 더 가까이 다가왔다. 한 뼘도 안 되는 거리에 있던 그는 이빨을 드러내며 내 뺨을 물어뜯었다. 뺨이 찢겨져 나가는 것 같았다. 나는 다시 무릎 끝으로 그의 옆구리를 가격했다. 그러자 그의 팔 힘이 약간 빠지는 것 같았다. 그는 이어 내 턱을 깨물었다. 틸덴의 손목을 재빨리 놓자마자 틸덴이 내리찍은 수술칼이 내 턱을 비켜 나가 뒤의 선반에 가 찍혔다. 나는 잽싸게 손을 뻗어 무기가 될 만한 것을 잡았다. 마침 커다란 유리 조각이 손에 잡혔다. 나는 틸덴이 수술칼을 선반에서 뽑아 드는 순간 그의 눈을 향해 유리 조각을 콱 찔러 넣었다. 그는 끔찍한 비명을 내질렀고 수술 칼은 내 어깨 위로 툭 떨어졌다.

그때 선반이 와르르 무너졌다. 조지는 내 위에 쓰러졌고 텅 빈 안구에서 피가 콸콸 흘러나왔다. 몇 발자국 떨어진 곳에 나의 45구경이 떨어져 있는 게 보였다. 나는 틸덴을 내 배 위에 올려 둔 채 그리로 포복해 가서 총을 집어 들었다. 조지는 머리통을 쳐들고 짐승 같은 비명을 계속 질러 댔다. 그는 진짜 짐승처럼 입을 커다랗게 벌린 채 내 목을 향해 덤벼들었다. 나는 소음 장치가 된 권총을 그의 안구에다 바싹 갖다 대고 방아쇠를 힘껏 당겼다. 순간 사방이 그의 뇌수로 뒤덮였다.

러스 밀라드가 쇼트 사건의 마무리를 맡아 해 주었다. 나는 아드레날린이 용솟음치는 상태로 죽음의 집을 뛰쳐나와 곧바로 시청으로 차를 몰고 갔다. 파드레는 죄수와 함께 막 타스콘에서 돌아오는 길이었다.

죄수가 구치소에 무사히 감금되는 것까지 확인하고 나는 러스를 한쪽으로 모시고 가, 내가 스프레이그 가문과 연루된 것을 비롯한 모든 얘기를 털어놓았다. 마조리 그레이엄이 얘기해 준 레즈비언 정보에서부터 조지 틸덴을 쏴 죽인 얘기에 이르기까지 속속들이 고백했다.

러스는 처음에는 놀라서 입을 딱 벌리더니 곧 나를 센트럴 리시

빙 병원으로 데려가 치료를 받게 했다. 응급실 담당 의사는 나에게 파상풍 주사를 놓아 주면서 이렇게 말했다.
"이건 사람에게 물린 자국같이 보이는데요."
그리고 찢어진 상처를 봉합해 주었다. 수술칼에 긁힌 상처는 별것 아니었다. 단지 소독약으로 닦아 내고 반창고만 붙이면 될 정도였다.
"이 사건은 미제 상태로 내버려 두자고. 지금까지 벌어진 일을 있는 그대로 실토했다가는 자넨 경찰에서 당장 쫓겨날 걸세. 자, 이제 가서 조지 틸덴을 한번 보자고."
우리가 실버레이크에 도착했을 때는 새벽 3시였다. 파드레는 그 광경을 보더니 끔찍한 듯 눈을 감았지만, 그래도 얼음장 같은 냉정을 유지했다. 내가 알고 있는 가장 훌륭한 경관인 러스 밀라드는 파격적인 행동으로 나를 놀라게 했다.
먼저 그는 이렇게 말했다.
"차에 가서 좀 대기하고 있게."
그는 집 옆에 있는 파이프를 만지작거리더니 20미터쯤 떨어진 자리에서 파이프에다가 총격을 가했다. 그러자 가스가 불타올랐고 순식간에 집 전체가 화염에 휩싸였다. 우리는 전조등도 켜지 않고 그곳을 재빨리 벗어났다. 러스는 딱 한마디 이렇게 내뱉었다.
"저런 망할 놈의 집은 그대로 놔둘 필요가 없어."
나는 형언할 수 없는 피로를 느꼈고 죽음보다 깊은 잠 속으로 떨어지고 싶었다. 러스는 나를 엘 니도에 떨어뜨려 주었다. 나는 뒤통수가 베개에 닿는 순간부터 20여 시간 동안 칠흑보다 더 어두운 무의식 속으로 빠져들었다. 잠에서 깨어난 내가 제일 먼저 본

것은 화장대 위에 놓인 스프레이그 가족 네 명의 여권이었다. 그 걸 보자 그들도 죗값을 받아야 한다는 생각이 나를 사로잡았다.

보건 위생법 위반이든 뭐든 징벌을 내리려면 그들을 국내에 잡아 두어야 했다. 나는 외무부 여권과로 전화를 걸어 형사 반장이라고 말한 뒤 스프레이그 가 사람들에 대한 여권 재발급을 보류해 달라고 부탁해 놓았다. 그러나 그것만으로는 직성이 풀리지 않았다. 그건 정말 너무나 가벼운 징벌에 불과했다.

나는 면도를 하고, 반창고와 상처를 꿰맨 부분이 물에 젖지 않게 신경을 쓰면서 샤워를 했다. 그리고 오직 사건의 종결만을 생각했지, 내 인생까지 결국 박살 날지도 모른다는 생각 따위는 하지 않았다.

나는 어제 매들린이 내뱉었던 말이 좀 이상하고 아귀가 맞지 않았다는 걸 다시 기억해 냈다. 옷을 입으면서 내내 그 의문을 생각해 보았다. 식사를 하기 위해 문밖으로 나서는 순간 마침내 그게 뭔지 알아냈다.

매들린은 마사가 라번 하이드어웨이에 대한 제보를 경찰에 했다고 말했다. 그러나 나는 베티 사건에 대해서라면 어느 경관보다도 기록된 서류를 훤히 꿰고 있었다. 기록된 서류철 어디에도 라번에 대한 메모는 없었다. 그러자 두 가지 사건이 퍼뜩 내 머릿속에 떠올랐다. 내가 매들린을 만나고 온 다음 날 아침 리는 무슨 제보 전화를 받으면서 상당히 오래 수화기를 붙들고 있었다. 그다음 외설 필름 시사회 중간에 리는 곧장 라번으로 차를 몰고 갔다.

왜 그랬을까? 혹시 마사의 제보를 리가 받았던 것은 아니었을까? 그 질문의 대답은 '천재 소녀' 마사만이 해 줄 수 있는 것이었다. 나는 그녀를 심문하기 위해 광고 대행사 골목으로 차를 몰고 갔다.

나는 혼자 앉아 있는 에멧 스프레이그의 친딸을 발견했다. 그녀는 영 앤드 루비캠 빌딩의 그늘에 있는 벤치에 앉아 점심을 먹고 있었다. 그녀는 내가 맞은편에 앉자 처음에는 나를 쳐다보지 않았다. 나는 베티 쇼트의 검은 수첩과 사진들이 발견된 우편함이 그곳에서 한 블록 떨어진 곳에 있다는 걸 발견했다.

나는 샐러드를 오물거리며 신문을 보고 있는 통통한 어린 여인을 쳐다보았다. 2년 반 전에 처음 본 이후로 그녀는 자신의 비만과 거친 피부를 상대로 전쟁을 벌여 온 것 같았으나, 그래도 여전히 에멧 스프레이그를 쏙 빼닮은 여자였다.

마사는 신문을 내려놓고 나를 쳐다봤다. 나는 그녀의 눈에 분노가 이글거릴 것이라고 예상했다. 그러나 그녀는 오히려 미소를 지으며 "안녕하세요, 블라이처트 씨." 하고 인사를 해서 나를 놀라게 했다.

나는 그녀 옆에 가 앉았다. 그녀가 읽고 있던 《타임스》는 사회면이 앞으로 나오게 접혀 있었다. 기사 제목은 이러했다.

「실버레이크 기슭에 기괴한 화재. 발견된 시체는 알아볼 수 없을 정도로 불에 타.」

"당신이 우리 집에 처음 온 날 그렸던 그림, 지금이라도 사과 드릴게요."

마사가 말했다.

"당신은 나를 보고도 별로 놀라지 않는군."

나는 신문을 가리키며 말했다.

"불쌍한 조지. 그래요. 난 놀라지 않아요. 아버지가 당신이 이미 알고 있다고 내게 말해 주었어요. 나는 평생 과소평가당해 왔는데, 매디와 아버지가 당신을 과소평가한다는 느낌이 들더군요."

나는 그런 칭찬을 무시했다.

"그 '불쌍한 조지'가 무슨 짓을 했는지 아나?"

"예. 처음부터 알고 있었어요. 난 그날 밤 조지와 쇼트라는 여자가 조지의 픽업을 타고 가는 걸 보았어요. 매디와 아버지는 내가 알고 있다는 사실을 몰랐어요. 그렇지만 나는 알았어요. 단지 어머니만 모르고 계실 거예요. 당신이 그를 죽였나요?"

나는 대답하지 않았다.

"내 가족에게 피해를 입힐 생각인가요?"

'내 가족'이라는 그녀의 말 속에서 어떤 자부심 같은 것이 느껴졌다.

"난 어떻게 해야 할지 모르겠어."

"난 당신이 내 가족에게 상처를 입혀도 하나도 원망하지 않아요. 아버지와 매디는 아주 끔찍한 사람들이에요. 그래서 그들을 해치려고 일부러 나 자신을 위험한 상황에 노출시키기까지 했던 거예요."

"당신이 베티의 사물을 발송한 걸 말하는 건가?"

이제 마사의 눈은 이글거리기 시작했다.

"그래요. 난 우리 집 전화번호가 나오는 페이지는 찢어 냈어요. 그렇지만 다른 번호를 이용하면 경찰이 결국은 아버지와 매디를 찾아올 거라고 생각했어요. 우리 집 전화번호를 직접 알려 줄 용기는 없었어요. 차라리 그렇게 하는 건데. 난······."
나는 한 손을 들어 그녀의 말을 막았다.
"왜 그랬지, 마사? 만약 경찰이 조지에 대해서 모든 걸 알게 된다면 어떤 일이 벌어질지 마사도 알고 있었을 거 아냐. 당신 가족은 공범으로 몰려 재판을 받고 감방에 갈지도 모르는데?"
"난 신경 쓰지 않았어요. 매디는 당신과 아버지를 차지했어요. 그렇지만 어머니와 나에겐 아무것도 없었어요. 그래서 차라리 우리 집이 통째로 가라앉기를 바랐어요. 어머니는 지금 낭창으로 고생하고 있어서 앞으로 몇 년 살지도 못할 거예요. 만약 어머니가 죽는다면 그건 너무 불공평하잖아요."
"그럼 사진에서 얼굴을 박박 지운 건 무슨 의미였나?"
마사는 손가락 관절이 하얘질 때까지 손을 꼬아 비틀었다.
"나는 열아홉 살이었고 할 줄 아는 일은 그림 그리는 것뿐이었어요. 나는 매디가 레즈비언으로 인식되기를 바랐죠. 사진에서 지운 얼굴은 아버지였어요. 내가 박박 지워 버렸지요. 하지만 아버지가 사진 뒤에다 지문을 남겼을 거라고 생각했어요. 나는 철저하게 아버지를 해치려고 했던 거예요. 나에겐 그만큼 그 문제가 절실했거든요."
"아버지가 매들린을 만지듯이 너도 만졌기 때문에?"
"오히려 만지지 않았기 때문이죠!"
나는 그 이상한 대답에 움찔 놀랐고 냉정해지려고 애를 썼다.
"마사, 라번 하이드어웨이에 대한 제보를 경찰에다 했지?"
마사는 눈을 내리깔았다.
"예."

"누구에게 얘기했지?"

"나는 그 경관에게 레즈 짓을 하고 다니는 언니 얘기를 하고, 언니가 버키 블라이처트라는 경관을 지난밤 라번에서 만나 오늘 밤에 데이트를 할 예정이라고 말해 주었어요. 매디가 온 가족에게 당신 얘기를 자랑스럽게 늘어놔서 질투가 났어요. 그렇지만 언니를 괴롭히려고 했던 거지 당신을 괴롭힐 생각은 조금도 없었어요."

리는 유니버시티 대기실에서 내 맞은편에 앉아 전화 제보를 받았다. 리는 「지옥에서 온 노예 소녀」를 보고 나서는 극도로 흥분하여 라번으로 바로 달려갔다.

"마사, 나머지 얘기도 모두 털어놔."

마사는 주위를 한 번 돌아다보더니 몸을 움츠렸다. 그러고는 다리를 꼭 모으고 팔을 옆구리에 딱 붙이고 주먹을 쥐었다.

"리 블랜처드가 우리 집에 찾아와서 아버지에게 라번의 레즈비언들과 얘기를 나눴다고 했어요. 그들이 매디를 블랙 달리아 건에 충분히 연루시킬 수 있다는 거였지요. 그는 곧 도시를 떠나 어디로 갈 건데 일정한 돈을 내놓으면 매디에 대한 정보를 발설하지 않겠다고 했어요. 그래서 아버지는 금고에 있던 돈을 꺼내 모두 건네주었어요."

벤제드린 알약을 먹고 잔뜩 흥분한 리는 시청과 유니버시티 지서에 나타나지 않았다. 그에게는 곧 있을 보비 드 위트의 가출옥이 증발을 부추긴 이유가 되었을 것이다. 그리고 에멧이 내놓은 돈으로 멕시코에서 흥청망청 썼을 것이다. 내 목소리는 뻣뻣하게 굳어졌다.

"더 말할 게 있나?"

마사의 몸은 감아 놓은 철사처럼 팽팽하게 긴장되었다.

"블랜처드는 다음 날 우리 집에 와서 더 많은 돈을 요구했어요. 아버지는 거절했어요. 그랬더니 아버지를 마구 때린 다음 엘리자베스 쇼트에 대한 질문을 퍼붓더군요. 나는 바로 옆방에서 그들이 하는 말을 엿들었어요. 정말 고소하더군요. 그렇지만 매디는 미친 듯이 화를 냈어요. 사랑하는 아빠가 개같이 두드려 맞는 모습을 더 이상 볼 수 없었던지 방에서 나가 버리더군요. 그렇지만 나는 계속해서 엿들었어요. 아버지는 블랜처드가 우리 가족을 살인범으로 몰아붙일까 봐 두려웠던 거예요. 그래서 10만 달러를 더 주기로 했어요. 그리고 조지와 엘리자베스 쇼트 사이에 벌어진 일을 사실대로 얘기했어요."

리가 '주니어 내시에 대한 참회'라고 하면서 보여 주었던 피의 정권(正拳).

그의 거짓말.

그리고 그날 내가 전화했을 때 매들린이 했던 말.

"오늘 집으로 오지 마세요. 아빠가 사업 관계로 오늘 저녁 집에서 손님과 저녁 식사를 하신대요."

그리고 한 시간 뒤에 레드애로 모텔에서 가진 열렬한 정사.

멕시코에서 흥청망청 돈을 쓰고 돌아다닌 리.

범인 조지 틸덴을 그대로 놓아 준 리.

마사는 눈에 손을 갖다 대 보고는 눈이 말라 있는 걸 확인한 뒤 내 팔을 잡았다.

"다음 날 어떤 여자가 와서 돈을 받아 갔어요. 내 얘기는 그게 전부예요."

나는 지갑에 들어 있던 케이의 스냅 사진을 꺼내 마사에게 보여 주었다.

"맞아요. 바로 그 여자예요."

나는 일어섰다. 그리고 우리 삼인조가 탄생된 이래 처음으로 나 혼자라는 느낌을 가졌다.

"제발 내 가족을 더 이상 괴롭히지 마세요."

"마사, 넌 빠져. 더 이상 그들 때문에 피해를 보지 말도록 해."

나는 웨스트 할리우드 초등학교로 차를 몰고 가서 차 속에서 교직원 주차장에 세워져 있는 케이의 플리머스 차를 뚫어져라 쳐다보았다. 내가 그녀를 기다리는 동안 리의 망령이 내 머릿속을 어른거렸다. 근 두 시간 동안이나 그 망령은 찰거머리처럼 내 영혼에 착 달라붙어 나를 괴롭혔다.

오후 3시가 되자 하교를 알리는 벨이 울렸다. 케이는 몇 분 뒤 아이들과 선생들 속에 묻혀 함께 학교 건물에서 걸어 나왔다. 그녀가 차 안에 혼자 있게 되었을 때 나는 그녀에게 다가갔다. 그녀는 내게서 등을 돌린 채 트렁크에다 책과 서류를 넣고 있었다.

"10만 달러 중에서 리가 당신에게 떼 준 몫은 얼마지?"

케이는 손가락으로 그린 아이들 그림 더미 위에 손을 멈추었다.

그녀의 몸이 차갑게 얼어붙었다.

"리가 매들린과 나의 관계를 얘기해 주던가? 그래서 당신이 그토록 베티 쇼트를 미워한 건가?"

케이는 아이들 그림을 손가락으로 만지더니 고개를 돌려 나를 쳐다보았다.
"당신은 정말 지어내는 데는 뛰어나군요."
그건 마사의 칭찬만큼이나 듣기 싫은 칭찬이었다.
"내 질문에 대답해."
케이는 트렁크를 거칠게 닫으면서 무표정한 눈빛으로 나를 쳐다보았다.
"난 그 돈 한 푼도 받지 않았어요. 그리고 내가 고용한 사립 탐정이 알아낼 때까지는 당신과 매들린의 관계에 대해서는 전혀 몰랐어요. 리는 상황이 어떻게 됐어도 증발할 사람이었어요. 난 그를 다시 만나게 될지 어떨지 알 수 없었어요. 그리고 그게 가능할는지 알 수 없었지만 아무튼 그가 편안하기를 바랐어요. 그는 또다시 에멧 스프레이그와 마주하기가 싫었던가 봐요. 그래서 내가 대신 돈을 받아다 준 거예요. 드와이트, 그는 내가 당신을 사랑하는 줄 알았고, 그래서 우리 둘이 함께 있기를 바란 거예요. 그것도 그가 떠난 이유 중의 하나였어요."
나는 거짓말의 모래 수렁으로 쑥 빠져 들어가는 느낌이었다.
"그는 자발적으로 떠난 게 아니야. 블러바드 시티즌스 은행털이 사건, 드 위트에게 무고하게 죄를 뒤집어씌운 것, 경찰 본부와의 불화 등으로부터 도망친 거야. 게다가 그는……."
"그는 우리를 사랑했어요! 적어도 그 사실 하나만은 부인하지 마세요!"
나는 주차장 주위를 돌아다보았다. 각자 자기 차 옆에 서 있던 선생들이 말다툼하는 우리를 흘끔거리고 있었다. 그들은 너무 멀리 떨어져 있어서 우리 말을 엿들을 수는 없었다. 아마도 우리가 애 문제, 담보 문제, 외도 문제 따위로 싸우고 있으리라고 상상할 것이다.

"케이, 리는 누가 엘리자베스 쇼트를 죽였는지 알고 있었어. 당신도 그걸 알고 있었나?"

"그래요."

케이는 땅바닥을 내려다보며 말했다.

"그는 살인범을 그대로 내버려 두었단 말이야."

"그때는 사태가 복잡할 때였어요. 리는 보비가 가출옥하자마자 멕시코로 내려갔어요. 그리고 멕시코에서 돌아오면 범인을 잡아내겠다고 했어요. 그러나 그는 돌아오지 않았어요. 그리고 나는 당신도 거기에 내려가는 것을 원치 않았어요."

나는 아내의 어깨를 거머쥐고 그녀가 놀라서 나를 쳐다볼 때까지 비틀었다.

"그리고 당신이란 사람은 그 뒤에도 아무에게도 얘기를 안 했군. 나한테조차도 말이야. 그래, 정말 아무에게도 그 얘길 하지 않았어?"

케이는 다시 고개를 숙였다. 나는 양손으로 그녀의 턱을 치켜세웠다.

"정말 다른 사람들에게는 얘기하지 않았나?"

교사다운 아주 침착한 목소리로 케이 레이크 블라이처트는 이렇게 말했다.

"나는 정말 당신에게 말할 뻔했어요. 그렇지만 당신은 다시 그 여자의 사진을 모으면서 오입질을 시작했어요. 난 내가 사랑하는 두 사람을 망쳐 버린 그 여자에게 복수를 하고 싶었어요."

나는 그녀를 때리려고 손을 쳐들었다. 그러나 갑자기 조지 틸덴이 떠올라 손을 거두었다.

나는 적치되어 있던 병가 일수를 모두 타 내 일주일 동안 엘 니도에서 시간을 죽이며 보냈다. 책을 읽고 재즈 방송을 들으면서 다가올 미래에 대해서는 걱정하지 않기로 했다.
이제 블랙 달리아 사건은 종료되었지만, 나는 데이터 파일을 되풀이해서 들여다보았다. 마사 스프레이그의 어릴 적 모습과 리의 모습이 내 꿈속을 어지럽혔다. 가끔 제인 챔버스 집에서 본 입 찢어진 광대의 모습도 꿈속에 나타나, 입만 가득한 얼굴을 들이밀며 모욕적인 말들을 내뱉었다.
나는 LA지역 4개 신문을 모두 사서 처음부터 끝까지 정독했다. 할리우드랜드에서 '랜드' 자를 떼어 낸 소동은 이제 지나갔고, 에멧 스프레이그 얘기도 없었고, 부실 건물에 대한 대배심의 심문, 불탄 집과 시체 얘기도 나오지 않았다. 뭔가 잘못되었다는 느낌이 들기 시작했다.
그것은 오랜 시간이 걸렸다.
나는 아무것도 생각하지 않고 벽을 멍하니 쳐다보면서 긴 시간을 죽이다가 마침내 그 생각에 이르게 되었다.
에멧 스프레이그가 나와 리를 부추겨서 조지 틸덴을 죽이려 했던 것은 아닐까? 이 생각은 물론 근거가 희박한, 육감에 의한 것이었다. 에멧은 노골적으로 이렇게 말했다.
"조지 틸덴이 어디 있는지 가르쳐 드릴까?"

그런 어투는 에멧다운 것이었다. 그가 완곡한 접근 방법을 썼더라면 나는 더욱 의심했을 것이다. 에멧은 리에게 얻어터지고 난 다음 곧바로 리에게 조지 틸덴이 범인이라고 불었다.

에멧은 리가 달리아 살인범을 보게 되면 분노가 폭발할 거라고 예상했던 것일까? 에멧은 조지가 무덤을 몰래 파헤쳐 모아 놓은 내장 단지들을 알고 있었을까? 그리고 그 단지를 보면 리나 내가 너무 화가 나서 조지를 죽여 버릴 거라고 생각했던 걸까? 리를 조지에게 보내서 둘 사이에 격돌이 일어나 조지가 죽거나, 아니면 에멧에게 귀찮게 구는 탐욕스럽고 참견하기 좋아하는 리가 죽기를 바란 것은 아닐까? 그렇다면 왜? 무슨 동기로? 에멧이 자기 자신을 보호하기 위해?

그러나 그 추리에는 커다란 구멍이 하나 뚫려 있었다. 에멧 같은 작자는 결코 자살을 추구할 타입이 아니기 때문에, 자살이나 다름없는 그처럼 무모한 짓을 벌이지 않으리라는 반론의 여지가 남는 것이다.

그리고 조지 틸덴이 의심할 나위 없는 블랙 달리아 살해범이기 때문에 그렇게 무모하게 죽이려 들 필요도 없는 것이었다. 그렇지만 그 생각 역시 근거 없는 단서에 뒷받침되어 있었다.

내가 1947년에 처음으로 매들린과 관계를 가졌을 때 그녀는 이런 말을 했다. 자기가 여러 바를 돌아다니면서 베티 쇼트 앞으로 "비슷하게 생긴 사람이 당신을 만나고 싶어 한다."는 메모를 남겨두고 왔노라고, 나는 매들린에게 그런 행동이 나중에 재앙을 가져올지도 모른다고 말했고, 그녀는 "그건 내가 알아서 할게요."라고 대답했다.

그 "알아서 해 준다."는 사람은 아마도 경찰관이었을 것이다. 나는 당시 알아서 해 주겠다는 말은 하지 않았다. 시간적으로 따져 보아 매들린은 리 블랜처드가 첫 번째로 돈을 요구했을 때 그런 말을 했던 것이다.

나의 생각은 근거도 없고, 상황 논리와 추론에 불과한 것이었다. 아마도 거짓말 아니면 반쯤 맞는 말이거나 쓸데없는 정보에 지나지 않을지도 모른다. 빈민가에서 태어나 거짓말이라는 기반 위에서 자라 온 한 경관이 발굴해 낸 엉성한 단서일지도 모른다. 그러나 바로 그런 이유 때문에 우연의 망령을 추구해 보기로 마음먹었다. 어차피 사건이 없으면 나는 아무것도 아닌 존재이니까.

나는 해리 시어즈의 개인 차를 빌려 이동하면서 스프레이그 가 사람들의 일거수일투족을 사흘 낮 사흘 밤 동안 감시했다. 마사는 차를 타고 직장에 갔다가 집으로 돌아왔다. 라모나는 죽 집에 있었다. 에멧과 매들린은 쇼핑도 하고 볼일도 보았다. 그 네 가족은 첫째 밤과 둘째 밤에는 움직이지 않았다. 세 번째 밤에 매들린은 달리아로 변장하여 또다시 쏘다녔다.

나는 8번가의 짐바 룸까지 그녀를 미행했다. 그녀는 바에서 해군, 공군 가리지 않고 노닥거렸다. 그러다가 해군 사병과 함께 9번가 이롤로 로에 가서 섹스를 했다. 나는 아무런 성적 도발도 느끼지 못했고 또 질투심도 느끼지 않았다. 호텔 12호실 밖에서 창문 틈새로 흘러나오는 음악 소리를 들었다. 그렇지만 베네치아풍 블라인드가 쳐져 있어서 내부를 들여다볼 수는 없었다. 매들린이 전에 벌인 행각과 약간 다른 점은 그녀가 새벽 2시에 남자를 떼 버리고 집으로 돌아갔다는 것이었다. 그녀가 집 안으로 들어가자 몇 분 뒤에 에멧의 침실에 불이 켜졌다.

나흘째 되는 날에는 낮에 감시를 하지 않고 밤이 되어 어두워졌을 때 뮤어필드 로의 감시 장소로 되돌아갔다. 다리를 좀 펴기 위해 차 바깥으로 나왔다.

"버키? 혹시 버키 아니에요?"

제인 챔버스가 나를 바라보며 서 있었다. 그녀는 갈색과 흰색이 섞인 스파니엘 개를 데리고 산책을 하던 중이었다. 나는 주인 몰래 과자 통에 손을 넣다 들킨 아이 같은 기분이 들었다.

"아, 안녕하세요, 제인."

"안녕. 도대체 여기서 뭘 하는 거예요? 스파이질? 아니면 매들린에 대한 짝사랑?"

나는 전에 제인 챔버스한테 스프레이그 가에 대해서 얘기했던 것을 기억했다.

"신선한 밤공기를 마시고 있는 중이랍니다. 적당한 대답인가요?"

"거짓말 같군요. 차라리 우리 집에 가서 신선한 술이나 한잔 하는 게 어때요?"

나는 튜더식 스프레이그 저택을 쳐다보았다.

"어머나, 저 집하고 무슨 원수졌어요? 왜 그렇게 저 집에 집착하는 거예요?"

나는 웃음을 터트렸다. 그러자 틸덴에게 물린 턱 부분이 약간 아팠다.

"어머나, 제 속셈을 어떻게 아셨어요? 좋아요. 신선한 술이나 한잔 하도록 하죠."

나는 그녀의 말투를 흉내 내며 말했다.
우리는 모퉁이를 돌아 준 가로 걸어갔다. 제인은 개 목걸이를 풀어놓았다. 개는 우리보다 앞서 보도를 뛰어 내려가 계단을 올라가서 챔버스의 저택 앞에 멈춰 섰다. 제인이 현관문을 열자 내 꿈을 어지럽히는 입 찢어진 광대가 나타났다.
"저건 볼 때마다 끔찍해요."
나는 몸을 부르르 떨었다.
"어때요, 싸서 드릴까?"
제인이 미소를 지으며 말했다.
"아니요. 무슨 말씀을."
"그때 우리가 저 그림에 대해서 얘기하고 난 다음에 저 그림의 역사를 살펴보았어요. 나는 엘드리지의 물건들을 많이 처분했는데, 저 그림을 자선 단체에다 줘 버릴까도 생각했어요. 그런데 너무 값이 나가서 내놓기가 아까운 거예요. 저건 프레더릭 야난투오노의 원화예요. 소재는 빅토르 위고의 『웃는 남자』라는 고전 소설에서 빌려 온 거지요. 소설의 내용은······."
베티 쇼트가 살해된 오두막에도 『웃는 남자』라는 책이 있었다. 나는 머리가 웅웅거려 제인이 하는 말을 간신히 알아듣고 있었다.
"······15,6세기에 콤프라치코라는 스페인 사람들 무리가 있었어요. 이들은 어릴 때 납치되어 고문을 당한 어린아이들인데, 저렇게 입이 찢긴 뒤에 귀족들에게 팔렸다더군요. 궁중의 웃음거리 감으로 말입니다. 너무 끔찍하지 않아요? 저 그림 속의 광대는 이 소설의 주인공인 기플랭이에요. 기플랭은 어렸을 때 입이 양 귀까지 찢겼지요. 버키, 괜찮아요?"

양 귀까지 찢어진 입.

나는 몸을 부르르 떨면서 억지로 미소를 지어 보였다.

"괜찮습니다. 그 책이 내게 뭔가를 연상시켜서요. 그건 이미 오래된 일이니 그저 우연의 일치일 겁니다."

제인은 내 얼굴을 찬찬히 쳐다보았다.

"얼굴빛이 안 좋군요. 그럼 또 다른 우연의 일치를 한번 들어 보실래요? 난 엘드리지가 저 집안 사람들이랑 말도 안 하는 줄 알았어요. 그러다가 영수증을 하나 발견했어요. 저 그림을 엘드리지에게 판 사람이 바로 라모나 스프레이그였지 뭐에요."

잠시 동안 기플랭이 나를 향해 피를 내뿜고 있다는 생각이 들었다.

"버키, 왜 그래요?"

나는 간신히 목소리를 되찾을 수 있었다.

"당신 남편이 2년 전 생일 선물로 저 그림을 사 주었다고 했지요?"

"예. 그런데……?"

"그게 1947년이지요?"

"그래요. 그렇지만 버키……."

"당신 생일이 언젠가요?"

"1월 15일이에요."

"영수증 좀 보여 주세요."

제인은 당황하는 듯한 눈빛으로 홀 맞은편에 있는 구석 테이블에서 서류를 뒤졌다. 나는 기플랭을 쳐다보았고 그의 얼굴은 39번가 노턴 로의 사진과 겹쳐졌다.

"자, 여기 있어요. 도대체 왜 그러는지 설명해 줄래요?"
나는 영수증을 받아 들었다. 보라색 용지에는 지나치게 남성적인 분위기를 풍기는 대문자체가 쒸어 있었다.

프레더릭 야난투오노의 그림「웃는 남자」를 엘드리지 챔버스에게 팔고 대금으로 3,500달러를 받았음. 이 영수증으로 챔버스가 이 그림의 소유주임을 입증함.
1947년 1월 15일
라모나 캐스카트 스프레이그

글씨체는 내가 조지 틸덴을 죽이기 직전에 읽었던 고문(拷問) 일기의 글씨체와 동일했다.
바로 라모나 스프레이그가 엘리자베스 쇼트를 죽인 것이었다.
나는 제인을 힘껏 포옹하고 나서 멍하니 서 있는 그녀를 뒤로하고 그 집에서 나왔다. 나는 차까지 가면서 나 혼자서 실마리를 풀어 나가야 한다고 생각했다. 스프레이그 저택 주변의 거리에다 차를 세우고 그 집을 감시하면서 범죄의 순간을 머릿속에서 재구성해 보았다.
라모나와 조지는 번갈아 고문을 했겠지. 따로 혹은 같이 생체 해부를 하고 나머지 뒤처리는 함께 한 뒤에 차 두 대에 시체를 싣고서 레이머트 파크로 갔겠지.
나는 온갖 가능한 상상을 다 해 보았다. 일이 어떻게 시작되었을지에 대해서도 생각해 보았다. 그렇게 온갖 경우의 수를 다 검토해 보았지만, 라모나 스프레이그와 홀로 맞닥뜨렸을 때 어떻게 할 것인가에 대해서는 아무런 생각도 할 수 없었다.

아침 8시 19분에 마사는 화구를 들고 현관문을 나서서 크라이슬러를 타고 동쪽으로 향했다. 10시 37분에는 가방을 손에 든 매들린이 패커드에 올라타 뮤어필드에서 북쪽으로 향했다. 에멧이 문턱에서 잘 다녀오라고 손짓을 했다. 나는 그가 한 시간쯤 뒤면 외출할 거라고 생각했다. 만약 그러지 않으면 그의 아내와 함께 만나는 수밖에 없었다. 정오 직후 그는 예상대로 자동차를 타고 외출했다. 그의 차에서 가벼운 오페라 음악이 흘러나왔다.

나는 한때 매들린과 한 달 가까이 그 집에서 살았기 때문에 하인들이 어떻게 움직이는지 잘 알고 있었다. 가령 목요일인 오늘은 관리인과 정원사의 휴일이다. 요리사는 오후 4시 30분에 나타나 저녁을 준비한다. 매들린이 가방을 들고 가는 걸 보니 어디 좀 오래 있다 돌아올 모양이었다. 마사는 오후 6시까지 직장에서 돌아오지 않을 것이다. 에멧만이 언제 돌아올지 알 수 없는 와일드카드였다.

나는 길을 건너가 그 집 주위를 염탐했다. 대문은 잠겨 있었고 옆문도 빗장이 질러져 있었다. 초인종을 눌러 사람을 부르거나 무단 침입을 해야 할 상황이었다.

유리문 반대쪽에서 신발을 끄는 소리가 나더니 이어 하얀 물체 같은 것이 거실 안으로 들어가는 게 보였다. 몇 초 뒤 현관문 열리는 소리가 드라이브웨이 아래쪽으로 들려왔다. 나는 재빨리 안으로 걸어 들어가 여자를 마주 보았다.

라모나는 흐늘거리는 실크 가운을 입고 마치 유령처럼 문턱에 서 있었다. 그녀의 짧고 곱슬곱슬한 머리카락은 부스스했고 얼굴은 붉게 부어 있었다. 아마 너무 울었거나 잠을 많이 잔 것 같았다. 나와 똑같은 그녀의 암갈색 눈동자는 겁을 먹고 경계하는 눈빛이 역력했다. 그녀는 숙녀용 자동 권총을 가운 품에서 빼 들어 나를 향해 겨누었다.

"네가 시켜서 마사가 내 곁을 떠났어."

그녀가 말했다.

나는 그녀의 손목을 쳐서 총을 떨어트렸다. 그 총은 '스프레이 그 가' 라고 씌어진 볏짚 매트 위로 떨어졌다. 라모나는 입술을 잘근잘근 씹었고 눈은 초점이 흐려져 있었다.

"마사는 살인자 곁에 있어야 할 이유가 없소."

나는 말했다.

라모나는 가운을 쭉 펴고 머리를 매만졌다. 나는 그러한 제스처가 가문 좋은 마약 중독자의 전형적인 수작이라고 생각했다. 그녀의 목소리는 아주 냉담한 스프레이그 가의 말투 그대로였다.

"그 사실을 마사에게 얘기하지 않을 거죠?"

나는 총을 집어 내 주머니에 넣은 다음 여자를 쳐다보았다. 20년 가까이 마약에 중독되어 온 여자 같았다. 그러나 눈동자는 너무 검어서 혹시 고정된 게 아닐까 하는 생각까지 들었다.

"그럼 당신의 소행을 마사가 모른단 말입니까?"

라모나는 옆으로 비켜서면서 안으로 들어오라고 했다.

"에멧은 이제 모든 게 안전하다고 내게 말했어요. 그의 말로는 당신이 조지를 해치울 거고 또다시 우리 집에 나타나기에는 당신도 잃을 게 너무 많다는 거였어요. 마사도 에멧에게 그렇게 말했다는군요. 당신이 우리를 더 이상 해치지 않을 거라고, 에멧도 같은 말을 했어요. 그래서 나는 그의 말을 믿었어요. 사업에 관한 한 그의 예측은 언제나 정확했으니까."
　나는 집 안으로 들어갔다. 거실은 바닥에 포장 상자가 놓여 있는 것 말고는 전처럼 단정했다.
　"에멧은 나를 조지에게 보냈고, 마사는 당신이 베티 쇼트를 죽인 걸 모르죠?"
　라모나는 문을 닫았다.
　"에멧은 당신이 조지를 해치우리라고 생각했어요. 그래서 내가 더 이상 연루되지 않을 거라고 확신하더군요. 에멧은 정신 이상자예요. 게다가 비겁하기까지 하죠. 자기 자신이 직접 그 일을 해치울 용기가 없으니까 다른 사람을 이용한 거예요. 그리고 정말 하느님을 두고 맹세하는 말이지만, 내가 내 소행을 마사에게 말했으리라고 생각하세요?"
　고문 살인자 라모나는 내가 그녀의 어머니 자격을 의심하는 줄 알고 당황하는 것 같았다.
　"마사는 곧 알게 될 겁니다. 그리고 그녀는 그날 밤 여기 집에 있으면서 조지와 베티가 함께 떠나는 걸 보았어요."
　"마사는 그러고 나서 한 시간쯤 뒤에 팜 비치에 있는 친구 집에 갔어요. 그리고 그 후 일주일 내내 그 집에서 머물렀어요. 에멧과 매디는 알고 있어요. 그렇지만 마사는 몰라요. 그리고 정말이지, 무슨 일이 있어도 그 아이에게 알려서는 안 돼요."
　"스프레이그 부인, 당신은 무슨 짓을 했는지……."
　"난 스프레이그 부인이 아니에요. 나는 라모나 업쇼 캐스카트예요! 절대로 마사에게 내가 한 짓을 얘기하면 안 돼요. 그러면 그

애는 내 곁을 떠날 거예요. 지금도 자기 아파트를 얻어 나가겠다
는 거예요. 그리고 난 살아 있을 시간이 얼마 없어요."
　나는 그 절절한 광경에 등을 돌리고 거실을 지나 앞으로 걸어가
면서 어떻게 해야 할지 난감해했다.
　나는 벽에 걸려 있는 사진들을 보았다. 킬트를 입은 몇 세대에
걸친 스프레이그 가 사람들, 오렌지 숲과 개발용 공터 앞에서 테
이프를 끊는 캐스카트 가 사람들의 사진이었다. 온몸을 꽉 죄는
코르셋을 입고 있는 통통한 어린 소녀 라모나의 사진도 있었다.
에멧은 활짝 웃으면서 머리가 까만 아이를 안고 있었다. 흐릿한
눈동자의 라모나가 마사의 장난감 이젤 앞에서 마사의 붓을 들고
서 있었다. 맥 세넷과 에멧 스프레이그가 장난스럽게 서로 주먹질
을 하는 사진도 있었다. 에덴데일에서 활약하던 사람들 뒤에 서
있던 젊은 조지 틸덴도 보였다. 그때는 얼굴에 상처가 하나도 없
어서 아주 잘생긴 얼굴이었다.
　나는 라모나가 뒤에서 부들부들 떨고 있는 것을 느꼈다.
　"그 얘기를 다 털어놔 봐요. 왜 그랬는지 말해 봐요."

　라모나는 긴 의자에 앉아 세 시간에 걸쳐 얘기를 했다. 그녀의
말투는 어떤 때는 분노를, 어떤 때는 슬픔을, 어떤 때는 자기가 말
하는 내용에 대한 초탈감을 담고 있었다. 그녀의 옆에는 작은 조
상(彫像)들이 놓인 테이블이 있었다. 그녀의 손은 쉴 새 없이 그
조상을 만지작거렸다. 나는 벽들을 돌아보면서, 스프레이그 가의
가족 사진을 쳐다보면서 사진들이 그녀의 얘기에 섞여 들고 있음
을 느낄 수 있었다.

그녀는 1921년, 이민 청년 에멧과 조지가 할리우드에서 출세 가도를 달리고 있던 시절에 그들을 만났다. 그녀는 조지를 심부름꾼 취급하는 에멧이 미웠다. 그리고 그런 점을 노골적으로 얘기하지 못하는 자기 자신 또한 미웠다. 그러나 그녀는 에멧이 자기와 결혼하고 싶어 했기 때문에 입을 다물고 있었다. 물론 에멧이 친정 아버지의 돈 때문에 그런다는 걸 알고 있었지만, 인물이 없는 그녀로서는 시집가기가 쉽지 않았기 때문에 그런 사실을 모른 척했다.

에멧은 예상한 대로 라모나에게 청혼을 했고 그녀는 청혼을 받아들여, 무자비한 건설업자이자 부동산 업체의 소유주인 젊은 에멧과 결혼 생활에 들어갔다. 그러나 그녀는 서서히 에멧을 증오하게 되었다. 그리고 남편에 대한 정보를 수집함으로써 그에게 수동적으로 저항하는 방법을 찾아 나갔다.

조지는 처음엔 그들의 차고 위 작은 집에서 살았다. 그녀는 조지가 죽은 것을 만지는 걸 좋아한다는 사실과 에멧이 그런 점을 못마땅해한다는 것도 알았다. 그녀는 정원에 흘러 들어온 도둑 고양이에게 독을 먹여 죽이기 시작했고, 죽은 고양이를 조지의 문 앞에다 갖다 놓았다.

에멧은 아이를 갖고 싶다는 라모나의 의사를 무시했고, 그녀는 조지를 유혹하여 육체관계를 맺었다. 그녀는 자신의 살아 있는 육체로 조지의 마음을 끌 수 있다는 사실에 흥분했다. 에멧은 라모나의 비만한 육체를 조롱하면서 가끔 한 번씩 약탈하듯 섹스를 했을 뿐이었다.

조지와의 관계는 짧게 끝났지만, 매들린을 낳는 결과를 남겼다. 그녀는 태어난 아이가 커 가면서 점점 조지를 닮으면 어쩌나 하는 초조와 불안 속에서 살다가 그것을 잊기 위해 마약을 먹기 시작했다. 그리고 2년 뒤 에멧의 딸 마사가 태어났다. 그녀는 그것이 조지를 배신한 행위처럼 느껴져 조지에 대한 속죄 행위로 고양이들을 독살시키는 짓을 다시 시작했다. 한 번은 고양이를 죽이다가 에멧에게 들켜서 '조지의 변태 행위'를 거들어 주고 있다는 비난과 함께 흠씬 두드려 맞기도 했다.

그녀가 구타당했다는 사실을 조지에게 얘기하자 조지는 그녀에게 에멧이 전쟁 중에 얼마나 비겁한 병사였던가를 얘기해 주었다. 그것은 자칭 전쟁 영웅이라고 말한 에멧의 거짓말(자기가 조지를 구해 주었다는 것)을 완전히 뒤집는 얘기였다. 그래서 그녀는 연극을 만들기 시작했고, 그것은 아주 미묘한 방식으로 진행되었기 때문에 에멧은 그것이 자기를 매도하는 것임을 전혀 눈치채지 못했다.

매들린은 에멧을 잘 따랐다. 그녀는 사랑스러운 아기였고 그래서 에멧은 그녀를 아주 귀여워했다. 마사는 아버지를 빼다 박은 아이였지만 오히려 어머니의 귀여움을 독차지하는 딸이 되었다. 에멧과 매들린은 마사가 뚱뚱한 데다 툭하면 울어 댄다고 경멸했다. 라모나는 마사를 보호하고, 그림을 가르쳐 주고, 매일 밤 언니와 아버지를 미워하지 말라는 충고와 함께 마사를 잠재웠다. 마사를 보호하고 그림을 가르쳐 주는 일은 라모나의 즐거움이 되었고, 견딜 수 없는 결혼 생활을 이겨 나가는 힘이 되었다.

매디가 열한 살이 되었을 때, 에멧은 그녀가 조지를 그대로 빼 닮았다는 것을 알아챘다. 그래서 진짜 아버지의 얼굴을 알아볼 수 없을 정도로 짓이겨 버렸다. 라모나는 그 일을 계기로 조지를 더욱 사랑하게 되었다. 조지는 이제 그녀보다 신체적으로 더 못한 상태가 되었고, 그 때문에 그들 사이에 어떤 신체적 균형이 이루어졌다고 생각했다.

조지는 라모나의 끈질긴 추파를 물리쳤다. 그녀는 위고의 『웃는 남자』라는 책을 알게 되었고, 콤프라치코와 기형이 된 희생자 얘기에 감동을 받았다. 그녀는 야난투오노의 그림을 사서 몰래 감춰 두고 조용한 시간이면 조지를 생각하면서 그 그림을 쳐다보았다.

매디는 십대가 되자 행실이 문란해지기 시작했고 에멧과 함께 침대 위에서 포옹을 하면서 자신의 문란한 행실에 대해 에멧에게 구체적으로 얘기해 주었다. 마사는 언니를 증오했고 그녀를 매도하는 음란한 그림을 그렸다. 라모나는 마사의 분노가 지나쳐지지 않도록 하기 위해 목가적인 풍경을 그리도록 강요했다.

라모나는 에멧에게 복수하려고 오랫동안 계획해 온 연극을 연출했다. 그것은 에멧의 탐욕과 비겁을 완곡하게 비난하는 것이었다. 와르르 무너지는 장난감 집은 1933년의 대지진 때 붕괴해 버린 에멧의 날림 주택을 상징하는 것이었고, 독일군 제복을 입힌 마네킹 밑에 숨어 있는 아이들은 비겁자 에멧을 묘사한 것이었다. 이웃의 많은 부모들은 그 연극을 끔찍해하며 자기 아이들이 스프레이그 가의 딸들과 노는 것을 금지했다. 바로 그 무렵 조지는 스프레이그 가의 생활에서 벗어나, 에멧의 빈집을 전전하면서 정원 일과 쓰레기 처리 일을 하며 살기 시작했다.

시간은 흘렀고, 라모나는 마사를 돌보는 일에 집중했다. 라모나는 마사가 특별 교육을 받을 수 있도록 오티스 예술학교에 기금을 적립시켜, 마사에게 빨리 고등학교를 졸업하도록 압박을 가했다. 마사는 오티스에서 좋은 성적을 냈을 뿐만 아니라 실제로 뛰어난 실력을 보였다. 라모나는 마사가 잘되는 것을 보면서 신경 안정제를 먹다 말다 하면서 살아 나갔다. 그리고 가끔 조지를 생각했다. 그가 주위에 없어서 섭섭했고 또 만나고 싶기도 했다.

1946년 가을에 조지가 돌아왔다. 그녀는 조지가 에멧에게 협박하는 것을 엿들었다. 그 외설 영화에 나오는 여자를 자기에게 내놓으라는 요구였다. 그렇지 않으면 스프레이그 가의 지저분한 과거와 현재에 대해서 남김없이 폭로해 버리고 말겠다는 것이었다.

라모나는 '외설 영화 속의 여자'에게 엄청난 질투심과 증오심을 느꼈다. 그리고 1947년 1월 12일 엘리자베스 쇼트가 스프레이그 저택에 나타나자 라모나의 분노는 폭발했다. 너무나 매들린을 닮은 그 여자를 보는 순간, 그녀는 운명의 가장 잔인한 장난이 자신에게 가해지는 느낌이었다.

엘리자베스와 조지가 픽업을 타고 가는 것을 본 라모나는, 일단 마사가 자기 방으로 돌아가 팜 스프링스 여행을 위해 짐을 꾸리는 걸 확인했다. 라모나는 마사의 문 앞에다 엄마는 이제 잠자러 갈 거니까 나중에 보자는 메모를 남겨 두었다. 그런 다음 지나가듯이 에멧에게 '그 여자'와 조지가 어디로 갔느냐고 물었다. 에멧은 조지가 노스 비치우드의 버려진 집에 가겠다고 말한 걸 들었다고 대답했다.

라모나는 뒷문으로 나가 여벌의 패커드를 타고 할리우드랜드로 재빨리 달려가 그들이 나타나기를 기다렸다. 몇 분 뒤 조지와 그 여자는 리 산 공원의 기슭에 도착했다. 그녀는 걸어서 숲 속 오두막으로 들어가는 그들을 따라갔다. 그들이 안으로 들어가고 안에서는 곧 불이 켜졌다. 그 불빛은 나무 기둥에 세워져 있는 반짝거리는 나무로 된 물체를 비추었다. 그건 야구 방망이였다. 그때 그 여자가 낄낄거리면서 말하는 소리가 들려왔다.
"이 상처는 전쟁 통에 얻은 거예요?"
라모나는 야구 방망이를 앞세우고 안으로 들어갔다.
엘리자베스 쇼트는 그녀를 보고 달아나려 했다. 라모나는 그녀를 때려 기절시킨 다음, 조지에게 그녀의 옷을 벗기고 입에다 재갈을 물리라고 시켰다. 그리고 여자를 매트리스에다 묶었다. 라모나는 조지에게 여자의 내장을 영원히 갖도록 해 주겠다고 말했다. 그녀는 손지갑에서 『웃는 남자』라는 책을 꺼내 그중 일부를 커다란 소리로 읽으면서 다리를 벌리고 누워 있는 그 여자를 곁눈질로 쳐다보았다.
그런 다음 라모나는 그녀를 칼로 베고 담뱃불로 지지고 야구 방망이로 마구 때렸다. 그리고 늘 가지고 다니던 수첩에다 그 과정을 낱낱이 적어 넣었다. 베티는 고통을 이기지 못해 기절했다. 조지는 옆에서 지켜보았고 그들은 함께 콤프라치코의 노래를 불렀다. 그리고 이틀 뒤 그녀는 베티의 입을 기플랭처럼 양 귀까지 쫙 찢어 놓았다. 그렇게 해야 그녀가 죽은 뒤에도 자기를 증오하지 못할 것 같았기 때문이었다.
조지는 시체를 두 토막 낸 다음 그것들을 오두막 바깥에 있는 냇가에서 깨끗이 씻고 라모나의 차에 실었다. 그날 밤 그들은 그 시체 토막을 39번가 노턴 로로 싣고 갔다. 그곳은 조지가 시청에서 쓰레기 처리 일을 맡아 하던 공터였다. 그들은 엘리자베스 쇼트를 거기에 내다 버려 블랙 달리아로 알려지게 했다. 그런 다음 그녀는 조지를 그의 픽업 차에다 데려다 주었고 에멧과 매들린에게 돌아가, 곧 내가 어디 있다 왔는지 알게 될 것이며 마침내 내 의지를 존중하게 될 것이라고 그들에게 말했다.

그녀는 정화(淨化)의 일환으로, 싸구려 미술품을 좋아하는 엘드리지 챔버스에게 기플랭 그림을 팔았고 그 거래에서 이익을 남겼다. 그러나 마사가 자기의 소행을 알게 될지 모른다는 공포 속에서 나날을 보냈다. 그녀는 공포를 잊기 위해 더 많은 아편, 코데인(아편으로 만든 진통제), 수면제 등을 먹게 된 것이었다.

라모나가 말을 마쳤을 때 나는 일렬로 늘어선 액자에 든 잡지 광고를 쳐다보고 있었다. 그 광고는 마사가 상을 탄 작품들이었다. 갑작스러운 침묵은 나의 신경에 대단히 거슬렸다. 그녀의 얘기는 내 머릿속에서 시간 구분 없이 앞뒤로 마구 뒤섞였다. 방이 시원한데도 불구하고 나는 땀을 줄줄 흘렸다.

마사가 1948년 광고위원회 대상을 받은 작품은, 시어서커(물결 같은 줄무늬가 있는 인도산 직물—옮긴이) 양복을 입은 신사가 해변을 걸으면서 일광욕을 하고 있는 블론드의 미녀에게 추파를 던지는 그림이었다. 그 유혹의 행위에 너무 몰두해 있던 그는 주변 상황은 전혀 신경을 쓰지 않은 나머지 커다란 파도에 휩쓸리기 직전이었다. 광고의 맨 위에 적힌 문구는 다음과 같았다.

"걱정할 것 없어요! 그는 하트, 새프너 & 막스 페더웨이트 양복을 입었으니까요. 그 양복은 곧 뽀송뽀송하게 마를 거예요. 그리고 오늘 밤 그녀를 클럽에서 유혹할 수 있을 겁니다!"

광고 속의 여자는 날씬했다. 그러나 이목구비는 마사를 닮은 얼굴이었다. 그래도 실물보다는 훨씬 부드럽고 아름다웠다. 배경에는 종려나무에 둘러싸인 스프레이그 저택이 그려져 있었다.

"이제 어떻게 할 건가요?"

라모나가 침묵을 깨트리며 물었다.

나는 그녀를 쳐다볼 수가 없었다.

"모르겠습니다."

"아무튼 마사에게 알려서는 안 돼요."

"그 얘긴 아까 했습니다."

광고 속의 남자는 이상화된 에멧처럼 보이기 시작했다. 할리우드 스타일의 잘생긴 스코틀랜드 남자. 나는 라모나의 얘기에 영감이 떠올라 경찰다운 질문을 하나 던져 보았다.

"1946년 가을, 누군가가 할리우드 공동묘지에다 죽은 고양이를 갖다 버린 적이 있어요. 그게 당신이었나요?"

"그래요. 난 그녀에게 심한 질투심을 느꼈고 내게 아직도 애정이 남아 있다는 걸 조지에게 보여 주고 싶었어요. 자, 이제 어떻게 할 셈인가요?"

"모르겠어요. 라모나, 위층으로 올라가세요. 날 여기다 내버려 두고."

나는 부드러운 발걸음 소리가 방 밖으로 빠져나가는 소리와 흐느끼는 소리를 들었다. 조금 지나자 아무런 소리도 들려오지 않았다. 나는 라모나를 살리기 위해 연합 전선을 편 가족들의 노력이 가상하다는 생각마저 들었다. 그리고 그녀를 체포하면 나의 경찰 생활이 박살 나리라는 것도 알았다. 증거 은닉에다 공무 집행 방해 혐의를 받게 될 것이다.

스프레이그 가는 돈이 있으니까 라모나의 가스실행은 막을 수 있을 것이다. 하지만 그녀는 아타스카데로 감옥이나 여자 감옥으로 이송될 것이고, 그러면 산 채로 뜯겨서 결국은 낭창으로 죽고 말 것이다. 그리고 마사의 인생은 산산조각이 날 것이다. 그러나 에멧과 매들린은 서로 감싸 줄 것이다. 그리고 증거 은닉과 공무집행 방해 혐의만 가지고 그들을 기소하기는 좀 어려울 것이다. 그들만 해도 이미 두 다리를 건넌 증인이니까. 그러니 라모나를 잡아들이면 나의 경찰 생명은 끝난다고 봐야 한다. 하지만 만약 그녀를 놓아 준다면 나의 인간성이 박살 나는 것이다. 내가 어느 쪽으로 결정하든 에멧과 매들린은 살아남을 것이고.

진퇴양난에 빠진 나, 버키 블라이처트는 어떻게 해야 할지 막막한 상태로 스프레이그 가 조상(祖上)의 얼굴이 가득 걸려 있는 호화 거실에 조용히 앉아 있었다.

나는 바닥에 놓인 포장 상자(시의회가 강하게 나오면 바로 달아나기 위한 스프레이그 가의 방편)를 뒤져서 싸구려 칵테일 드레스와 여자의 얼굴이 잔뜩 그려진 스케치 패드를 보았다. 그 얼굴들은 마사가 치약, 화장품, 콘플레이크 광고 등에 쓰기 위해 자기 얼굴을 변형해 그린 것이었다. 아마도 그녀는 라모나를 교도소에서 출감시키기 위한 캠페인 광고도 디자인할 것이다. 그러나 남을 잔인하게 죽인 엄마의 도움이 없으면 더 이상 일할 의욕이 안 날지도 모른다.

나는 그 저택을 나와 옛날에 자주 가던 곳들을 돌아다니면서 시간을 죽였다. 먼저 양로원에 들렀다. 아버지는 아직도 내 얼굴을 알아보지 못했지만, 사악한 장난기만은 여전했다. 링컨 하이츠에는 조립식으로 지어진 새 주택들이 임차인을 기다리며 들어서 있었다. '군인에게는 선도금 없이 분양함'이란 간판도 내걸려 있었다. 이글 록 리전 홀은 여전히 금요일 밤의 권투 경기를 과대 선전하는 간판을 내걸고 있었고, 내가 순찰 경관으로 일하는 센트럴 경찰서 지역은 여전히 주정꾼, 오입쟁이 그리고 예수를 저주하는 자들로 가득 차 있었다.

황혼 녘이 되자 나는 그런 방황을 그만두었다. 그 어머니를 쓰러트리기 전에 그 시건방진 여자를 다시 한 번 만나 보고 싶었다. 그리고 내가 더 이상 그녀의 육체에 관심이 없다는 걸 알면서도 왜 달리아 노릇을 계속하는지 물어보고 싶었다.

나는 8번가의 바 지역으로 차를 몰고 가 이롤로 로의 한구석에다 주차를 시키고 차 안에서 짐바 룸을 출입하는 사람들을 감시했다. 매들린이 아침에 가방을 들고 간 것이 여행을 위한 게 아니기를 빌었다. 그리고 이틀 밤 전에 한 달리아 노릇이 그 한 번으로 끝나지 않기를 바랐다.

나는 바를 출입하는 사람들을 계속 살펴보았다. 바 옆에 있는 싸구려 식당에는 민간인 술꾼, 이웃집 아저씨들이 끊임없이 들락거렸다. 나는 이런 속절없는 감시를 그만둘까 하다가도, 라모나 생각을 하면 대책이 서질 않아 그냥 그 자리에 죽치고 앉아 있었다.

자정이 지나자 매들린이 패커드를 바 앞에 세웠다. 그녀는 엘리자베스 쇼트가 아닌 자기 모습 그대로 손가방을 든 채 차에서 내렸다. 나는 깜짝 놀라 그녀가 한 식당 안으로 들어가는 것을 보았다. 15분이 천천히 흘러갔다. 이윽고 그녀는 블랙 달리아로 화려하게 변장하고 식당에서 나왔다. 그녀는 손가방을 패커드의 트렁크에다 넣고 짐바 룸으로 들어갔다.

나는 1분쯤 기다렸다가 이어 바 안으로 들어가 기웃거렸다. 바 안에는 육군 장교 몇몇이 진을 치고 있었고 얼룩말 무늬의 부스는 텅 비어 있었다. 매들린은 혼자서 술을 마셨다. 그녀로부터 약간 떨어진 곳에 앉아 있던 두 군인이 옷매무새를 다듬으며 그녀에게 다가설 채비를 하고 있었다. 그들은 곧 그녀에게 다가섰다. 바가 너무 한적해서 오래 감시하고 있을 수가 없었다. 그래서 나는 차 있는 데로 철수했다.

매들린과 카키색 여름 군복을 입은 중위는 한 시간쯤 뒤 바에서 걸어 나왔다. 그녀의 예정된 스케줄대로, 그들은 패커드를 타고 9번가 이롤로 로의 모텔로 갔다. 나는 그들 뒤를 쫓아갔다.

매들린은 차를 주차시키고 관리인의 사무실로 키를 가지러 갔다. 군인은 12호실 방문 앞에서 기다리고 있었다. 나는 절망감을 느꼈다. 방에서는 음악이 크게 흘러나오고 있었고 게다가 베네치아풍 차양이 창문을 가리고 있었다. 매들린은 관리인 사무실에서 나와 중위를 불러 주차장 건너편 방을 가리켰다. 그는 어깨를 한 번 으쓱하더니 그쪽으로 걸어갔다. 매들린은 그와 함께 방문을 열고 들어갔다. 실내에서 불이 켜졌다 곧 꺼졌다.

나는 10분 뒤 그 방 앞까지 갔다. 방 안에서는 신음 소리가 흘러나왔고 음악 소리는 들리지 않았다. 나는 방의 한쪽 창문이 사오십 센티미터 가량 열려 있는 것을 보았다. 창틀의 페인트가 말라 붙어 잘 안 닫히는 것이었다. 넝쿨이 많이 자란 격자 시렁 옆에 쪼그리고 앉아 방 안에서 흘러나오는 소리를 엿들었다.

더 큰 신음 소리, 침대가 삐걱거리는 소리, 남자가 투덜대는 소리, 그녀의 콧소리는 뜨거운 정점에 이르고 있었다. 나랑 있을 때보다 훨씬 더 고음인 그 소리는 지어낸 듯한 느낌을 주었다. 군인이 헉 하고 한 번 신음 소리를 내지르자 모든 소음이 차츰 가라앉았다. 그리고 매들린이 약간 사투리가 섞인 말투로 이렇게 말했다.
"라디오가 있었으면 좋겠어요. 고향에 있는 모텔에는 다 라디오가 있는데. 물론 라디오가 잠겨 있어서 그걸 열려면 10센트짜리 동전을 넣어야 해요. 그렇지만 그렇게 하면 음악을 들을 수 있었어요."
"난 보스턴이 좋은 마을이라고 들었는데."
군인이 숨을 헐떡거리며 말했다.
그때 매들린의 가짜 목소리가 들려왔다. 뉴잉글랜드 하층민의 말투로, 생전의 베티 쇼트가 했을 법한 억양이었다.
"메드포드는 정말이지 별로예요. 절대로 좋은 곳이 아니에요. 난 여기저기서 지랄 같은 일만 했어요. 술집 종업원, 극장의 과자 판매원, 공장 사무직 등등요. 그래서 캘리포니아로 나와 한몫 잡아 볼 생각이었어요. 메드포드가 너무 끔찍했거든요."
매들린의 보스턴 억양은 점점 심해졌다. 그녀는 진짜 보스턴 최하층민 같았다.
"여기 나온 건 전쟁 중이었소?"
군인이 물었다.
"으흠. 난 캠프 쿡의 피엑스에 일자리를 잡았어요. 거기 군인들은 날 마구 때렸어요. 그런데 상까지 탄 적이 있는 한 건축업자가 나를 구출해 주었어요. 그는 지금 나의 의붓아버지예요. 내가 아무리 늦게 들어오더라도 일단 집에 들어오기만 하면 누구와 놀았는지 전혀 간섭하지 않아요. 그는 내게 멋진 하얀 차와 섹시한 검은 옷을 사 주었어요. 그리고 진짜 아버지가 아니기 때문에 가끔 내 등을 쓰다듬기도 해요."

"그런 아버지가 좋지. 내 아버지도 과거에 자전거를 사 주고 소프박스 더비(스스로 만들거나 시판하는 부품을 조립해 만든, 모터가 없는 경주용 자동차로 언덕길을 내려가는 청소년들의 경주—옮긴이)를 사라고 2달러를 준 적이 있었지. 그렇지만 패커드를 사준 적은 없었어. 베티, 정말 끝내 주는 아버지를 두었군."

나는 좀 더 몸을 낮추어 열린 틈새로 안을 들여다보았다. 보이는 것은 방 한가운데 침대에 누워 있는 검은 형체뿐이었다.

"의붓아버지는 어떤 땐 내 남자 친구들을 못마땅하게 생각해요. 그렇지만 야단법석을 떨지는 않아요. 그가 내 등을 가끔 쓰다듬어도 내가 가만있기 때문이에요. 그런데 경찰관 남자 친구가 있었어요. 의붓아버지는 그 경찰관이 야비하고 우유부단하다고 말했어요. 그렇지만 그 남자는 덩치가 큰 데다 힘도 셌고 또 매력적인 뼈드렁니였기 때문에 난 아버지 말을 듣지 않았어요. 그런데 그 경찰관이 나에게 해를 입히려고 했어요. 그래서 아빠가 그를 좀 손봤지요. 아빠는 돈만 얻어 내려 하고 선량한 처녀를 해치려는 비겁한 남자를 어떻게 다뤄야 하는지 잘 알고 있거든요. 아빠는 1차 대전 때 전쟁 영웅이었는데 그 경찰관은 병역을 기피한 인간이었어요."

매들린, 베티는 이제 사투리를 버리고 낮고 걸걸한 목소리로 바꿔 말했다. 나는 나를 매도하는 더 심한 악담을 각오했다.

"병역 기피자는 러시아로 보내거나 총살을 해야 돼. 아니야. 총살은 너무 자비로워. 차라리 목을 졸라 죽여야 해. 그게 더 적합해."

군인이 말했다. 매들린은 이번엔 목소리를 떨면서 완벽한 멕시코 억양으로 말했다.

"차라리 도끼를 휘둘러 죽이는 건 어때요? 그 경찰관에게는 파트너가 있었어요. 그 파트너는 내 곤란한 일을 좀 처리해 주었어요. 내가 질 나쁜 여자에게 쓸데없이 남겼던 메모들을 가져다주었죠. 그 파트너는 내 아빠를 마구 두들겨 패고 멕시코로 달아났어요. 그래서 난 변장을 하고 멋진 드레스를 샀어요. 그리고 사립 탐정을 사서 그의 소재지를 알아봐 달라고 했어요. 그런 다음 연극을 했지요. 변장을 하고 엔세나다로 내려가 거지인 척하면서 그의 방문을 두드렸어요. '그링고(외국인이라는 뜻의 스페인어—옮긴이), 그링고. 난 돈이 필요해요.' 그가 등을 돌리는 순간 난 도끼를 들어 그의 뒤통수를 내리쳤어요. 그렇게 해서 그가 아빠에게서 훔쳐간 돈 7만 1,000달러를 내가 도로 빼앗아 가지고 집으로 돌아왔지요."

"이봐, 그거 농담이지?"

군인은 못 믿겠다는 듯이 지껄였다.

나는 38구경을 꺼내 조준을 했다. 밀턴 돌핀이 말한 '부유한 멕시코 여자'는 다름 아닌 매들린이었던 것이다. 그녀는 이제 욕설이 섞인 스페인어로 지껄이고 있었다. 나는 창문 틈으로 조준을 했다. 그때 방 안에 불이 켜졌고 군인이 일어나서 제복을 입는 바람에 나의 조준이 망쳐졌다. 나는 안구에 벌레가 들락날락하던,

모래 매장지에 묻힌 리의 시체를 생각했다.

몸에 꽉 끼는 검은 가운을 입고 있는 매들린은 아주 쉬운 목표물이었다. 나는 조준을 했다. 그러나 그만 그녀의 알몸을 보는 순간 실수하여 공중에다 헛방을 쏘고 말았다. 군인은 총소리에 놀라 반쯤 옷을 입다 말고 그대로 밖으로 뛰쳐나갔다. 나는 창문을 발로 걸어차며 방 안으로 들어갔다.

매들린은 창문을 넘어오는 나를 쳐다보았다. 매들린은 총소리와 사방에 어질러진 사금파리에도 눈 하나 깜짝 않고 재치 있는 목소리로 부드럽게 말했다.

"내게는 그녀만이 유일하게 현실감 있게 다가왔어요. 그래서 사람들에게 늘 그녀 얘기를 해야만 했어요. 난 그녀 옆에 있으면 일부러 꾸민 사람 같았어요. 그녀가 정말 자연스러운 진짜였다면 난 억지로 꾸며 낸 가짜 같았죠. 그리고 그녀는 우리의 친구였어요. 당신은 내게 그녀를 알게 해 주었어요. 그녀야말로 우리의 관계를 정말 멋진 것으로 만들어 준 사람이었어요. 그러니 그녀는 우리의 친구예요."

나는 매들린의 달리아식 가발을 위로 치켜올렸다. 그러고 보니 그녀는 진짜 까만 머리의 창녀같이 보였다. 난 그녀의 손을 뒤로 돌려 수갑을 채우면서, 모래 매장지에 묻힌 파트너 옆에 누워 내 안구에 벌레들이 들락날락하는 광경을 상상했다. 사방에서 사이렌 소리가 심하게 났고 깨어진 창문으로 플래시가 번쩍거렸다. 저기, 커다란 허무 속에서 리 블랜처드는 파추코 폭동 때 내게 한 말을 되풀이하고 있었다.

"셰르세 라 팜므(여자를 찾아라), 버키. 이 말을 기억하게."

우리는 함께 추락했다. 나의 총소리는 네 대의 경찰 백차에 시동을 걸었다. 나는 경관들에게 그 총성은 윌셔 지서를 향한 사이렌 역할을 하는 것이었다고 설명했다. 그리고 나는 저 여자를 1급 살인죄로 입건한다고 말했다.

윌셔 지서 경관 대기실에서 매들린은 자신이 지어낸 끝내 주는 환상(리, 매들린, 버키의 삼각관계와 1947년 겨울에 두 남자를 상대로 벌인 사랑의 행각)을 섞어 가며 리 블랜처드를 살해한 사실을 자백했다. 나는 심문에 입회했고 매들린은 아주 완벽하게 대답을 해냈다. 노련한 살인국 형사들도 그녀의 얘기를 전적으로 믿어 주었다. 리와 내가 그녀의 사랑을 얻기 위해 발버둥을 쳤고 결국 매들린은 나를 장래의 남편감으로 골랐다는 얘기였다. 리는 에멧을 직접 찾아가 딸을 달라고 요구했으나, 에멧이 거절하자 죽도록 그를 두들겨 팼다는 것이었다. 매들린은 아빠를 위한 복수심에 불타 멕시코까지 리를 따라가 엔세나다에서 도끼를 휘둘러 그를 죽였다고 했다. 그렇지만 블랙 달리아 살해 사건에 대해서는 아무런 말도 하지 않았다.

나는 매들린의 얘기가 맞다고 하면서 최근에 와서야 리가 살해되었음을 알았다고 말했다. 나는 그때 매들린에게 살해 상황을 설명하라고 강요하여 그녀로부터 부분적인 자백을 얻어 냈다. 매들린은 LA 여자 감옥으로 이송되었고, 나는 엘 니도로 돌아왔다. 그렇지만 라모나를 어떻게 해야 할지에 대해서는 아직도 대책이 서질 않았다.

다음 날 나는 순찰 근무로 되돌아갔다. 내가 하루 근무를 끝내고 돌아오니 경찰청 형사들이 뉴턴 지서에서 나를 기다리고 있었다. 그들은 나를 세 시간에 걸쳐 심문했다. 나는 매들린이 꾸며 낸 얘기를 그대로 반복했다. 그녀의 그럴듯한 얘기에다 경찰 본부에 떠도는 내 명성이 덧붙여져, 심문을 무사히 통과할 수 있었다. 그리고 아무도 달리아 얘기는 꺼내지 않았다.

그다음 일주일 동안 법적 절차가 활발히 진행되었다.

멕시코 정부는 리 블랜처드의 살해와 관련하여 매들린을 기소하는 것을 거부했다. 시체도 없고 증거도 없는 상태에서 범인 인도 절차를 취할 수 없다는 것이 그 이유였다. 그녀의 운명을 결정하기 위해 대배심이 소집되었다. 엘리스 로가 로스앤젤레스 시청을 대표하여 기소를 주장할 예정이었다. 나는 오로지 서면으로만 증언하겠다고 그에게 말했다. 나의 예측 불가능한 성질을 잘 아는 엘리스 로는 거기에 동의했다. 나는 사랑의 삼각관계에 대해 거짓말을 잔뜩 늘어놓은 10페이지짜리 진술서를 작성했다. 그것은 낭만적인 수식으로 가득 찬 문장이었고, 낭만적인 베티 쇼트에게도 어울릴 만한 것이었다. 베티는 이 아이러니를 멋지다고 평가해 줄까?

에멧 스프레이그는 별도의 대배심에 의해 기소되었다. 기소 이유는 무너질 위험이 있는 위험한 부동산을 깡패를 내세워 관리시킨 데 따른 보건 위생법 위반이었다. 그에게는 5만 달러 이상의 벌금형이 언도되었을 뿐 형사 소추는 일어나지 않았다. 매들린이 리에게서 빼앗아 온 7만 1,000달러를 생각하면, 에멧은 그 거래에서 아직도 2만 달러 이상의 흑자를 기록하고 있는 셈이었다.

매들린 사건이 대배심의 검토를 받기 위해 넘어가던 날, 사랑의 삼각관계는 각 신문에 대문짝만 하게 났다. 블랜처드 대 블라이처트 권투 시합과 사우스사이드 총격전 뉴스도 아울러 부활되었고, 일주일 동안 나는 LA에서 가장 유명한 사람이 되었다. 그때 나는 《헤럴드》의 베보 민즈 기자로부터 전화를 받았다.

"조심해, 버키. 에멧 스프레이그가 보복을 준비하고 있어. 그러면 아주 지랄 같은 일이 벌어질 걸세. 조심하게."

나에게 못을 박은 것은 《콘피덴셜》 잡지였다. 7월 12일자로 발행된 그 잡지는 사랑의 삼각관계에 대한 기사를 실었다. 그 기사에는 매들린의 말이 인용되어 있었는데, 아마도 에멧이 그 삼류 도색 잡지에다 얘기를 흘린 것 같았다.

그 시건방진 여자는 내가 그녀와 섹스를 하기 위해 근무 도중에 레드애로 모텔로 헐레벌떡 달려왔다고 말해 버렸다. 또 내가 당직을 할 때면 심심할까 봐 아버지의 위스키를 잔뜩 훔쳐다 주었다고도 했다. 또 LA 경찰 본부에는 1일 교통 범칙금 티켓 발부량이 미리 정해져 있다는 것도 내가 말해 주었으며, '흑인들을 총 쏴 죽인 얘기'도 으스대며 해 주었다고 했다. 그것은 내가 두 가지 비행을 저질렀음을 암시했다. 하지만 원통하게도 매들린이 한 말은 모두 사실이었다.

나는 도덕적 타락과 경관의 품위 손상을 이유로 로스앤젤레스 경찰에서 파면되었다. 그것은 경무관과 부 본부장급으로 구성된 특별 인사위원회의 만장일치로 결정 났으며, 나는 소청 제기 없이 깨끗이 승복했다. 나는 라모나를 검거하여 경찰 고위층의 마음을 돌이켜 볼 생각도 해 봤지만, 부질없다고 판단하고 포기해 버렸다. 그렇게 되면 러스 밀라드도 그가 알고 있는 것을 자백해야 할 테고, 결국 그까지 피해를 입을 것이 불을 보듯 뻔했기 때문이었다. 그리고 리의 이름에는 더 많은 오욕이 덧붙게 될 것이다. 마사도 모든 것을 알게 될 것이고.

나의 파면은 매들린을 만난 2년 반 전에 이미 벌어졌어야 할 일이었다. 그리고 《콘피덴셜》에 난 기사는 경찰 본부로서도 어떻게 할 수 없는 마지막 한계였던 것이다. 그것은 당사자인 나 자신이 누구보다도 잘 알고 있는 사실이었다.

나는 경찰 리볼버와 비공식 45구경 그리고 1611 배지를 반납하고 리가 사 놓았던 집으로 되돌아갔다. 그리고 나의 파드레로부터 500달러를 빌려 그걸로 생활하면서 나에 관한 나쁜 소문이 가라앉기를 기다렸다. 그런 다음 다시 직장을 알아볼 생각이었다.

베티 쇼트와 케이가 내 마음에 걸렸다. 나는 케이를 찾아보기 위해 그녀의 학교에 가 보았다. 학교 교장은 목각 인형에서 금방 기어 나온 벌레 보듯 나를 쳐다보았다. 그는 내 기사가 신문을 화려하게 장식한 그날로 케이는 사직서를 내고 학교를 떠났다고 말해 주었다. 사직서에는 그녀가 자동차로 전국을 여행할 계획이며, 로스앤젤레스에는 돌아오지 않을 거라고 씌어 있었다고 덧붙였다.

대배심은 매들린에게 3급 고살죄(故殺罪)란 판결을 내렸다. 매들린의 행동이 '심리적 압박과 기타 정상 참작이 인정되는 상황에서 저질러진 미리 의도된 살인' 이라는 것이었다. 그녀의 변호를 담당한 유명한 변호사 제리 기슬러는 그녀의 유죄를 인정하면서 판사에 의한 판결을 요구했다. 매들린이 '여러 가지 다른 성격을 연출해 내는 극심한 정신 분열증 성향' 을 보인다는 정신과 소견을 감안하여, 판사는 그녀를 '동일 범죄에 대하여 주 형법에 정해진 최소한의 복역 기간(10년) 이상' 아타스카데로 주립 병원에 입원

시키라고 판결했다.

그래서 그 시건방진 여자는 그녀의 가족을 대신하여 형벌을 받았고, 나는 나의 잘못에 상응하는 징벌을 받았다. 스프레이그 가에 대한 나의 작별은 《LA 데일리 뉴스》 1면에 난 사진이 대신했다. 에멧이 변호인석에서 울음을 터트리는 동안 여자 교도관이 매들린을 법정 바깥으로 데리고 나갔다. 병들어 뺨이 푹 꺼진 라모나는 고급 맞춤옷을 입은 착한 귀염둥이 마사의 부축을 받으면서 간신히 거동을 하고 있었다. 그 사진은 나의 침묵을 담보하는 영원한 잠금 장치가 되었다.

한 달 뒤 나는 케이에게서 편지를 받았다.

    사우스다코타 주, 수폴스
    1949. 8. 17
    드와이트,
    당신이 집으로 돌아왔는지 어쨌는지 모르기 때문에 이 편지가 당신에게 닿을 수 있을지도 모르겠어요. 나는 도서관에서 LA 신문들을 읽으면서 당신이 더 이상 경찰에 근무하지 않는다는 걸 알았어요. 그러니 그곳으로도 편지를 보낼 수는 없겠더군요. 어쨌든 이 편지를 한번 보내 보겠어요. 그리고 어떻게 될지 두고 보지요.
    나는 수폴스에 와서 플레인스맨 호텔에 투숙하고 있어요. 이 호텔은 이곳에선 제일 좋은 곳인데, 소녀 시절부터 꼭 한번 묵어 보고 싶었던 곳이에요. 그렇지만 내가 상상했던 그런 곳은 아니로군요. 나는 LA 냄새를 내 몸에서 완전히 씻어 내고 싶어요. 달나라로 가지 않는 한 수폴스는 가장 LA와 대조적인 곳이 아닌가 싶네요.

내 초등학교 동창들은 모두 결혼을 해서 아이를 낳았어요. 그리고 두 명은 전쟁 통에 과부가 되었어요. 모든 사람들이 아직도 전쟁 중인 것처럼 말하고 있어요.

그리고 교외의 지대 높은 평원에는 주택 단지가 개발되고 있어요. 현재까지 지어진 집들은 밝은 색깔이 서로 어울리지 않아 흉해 보여요. 그 집들을 보면 우리가 살던 옛 집이 생각나요. 당신이 그 집을 싫어한다는 걸 알지만 그래도 그 집은 지난 9년 동안 나의 피난처였어요.

드와이트, 난 모든 신문을 다 읽었고 또 쓰레기 같은 잡지도 읽어 보았어요. 기사 안에는 열 개도 넘는 거짓말이 들어 있더군요. 어떤 것은 진실을 얘기하지 않아 거짓말이 되었고, 어떤 것은 노골적인 거짓말이었어요. 그 뒤의 소식을 별로 알고 싶지 않지만 그래도 어떤 일이 벌어졌는지 궁금해요. 그리고 왜 엘리자베스 쇼트 얘기는 안 나오는지도 궁금하더군요.

어떤 때는 내가 나서서 진실을 밝혀야겠다는 생각도 들었어요. 그러나 지난밤에는 방에 틀어박혀 거짓말을 헤아려 내는 걸로 만족했어요. 내가 당신에게 한 거짓말과, 우리의 이익을 위해 내가 당신에게 얘기해 주지 않은 것들 말이에요. 내가 얼마나 많은 거짓말을 했는가를 깨닫고 너무도 부끄럽고 당황스러웠어요.

그 점에 대해서는 미안하게 생각하고 있어요. 그리고 당신이 매들린 스프레이그를 처리한 방식은 아주 멋지다고 생각해요. 비록 그녀가 당신에게 어떤 존재인지는 영원히 알지 못하겠지만, 그녀의 체포가 당신에게 얼마나 큰 희생을 가져왔는지는 잘 알아요. 그녀가 정말 리를 죽였나요? 그건 또 다른 거짓말이 아닌가요? 왜 나는 그 여자의 말을 믿지 못할까요?

난 하루 이틀 안에 동부로 떠나려고 해요. 가능하면 로스앤젤레스에서 아주 멀리 떨어진, 세련되고 아름답고 유서 깊은 마을로 가려고 해요. 어쩌면 뉴잉글랜드로 갈지도 모르겠어요. 아니면 5대호 지역으로 갈지도 모르고요. 지금 알 수 있는 건 일단 가 봐야 어디로 낙착이 될지 알 거라는 점이에요.

이 편지가 당신에게 들어가길 바라며.

케이.

추신: 당신 아직도 엘리자베스 쇼트 생각을 해요? 난 하루도 빼놓지 않고 그 여자 생각을 해요. 그 여자를 미워하지 않아요. 그냥 생각만 할 뿐이에요. 그 모든 일을 겪고 나서도 자꾸 생각을 하다니 참 이상하죠?

나는 케이의 편지를 품속에 넣고 다니면서 골백번도 더 읽었다. 그 편지의 의미와 나의 미래, 케이의 미래 그리고 우리의 미래에 대해서는 생각하지 않았다. 그저 그 편지를 거듭 읽으면서 베티 생각을 했다.

나는 쓰레기통에다 엘 니도에 있던 데이터 파일을 죄다 버렸지만, 여전히 그녀 생각을 했다. 카루소가 내게 자동차 판매 일거리를 주었고, 나는 새 차를 팔러 다니면서 그녀 생각을 했다. 39번가 노턴 로를 지나가면서 그 공터에 새로 집이 올라가는 것을 보고 또다시 그녀 생각을 했다. 라모나를 잡아들이지 않은 것에 대한 도덕적 문제나, 만약 베티가 그걸 알았다면 어떻게 했을까 따위는 생각하지 않았다. 단지 그녀 생각만을 했을 뿐이다. 그리고 나를 위해 그 문제를 해결해 준 것은, 우리 둘 중에서 늘 나보다 똑똑했던 케이였다.

그녀의 두 번째 편지는 매사추세츠 주 케임브리지 소인이 찍혀 있었고, 하버트 모터 로지 호텔의 편지지에 쓰어 있었다.

1949. 9. 11

난 아직도 거짓말쟁이에다 겁쟁이에요. 두 달 동안이나 알고 있었지만 당신에게 말할 용기가 나지 않았는데, 이제야 간신히 말을 꺼낼까 해요. 만약 이 편지가 당신에게 들어가지 않는다면 집으로, 아니면 러스 밀라드에게 전화할 생각이에요. 그렇지만 먼저 편지를 써서 보내는 게 좋을 듯해서요.

드와이트, 나 임신했어요. 약 한 달 전 당신이 집에서 나가기 직전의 그날 밤에 임신이 된 것 같아요. 이번 크리스마스쯤이 출산 예정이고, 난 아이를 낳을 생각이에요. 이건 뒤로 물러서는 듯하면서 실은 앞으로 나아가는 전형적인 케이 레이크식이에요. 당신, 전화해 주겠어요? 아니면 편지? 곧? 아니, 지금?

이상이 내가 전하는 빅 뉴스예요. 지난번 편지 추신에도 썼듯이, 이건 이상한 일인가요, 아니면 슬픈 일인가요? 아니면 우스꽝스러운 일인가요?

내 머릿속에서는 엘리자베스 쇼트 생각이 한시도 떠나질 않아요. 그녀가 우리 인생을 이토록 얽히고설키게 해 놓았지만, 우리는 결코 그녀를 알지 못할 거예요.

내가 케임브리지로 왔을 때(난 정말 대학촌을 사랑하는가 봐요!), 그녀가 이 인근에서 자랐다는 것이 기억났어요. 그래서 메드포드로 차를 몰고 가 저녁을 먹었는데, 우연히 내 옆 탁자에 앉은 맹인과 얘기를 나누게 되었어요. 난 좀 수다스러운 기분이 되어서 엘리자베스 쇼트 얘기를 꺼냈어요. 그 맹인은 처음에는 슬퍼하더니 곧 명랑해지더군요. 그는 약 3개월 전에 베스의 살인자를 찾아내기 위해 여기에 왔던 LA 경찰관에 대해서 내게 말해 주었어요. 그는 당신의 목소리와 말투를 그대로 흉내 내더군요. 당신이 매우 자랑스러웠지만, 그 경찰관이 내 남편이라고 밝히지는 않았어요. 왜냐하면 지금까지도 정말 내 남편인지 나도 잘 모르기 때문이에요.
   당신을 궁금해하며.
   케이.

나는 전화도 편지도 하지 않았다. 그리고 리 블랜처드의 집을 매물로 내놓고 보스턴행 비행기를 잡아탔다.

비행기를 타고 가는 동안, 나는 케이에게 설명해 줘야 할 모든 것을 곰곰이 생각했다. 그것은 새로운 거짓말이 우리 둘, 아니 셋을 파괴시키지 못하도록 막아 줄 증거였다.
   그녀는 내가 배지도 없는 형사로 뛰었다는 것을 인정해야만 한다. 1949년 여름의 한 달 동안 나는 총명과 용기와 희생적인 의욕으로 불타 있었다. 그녀는 그때의 열기가 언제나 나를 상처받기 쉽게 만들고, 어두운 호기심의 희생이 되게 했다는 것을 알아야만

한다. 또한 나의 가장 강인한 결단은 그런 열기 때문에 그녀가 피해를 입어서는 안 된다는 소망에서 나왔다는 것도 알아야 한다.

그리고 무엇보다도 그녀는, 우리에게 두 번째 기회를 제공한 것은 다름 아닌 엘리자베스 쇼트였다는 것을 인식해야만 한다.

보스턴이 가까워지자 비행기는 구름에 휩싸였다. 나는 공포로 몸이 무거워졌다. 케이와의 재회와 2세의 탄생으로 인한 아버지 노릇은, 나를 빠르게 추락하는 무거운 돌덩이 같은 존재로 만들었다. 그 순간 나는 베티를 향해 손을 내밀었다. 그리고 소원을, 아니 기원을 말했다. 그러자 구름이 갈라지면서 비행기는 하강하기 시작했다. 내 눈 아래로는 황혼 녘의 밝고 거대한 도시가 펼쳐져 있었다.

나는 베티에게 이렇게 기원했다.

너에게 바친 내 사랑의 대가로 내게 안전한 비행(飛行)을 보장해 달라고.

〈끝〉

옮긴이의 말
로망 누아르의 압권

　이 책은 미국의 추리소설 작가 제임스 엘로이의 일곱 번째 소설이며, 통칭 '로스앤젤레스 4중주'로 알려진 독립된 네 편의 근작 소설 중 가장 유명한 『블랙 달리아』(1987)를 완역한 것이다.
　제임스 엘로이는 캘리포니아 주 로스앤젤레스에서 나고 자랐으며, 1965년에 미국 육군에서 복무했다. 그는 제대 후 본격적인 작가로 입신하는 1980년까지 골프 클럽의 캐디를 비롯하여 온갖 막일을 다 한 것으로 알려져 있다. 특히 그가 열 살 때 이혼녀였던 어머니 제네바 엘로이(1915~1958)가 살해되었는데, 이 사건은 그의 작품 세계를 형성하는 데 결정적인 단초가 되었다. 어머니의 시체는 반라로 로스앤젤레스 고등학교 근처의 숲 속에서 발견되었고 범인은 잡히지 않았다고 한다.
　이 책에 대한 찬사와 높은 평가는 권위 있는 신문 잡지 및 유명 작가들이 한결같이 동의하는 것이지만, 그중 대표적인 것을 몇 개

뽑아 소개하겠다.

"너무나 끔찍하지만 너무나 그럴듯한 이야기(뉴욕 타임스)", "열정, 폭력, 좌절로 가득 찬 상상력 넘치는 기이한 소설(LA 타임스)", "이 책은 필름 누아르에 필적하는 로망 누아르이다(크리스천 사이언스 모니터)", "누가 읽어도 당연히 걸작으로 평가할, 엘로이의 최대 최고작(조너선 켈러만)", "고압 전류가 흐르는 화끈한 문장으로, 소리 내어 크게 읽으면 와인 잔이 흔들거릴 정도(엘모어 레오나드)", "한 시대를 탁월하게 형상해 낸 추리소설의 경지를 뛰어넘는 본격소설(윌리엄 베이어)", "『블랙 달리아』는 엘로이의 최대 걸작으로서 우리의 증손자들 시대에까지도 계속 읽힐 것이다(리처드 레이맨)", "제임스 엘로이의 『블랙 달리아』를 읽지 않는다면 그건 결국 당신만 손해(래리 킹)" 등이다.

이 책은 1947년 1월 15일 로스앤젤레스에서 두 토막 난 알몸 시체로 발견된 22세의 아름다운 여자(일명 블랙 달리아)의 피살 실화를 배경으로 작가가 당시의 상황을 재구성한 것이다. 이 끔찍한 사건의 피해자인 엘리자베스 쇼트가 1947년 1월 10일부터 15일까지 어디서 무엇을 했는지를 파헤치는 그 닷새간의 행적 조사를 통하여, 작가는 1940년대의 어두운 시대상을 보여 주고 있다. 특히 1940년대 후반은 미국 영화사에서 '필름 누아르'의 시대로 불리는데, 이 용어가 이 소설과 관련이 있으므로 그것을 간략히 설명해 보면 이러하다.

미국 영화업계는 1940년대 후반에 들어와 미국인들이 겪고 있는 전후의 환멸상을 반영하는 새로운 영화들을 만들기 시작했다.

전쟁에서 돌아온 전쟁 용사들이 전후의 생활에 적응하지 못하는 심리적, 사회적 문제를 다룬 사색적이고 기괴한 스토리의 영화가 많이 제작되었고, 인종 문제, 알코올 중독, 정신병, 범죄 등이 많이 다루어졌다. 1940년대의 어둡고 운명주의적인 미국의 현실을 있는 그대로 보여 준 이 새로운 흐름의 영화를 통칭하여 '필름 누아르(어두운 영화)' 라고 부르게 되었고, 여기에서 파생한 추리소설을 '로망 누아르' 라고 부르게 되었다.

『블랙 달리아』는 그 배경이 1940년대 후반이고 어둡고 운명주의적이라는 점에서 전형적인 로망 누아르이다. 이 소설은 그 시대의 지저분하고 타락한 인물들을 아주 다양하게 창조하고 있다.

경찰관 신분으로 은행을 털어 부유하게 살고 있는 블랜처드, 경찰이 되기 위해 친한 친구를 밀고하고 여자가 섹스를 제공하자 증거를 은닉시켜 주는 블라이처트, 갱의 여자로 마약을 팔고 기둥서방의 친구들을 상대로 매춘을 한 케이, 부잣집 딸이면서도 몸을 마구 내굴리는 창녀 같은 여자 매들린, 자신의 승진을 위해 블랙 달리아 사건을 엉터리로 해결하려고 하는 지방검사보 엘리스, 창녀들에게 매독을 퍼뜨리고 심지어 그들 중 두 명은 눈까지 멀게 한 경찰관 프리츠, 건설 호황 때 나쁜 자재로 불량 주택을 많이 지어 떼돈을 번 토건업자 스프레이그, 죽은 것을 좋아해서 시체를 도굴하여 해부하는 기형적인 얼굴의 틸덴, 남편 몰래 외간 남자와 부정을 저지르고 그 사이에서 낳은 아이를 남편의 아이인 양 기르는 라모나, 영화배우 지망생을 자기 집으로 끌어들여 섹스를 제공하면 배역을 주겠다는 영화 제작자, 기타 변태성욕자, 레즈비언, 유아 강간범, 호모 섹슈얼 등이 이 책에 등장한다.

이 많은 인물들은 자세히 읽어 나가다 보면 모두가 작게 보인다. 이것은 작가 엘로이가 모든 인물의 움직임을 완전히 장악해서, 높은 산 위에서 내려다보는 신처럼 독자들 앞에 펼쳐 보이고 있기 때문이다. 실제로 엘로이는 '톨스토이처럼 폭넓고 스케일이 큰 작품'을 쓰고 싶다고 말한 적이 있는데, 바로 이 작품이 엘로이의 그런 집념의 한 자락을 읽게 해 준다. 아무튼 이 소설 속의 인물들은 이처럼 어둡고 운명적이다. 이러한 어둠의 풍경은 블랜처드, 케이, 블라이처트 세 사람의 관계가 빚어 내는 미묘한 애증의 감정과 선악의 불명료성 등이 겹치면서 그 의미가 증폭된다. 그러나 주인공들이 모두 그 어둠 속에 묻혀 버리고 말았다면 이 소설에는 아무런 갈등, 긴장 그리고 전율이 없었을 것이다. 여기에 블랙 달리아 사건이 등장함으로써, 이 세 주인공이 어두운 현실을 바라보는 서로 다른 세 가지 태도를 부각시켜 준다.

우선 블랜처드는 현실의 어둠에 과감히 대항하는 인물로 나온다. 그는 자신의 여동생이 어릴 때 납치당해 죽은 불행한 과거를 가진 인물로, 블랙 달리아를 곧 자기 여동생이라고 생각하는 개인적 집착에 빠지면서 현실에 대항하려고 한다. 반면 케이는 어두운 현실에서 갑자기 유턴을 하여 동화의 집에서 살게 된 인물이다. 그리고 블라이처트는 현실과 동화(혹은 이상) 속에서 갈피를 잡지 못하고 한 번은 현실(창녀 같은 매들린과의 교제)에 빠지고, 또 한 번은 케이에게 빠지는 선악의 두 감정 속에서 도덕적 불명료성을 나타내는 인물이다. 이들 세 주인공의 각기 다른 움직임의 양태는 현실적 어둠의 공간을 더욱 확대시킨다.

이 소설 속에서는 시대의 어둠에 승복하는 인물들이 '창녀'란 말로 묘사하고 있다. 가령 매들린이 블라이처트와 섹스를 갖고 나서 "나는 당신의 창녀"라고 말하는 부분이나, 달리아 사건에 지나치게 집착하는 블라이처트를 "경찰 배지를 단 창녀"라고 지칭하는 부분이 그러하다. 그리고 수많은 이기적인 인물들은 모두 '창녀적인' 상태를 벗어나지 못한다. 그런데 블라이처트는 그 창녀적인 상태에서 벗어나 다른 어떤 것이 되고 싶어 하는 욕망을 갖고 있다. 그 욕망은 케이와의 섹스를 계기로 구체적으로 표출된다.

블라이처트는 동료 경관인 프리츠와 범죄자 고문 현장에 갔다가 그 끔찍한 광경에 놀란다. 그리고 그 어둠에서 달아나고자 하는 욕망의 구체적 행동으로 케이와 성적 결합을 한다. 여기에서 섹스는 어두운 현실에서 달아나 동화의 집으로 들어가려는 행위가 된다. 그리고 거리에서 나이 든 노인을 마구 때리는 잔학한 장면에서 블라이처트는 또다시 케이를 찾지만, 케이가 집에 없자 매들린에게로 달려간다. 이처럼 블라이처트는 현실(창녀)과 이상(동화) 사이를 왔다 갔다 하는 인물이다. 또 작품 속에서도 블라이처트의 독백을 통해 자신이 매들린적인 면(현실)과 케이적인 면(이상)을 갖고 있다고 진술한다. 바로 이러한 양극단을 오가는 우유부단함이 엘로이가 즐겨 묘사하는 도덕적 불명료성이다.

그들을 둘러싼 현실은 '동화의 집'을 거세게 압박해 온다. 케이가 맹목적으로 믿고 있는 동화는 현실 앞에서 너무나 무력하다. 그 동화의 집은 은행털이에서 나온 돈으로 사들인 것이다. 게다가 그 집에서 차례로 살게 되는 두 남자 블랜처드와 블라이처트는 현실에 대한 대결, 혹은 탐닉으로 그 동화적 상태에 자꾸 균열을 일으킨다. 그 균열음은 딱 두 번 나오는 케이의 흐느낌에 의해 구체화된다.

저자 엘로이는 자신의 소설을 '어둡고, 성적으로 집착하고, 정서적으로 복잡한 것'이라고 말한 바 있는데, 『블랙 달리아』는 바로 그러한 특징을 가장 잘 갖춘 소설이다. 블라이처트의 성적인 집착이나 케이의 복잡한 정서(창녀였던 과거와 동화의 집)는 엘로이 소설의 특징을 잘 보여 준다.

마지막에는 케이가 임신하고 아이가 크리스마스에 태어나는 것으로 예정되어 있어 블라이처트에게 새로운 생을 지향하는 어떤 작은 출구가 마련된 것처럼 보이지만, 그래도 역시 전반적인 분위기는 대단히 어둡다.

엘로이 소설의 주된 관심이 어둠이라는 것은 이미 잘 알려져 있는 바이다. 그 어둠의 깊이는 선배 작가들인 제임스 케인(『우편 배달부는 벨을 두 번 울린다』), 짐 톰슨(『내 마음의 살인자』), 조지프 웜보(『푸른 기사』)의 영향과 그에 덧붙여진 엘로이 특유의 재능에 의해 빚어진 것으로 평가된다. 어둠은 아무리 들여다보아도 역시 어둡다고 노래한 시인(오규원)도 있지만, 엘로이 소설의 어둠은 그저 어두운 것으로 끝나는 것이 아니라 독자의 마음을 정화시키는 순기능도 가지고 있다. 우리는 어떤 때 나는 왜 이렇게 나쁜 사람일까 하는 생각으로 우리 자신을 번뇌케 하는 일이 있는데, 적어도 이 소설 속에 나오는 인물들을 생각하면 우리가 레서 이블(lesser evil: 그들보다 덜 나쁜 사람)임을 깨달으면서 앞으로 좀 더 착하게 살아야겠다는 역발상을 펴 나갈 수 있는 것이다. 공포 영화의 공포가 성적 오르가슴과 관련이 있는 것처럼, 로망 누아르는 어둠 속에서도 빛을 가져오는 효과가 있는 것이다.

  끝으로 작품 속의 수많은 속어와 비어는 가능한 한 정확하게 살리려고 노력했으나, 일부 비속어는 마땅한 역어가 없어 원문보다 순화된 경우도 있음을 밝혀 둔다.

이종인

 밀리언셀러 클럽을 펴내면서

지난 수백 년 동안 소설은 기묘하면서도 교양 넘치고, 자유로우면서도 현실에 뿌리 박고 있으며, 흥미진진하면서도 감동적인 이야기로 독자들의 사랑을 독차지해 왔다.
민담이나 전설 등에 비해 비교적 최근에 탄생한 이야기 형식인 소설이 순식간에 이야기 왕국의 제왕으로 올라선 것은 현대인들이 살아가면서 느끼는 희망과 절망, 불안과 평화 등 온갖 삶의 양상들을 허구 속에 온전히 녹여 내어 재창조함으로써 이야기를 읽는 기쁨과 더불어 삶을 재발견하는 즐거움을 주어 온 까닭이다.
사실 이야기를 읽음으로써 삶을 다시 생각하고, 삶을 생각함으로써 이야기를 다시 만들어 온 것은 인간이라면 피할 수 없는 숙명이다.
그런데도 최근 이야기의 제왕이라는 소설의 위기를 말하는 목소리가 점점 늘어나고 있다. 만약에 이 말이 사실이라면, 그리하여 사람들이 소설을 점차 외면하고 있다면, 핏속에 스며들어 있으며 뼛속에 들어박힌 이야기 본능이 무언가 다른 것에 홀려 있음에 틀림없다.
사람들은 이제 이야기를 소설이 아니라 거리에서, 인터넷에서, 영화에서, 드라마에서, 광고에서, 대중가요에서 즐기고 있는 것이다.
'밀리언셀러 클럽'은 이러한 소설의 위기를 넘어서려는 마음에서 기획되었다. 국내뿐만 아니라 전 세계 각국에서 독자들의 사랑을 한껏 받은 작품들을 가려 뽑아 사람들 마음을 다시 소설로 되돌리고 이야기를 한껏 즐길 수 있도록 배려하였다.
'밀리언셀러'라는 이름을 단 것은 소설이 다시 사람들의 마음을 끌어 널리 읽히기를 바라기 때문이고, '클럽'이라는 이름을 단 것은 소설을 사랑하는 독자들이 이 작품들을 가운데 놓고 오랫동안 이야기를 나누기를 바라기 때문이다.
앞으로 '밀리언셀러 클럽'에는 예로부터 오늘날까지, 동양에서 서양까지 시대와 장소를 가리지 않고 널리 독자들의 사랑을 받아 온 작품들 중에서 이야기로서 재미에 충실할 뿐만 아니라 인간 본연의 모습을 확인시켜 줄 수 있는 소설들이 엄선되어 수록될 것이다.
이 작품들이 부디 독자들을 소설의 바다로 끌어들여 읽기의 즐거움을 극대화함으로써 이야기 본능을 되살려 주어 새로운 독서 세대를 창출하기를 바라는 마음 간절하다.

옮긴이 | 이종인

1954년 서울 출생. 고려대학교 영어영문학과를 졸업했으며, 한국 브리태니커 편집국장과 성균관대 전문번역가 양성과정 교수를 역임했다. 현재 전문 번역가로 활동하고 있다. 지은 책으로 『전문 번역가의 길』이, 옮긴 대표작으로 『폰더 씨의 위대한 하루』, 『미국에 빠진 세계사의 100대 음모론』, 『고대 그리스의 역사』, 『콜로노스의 숲』, 『그리스 로마 신화 명화를 만나다』, 『마인드헌터』 등이 있다.

블랙 달리아 2

1판 1쇄 펴냄 2006년 12월 10일
1판 3쇄 펴냄 2020년 12월 8일

지은이 | 제임스 엘로이
옮긴이 | 이종인
발행인 | 박근섭
편집인 | 김준혁
펴낸곳 | 황금가지

출판등록 | 2009. 10. 8 (제2009-000273호)
주소 | 06027 서울 강남구 도산대로 1길 62 강남출판문화센터 5층
전화 | 영업부 515-2000 편집부 3446-8774 팩시밀리 515-2007
홈페이지 | www.goldenbough.co.kr

도서 파본 등의 이유로 반송이 필요할 경우에는 구매처에서 교환하시고
출판사 교환이 필요할 경우에는 아래 주소로 반송 사유를 적어 도서와 함께 보내주세요.
135-887 서울 강남구 신사동 506 강남출판문화센터 6층 민음인 마케팅부

한국어판 ⓒ ㈜민음인, 2006. Printed in Seoul, Korea
ISBN 978-8273-993-4 04840(2권)
ISBN 978-8273-991-0 04840(set)

㈜민음인은 민음사 출판 그룹의 자회사입니다.
황금가지는 ㈜민음인의 픽션 전문 출간 브랜드입니다.